KB247185

한백림 新무협 판타지 소설

천잠비룡포

Fantastic Oriental Heroes

天蠶飛龍袍

천잠비룡포 4

한백림 新무협 판타지 소설

초판 1쇄 찍은 날 § 2025년 5월 16일
초판 1쇄 펴낸 날 § 2025년 5월 23일

지은이 § 한백림
펴낸이 § 서경석

편집책임 § 황창선
편집 § 박현성

펴낸곳 § 도서출판 청어람
등록번호 § 제387-1999-000006호
등록일자 § 1999. 5. 31
어람번호 § 제2-2929호

주소 § 경기도 부천시 부일로 483번길 40 서경B/D 3F (우) 14640
전화 § 032-656-4452 팩스 § 032-656-4453
E-mail § chungeorambook@daum.net

ⓒ 한백림, 2006

ISBN 979-11-04-92532-0 04810
ISBN 978-89-251-0108-8 (세트)

한백림 新무협 판타지 소설

천잠비룡포

天蠶飛龍袍

Fantastic Oriental Heroes

4

문파(門源)

목차

天蠶飛龍袍

제10장 시대(時代)

어느 날 문득 이런 생각이 들었다.

내가 쓰는 이 무림서에는 어떤 의미가 있을까.

백 년이 흐르고, 천 년이 흘렀을 때.

과연 내가 쓴 무림서는 세상에 남아 있기는 할 것인가.

수많은 영웅들이 난립하고 있는 이 시대의 역동적인 이야기는 어쩌면, 다음 시대로 온전히 전해지지 않을 수도 있다. 망각(妄覺)의 세월이 지나고 나면 영영 잊혀져 다시는 거기에 있었던 그들을 다시는 기억하지 못하게 될 수도 있는 것이다.

공백과 전란의 시대.

아버님께서 집필하셨던 웅대한 전서(戰書)마저도 이제는 온 세상에 몇 권 안 되는 희귀한 물건이 되어버렸다. 사패와 팔황까지 아우르고 있으셨던 그 섬세한 안목이, 영원히 따라가지 못할 것만 같은 웅혼한 필력이 전서 전반에 걸쳐 위대한 향취를 뿜내고 있었음에도. 심지어 그 안의 내용이 허구와 거짓이라 매도당하는 일까지 생길 정도였음이니.

세상이란 원래부터 그렇게 아쉬움과 안타까움으로 가득 차
있었던 모양이다.

하지만 그래도 나는 계속 써나갈 수밖에 없다.

이 시대의 이야기가 한순간의 불꽃으로 인구에 회자되면 어
떠랴. 언젠가 아무도 이 이야기를 하지 않는 날이 올 수도 있겠
지만, 강호만사가 다 그런 것을, 후대에 전하고 싶었던 내 이야
기까지도 이 시대를 지펴 올렸던 수많은 불꽃들처럼 한순간에
스러져 버려도 나쁠 것은 없으리.

한백무림서 미완
한백의 일기 中에서.

위이이잉! 쾨앙!

벽해마왕 호대통은 강했다.

내려치는 전부(戰斧)는 묵직하기 짝이 없다. 어른의 몸통만
한 도끼날을 자유자재로 휘두른다. 두꺼운 나무줄기가 단숨
에 동강나 넘어졌다. 땅바닥을 찍을 때면 땅바닥에 한 자 깊
이의 도끼 자국이 무지막지하게 새겨지고 있었다.

'도끼자루가 더 신기한데……?'

넉 자에 이를 정도로 길기만 한 도끼자루다.

도끼날에 실린 괴력도 괴력이지만, 그러한 충격을 버텨내는
도끼자루가 더 놀라울 지경이다. 굵직한 철봉으로 만든 것이

보통 도끼자루보다 훨씬 더 튼튼해 보이긴 했지만, 그렇다 해도 부러지지 않는 것이 이상할 따름이다.

그 정도 긴 자루라면 그 힘으로 땅을 내리찍는데 부러지거나 구부러져야 정상이란 말이다. 강력한 내공을 이용하여 도끼자루까지 한꺼번에 보호하고 있는 것이 아니라고 한다면 도무지 설명할 수가 없는 광경이었다.

홍! 홍! 홍! 콰아앙!

머리 위에서 곤봉처럼 휘둘러 내리찍는다.

묘하게 어려운 상대다. 그처럼 커다란 동작에서도 좀처럼 틈새를 찾을 수가 없다. 말하자면 장병(長兵)이요, 거병(巨兵)이다. 그런데도 마치 두 자 길이 단병을 다루는 것처럼 수급이 자유롭기만 했다.

'온다!'

성큼 발을 내디디며 돌진해 오는데, 거리를 좁혀오는 각도가 실로 절묘했다. 일직선이되, 어느 방향으로도 전환할 수 있을 듯 압박감이 엄청났다.

'굉장하군!'

이게 바로 절정고수의 위용이다. 전투마를 타고 전속력으로 덮쳐드는 기병들보다 세 배는 강해 보였다.

예전의 단운룡이었더라면 이미 죽은 목숨이다.

진짜 실력을 보일 때다. 재치나 기지로만 어떻게 넘길 수 있는 상대가 아니었다.

콰아아앙!

단운룡은 오 년 전과 달라도 너무나 달랐다.

피해내는 속도가 놀랍도록 빨랐다. 틈을 보고 파고드는 상대적인 빠름이 아니라 실제적인 속도에서도 압도적인, 절대적인 빠름이었다.

파라라라락!

헐렁한 유삼(儒衫) 자락이 거센 바람 소리를 만들었다.

신풍(迅風) 발동의 풍신(風身)이었다.

바람과도 같은 진기가 손끝에서 발끝까지 몸 전체를 휘감고 있다. 단순한 움직임 하나에도 바람이 깃들어 그 속도를 배가시키고 있는 것이다.

위이잉!

옆으로 한 바퀴 돌면서 사나운 도끼날을 피했다. 몸을 따라 펄럭이는 연녹색의 유삼이 화려한 소용돌이를 일으켰다.

파락! 파라락!

굉장히 빠르게 움직이고 있음에도 단운룡의 몸짓에는 다급한 느낌이 없었다. 오히려 여유가 넘쳐 보이는 느낌이다. 도끼를 휘두르던 호대통의 입에서 노호성이 터져 나왔다.

"도망만 다니는 것이냐!! 이 쥐새끼 같은 놈아!!"

사라라락!

깃털을 접는 공작새와 같다.

멈추어 선 단운룡의 몸으로 펼쳐졌던 유삼 자락이 가볍게 내려앉고 있었다.

여유롭고 화사하다.

천 년 절경을 내려다보며 술 한잔 기울이는 것처럼. 싸우는 와중에도 묘한 운치가 있다.

범상치 않은 단운룡의 기파에 호대통의 두 눈이 광포한 기운을 띠었다.

"감히 이 어르신의 일을 방해하다니! 이름을 밝혀라, 애송이!"

흉악하게 생긴 얼굴이 더욱더 험하게 일그러졌다.

육 척을 거뜬히 넘는 키다. 골격 자체가 굉장히 큰 자다. 탄탄하다기보다는 육중한 몸매. 불룩 나온 배에, 꽉 짜여지지도 않은 근육으로 그만한 움직임을 보이는 것이 대단하게만 느껴진다.

"무고한 사람의 목숨을 노리는 흉맹한 자. 악인에게 들려줄 이름은 가지고 있지 않다."

이십 세 단운룡.

나른한 듯하면서도 그 안에 강력한 힘이 깃들어 있는 목소리였다.

호대통과는 극단적으로 대조적인 모습이다.

거대해 보이는 호대통과도 그 키는 별 차이가 없다. 하나, 비슷한 것은 오직 큰 키뿐이다. 극상으로 다듬어진 그 골격 비율은 어떤 옷을 걸쳐도 어울리게 보일 만큼 완벽하기만 하다.

마력적인 기도를 뽐내는 외모다.

누가 봐도 흉포한 악당인 호대통과는 달라도 너무나 달랐다.

"이 어르신 앞에서 그런 말을 지껄이다니! 건방진 놈이로다! 명문정파의 떨거지라도 되는가!"

호대통을 그렇게 큰소리를 치면서 주변을 한 바퀴 돌아보았다.

앞뒤 가리지 않는 악당으로 보이지만 머리가 없는 바보는 아니다. 호대통은 주위 경계를 소홀히 하지 않았다. 혼자 나타났으면서도 이상하게 여유로운 단운룡임에, 뭔가 믿는 구석이 있으리라 생각한 까닭이었다.

"어디에서 온 놈이냐? 곤륜파? 청성파? 구파의 제자인가?"

단운룡의 신비로운 기도를 보고 있자면 그런 말이 나올 만도 하다.

본 적도 없는 젊은 놈이 벽해마왕의 행사를 가로막고 나섰다. 악인 운운하는 말투만 봐도 이름난 명가의 후기지수 같은 느낌을 물씬 풍기고 있다. 마음껏 휘두르는 벽해부(碧海斧) 도끼날을 가볍게 피하고 있기까지 하다.

구파를 떠올리는 이유였다.

벽해마왕이라 칭하며 무서울 것 없이 날뛰어왔다지만, 그로서도 구대문파의 위명만큼은 조심스러울 수밖에 없었다. 확인하고 넘어가지 않을 수가 없다는 말이다.

"구파가 두렵긴 두려운 모양이로군"

"두렵다고? 개소리 지껄이지 마라!!"

물론 구파의 제자라고 하여 지레 겁먹고 물러날 위인은 결코 아니다. 상대를 죽이고 죽이지 않는 것의 차이가 있을 뿐이다. 일단 화가 났으니 혼쭐을 내줘야 하는 것은 제아무리 구파의 제자라고 해도 다를 바가 없다는 뜻이다.

하나 그렇게 때려눕힌다 해도 죽이는 것은 안 된다. 구파의 제자를 잘못 죽였다가는 목숨을 부지하기가 힘들기 때문이다. 행여나 손속이 과해 죽여 버리고 만다면 그 사실을 아무도 모르게 감춰놓아야만 했다. 구파의 제자를 죽였다고 함부로 자랑하고 다녔다가는 어느샌가 쥐도 새도 모르게 황천으로 떠나야 할지도 모르는 일이었다.

'저번처럼 처리하면 그만이다.'

호대통은 겁대가리없었던 점창파 제자 놈을 떠올렸다.

시체를 불에 태워 산속에 날려 버린지라 그 누구도 증거를 찾을 수가 없었기에 어떻게든 넘어갈 수 있었지만, 집요한 점창 무인들에게 범인으로 지목받아 일 년이 넘도록 시달렸던 것을 생각하면 아직도 치가 떨릴 지경이었다.

그렇게 복잡한 생각으로 주변을 살피던 호대통이다.

뭔가 있는 것 같기는 한데, 확실치 않다.

얼굴을 찌푸리고 있던 호대통.

다음 순간, 가볍게 발해지는 단운룡의 목소리에 호대통의 두 눈에서는 분기탱천한 불꽃이 튀어 올랐다.

"구파 같은 데서 배우진 않았어. 그리고 난 혼자다. 악당

하나 죽이는 데 몇 명씩이나 필요할 것 같나."

예전부터 거침이 없었던 단운룡의 말투다.

배움과 함께 진보한 단운룡의 말투는 이제 그와 같은 경지에 올라와 있었다.

상대방의 분노를 손쉽게 격발시키는 언어다.

호대통의 이마에 푸른색 혈관이 돋아나고, 수염이 가득한 입 주변이 부들부들 떨렸다. 그의 입에서 살기 가득한 목소리가 흘러나왔다.

"혼자 왔다고? 협객 놀음이란 말이렷다? 그 발칙한 머리통을 산산조각으로 박살 내주마!!"

"그 말 그대로 돌려주지."

단운룡의 대꾸다.

호대통은 더 이상 참을 수 없다는 듯 발작적으로 땅을 박차며 미친 듯 도끼를 휘둘러 왔다. 분노를 넘어선 광기가 엿보인다. 뒤로 물러나는 단운룡의 두 눈에 이채가 떠올랐다.

'이것 봐라? 더 강해졌다?'

이상한 일이다.

단운룡은 이제 진정한 내공이 무엇인지 잘 알고 있다.

오욕칠정을 조절하는 중단전.

중단전은 평온해야 한다.

분노를 저만큼이나 돋우게 되면 중단전의 힘이 제멋대로 헝클어지게 마련이다. 그렇게 되면 하단의 진기가 거칠어지고,

상단의 심혼이 어지러워질 수밖에 없다.

그런데 이 호대통은 그처럼 분노한 상태에서도 진기가 흐트러져 보이지 않는다. 오히려 더 강해진 느낌이다. 더 무서워진 압력과 더 빨라진 움직임을 보여주고 있는 것이다.

'정상적인 무공이 아니로군.'

배운 것과 일치하지 않는다. 상식을 벗어난 무공, 일반적인 무공과는 다르다는 뜻이었다.

쫘아앙!

이번에 도끼가 떨어진 곳은 단운룡의 발치 바로 앞이었다. 아까보다 더 가깝게 따라온 것이다. 전신으로 끼쳐드는 경기가 실로 만만치 않았다.

'위험하다!'

쑥 뽑아 앞으로 짓쳐 온다.

아슬아슬하다.

한 치 차이였다. 그 막강한 경기에 휩쓸린 전면. 투둑거리며 유삼의 안감이 뜯어지는 느낌이 났다.

"죽어라!!"

터뜨리는 고함 소리는 그것만으로도 하나의 음공(音功)과도 같았다. 강력한 음파가 머리 속을 뒤흔들었다.

진기를 더 끌어올릴 수밖에 없다. 단운룡의 전신을 휘감고 도는 바람의 기운이 더 빨라졌다. 요동치는 옷자락이다. 단운룡의 몸이 순식간에 뒤쪽 공간으로 빠져나왔다.

파라라락!

거리를 두고, 자세를 가다듬는다. 호대통이 도끼날을 겨누며 외쳤다.

"도망칠 줄만 알고 싸울 줄은 모르나? 그 꼴이 우습다!!"

피하기만 했다?

아니다.

단운룡은 그저 피하기 위해서만 움직인 것이 아니었다.

단운룡은 호대통의 공격을 피하며 호대통의 무공을 보았다.

보는 것이 곧 배움이다.

도끼가 움직이는 궤도에는 호대통이 연마한 무공의 투로가 명확하게 담겨 있었다.

단운룡의 머리 속에서 도끼로 펼치는 무공 투로의 조합이 짜맞추어졌다. 몇 가지 움직임과 몇 가지 보법, 몇 가지 내공 운용이 무서운 속도로 머리 속을 스쳐 갔다.

상대방이 지닌 무공을 파악하는 힘이다.

파악 완료까지는 금방이었다.

지금 당장 단운룡이 호대통의 도끼를 들게 되어도 호대통의 무공과 거의 비슷한 움직임을 보여줄 수 있으리라.

'지금부터다.'

단운룡이 양손을 옆으로 내렸다.

엄지만 살짝 구부려 손바닥에 붙이고, 네 손가락을 펴 가지런히 모았다.

수도(手刀) 같지만 칼날처럼 뻣뻣하진 않다. 자연스럽게 펴 둔 느낌이다. 진기가 흘러내려 손 전체에 머문다.

호대통이 얼굴 전체에 비웃음을 흘리며 몸을 날려왔다. 두 손으로 도끼자루를 잡고 도끼날을 어깨 너머로 돌렸다. 온 힘을 다해 휘두를 요량이다. 맨손으로 이것을 어찌 막을 테냐 묻는 것 같았다.

파라락!

무지막지하게 쳐들어오는 호대통의 공격에.

단운룡의 움직임은 이제까지와 달랐다.

피하지 않는다. 소리없이 땅을 밟고 똑같이 앞으로 짓쳐들었다.

무모한 선택? 아니다. 흔들림없는 눈빛이 그 날카로운 두 눈에 떠올라 있었다.

위이잉!

도끼날이 내려온다.

단운룡의 몸이 더 빨라진 것은 바로 그때였다.

마치 공간을 격하고 뛰어넘는 듯한 느낌이었다. 급격한 가속이 이루어진 것이다.

따아아앙!

귀를 때리는 금속성이 터져 나왔다.

단운룡의 손과 도끼자루가 부딪치는 소리였다. 단운룡의 손은 이미 한 자루의 검이다. 휘둘러지는 궤도 안쪽으로 들어와 자루부터 가로막은 것이다.

초근접 거리.

이번에는 공격이다.

단운룡의 왼손이 움직였다. 손끝으로 찔러 들어가는 일격에 호대통의 육중한 거구가 한쪽으로 돌아갔다.

'닿지 않는군!'

고수는 고수다.

쉽게 맞을 것이라고는 생각하지 않았지만 이렇게 깨끗이 피할 줄은 몰랐다.

가로막혔던 도끼자루도 순식간에 다음 움직임을 시작하고 있었다. 도끼날이 붙어 있는 철봉의 반대쪽, 뭉툭한 봉면으로 짧게 후려쳐 온다. 근거리 공격도 자유자재다. 거병의 한계를 뛰어넘은 공격법이었다.

따당! 따다당!

단운룡의 손과 도끼자루 철봉이 얽혀들었다. 연신 터져 나오는 충돌음은 마치 단병끼리의 부딪침처럼 빠르고 경쾌했다.

공방의 교환이다.

서로가 서로의 옆으로 돌아가며 손과 도끼자루를 찔러 넣는다. 횡적인 이동과 전진은 있어도 후방으로의 후퇴는 없다. 한 치도 물러나지 않는 공격이었다.

따앙! 퍼억!

이십여 합을 넘어가는 격돌 속에서 터져 나온 격타음은 가볍지 않았다.

균형이 깨지며 먼저 물러난 것.

그것은 불행히도 단운룡이었다.

타점은 왼쪽 옆구리다. 뒤로 뛰어 거리를 확보하고 어깨를 움직여 보았다. 갈빗대 한두 개는 부러진 듯 뻐근한 통증이 느껴지고 있었다. 그것을 본 호대통이 의기양양한 목소리로 소리쳤다.

"협객 놀음은 쉬운 일이 아니지. 뭘 잘못했는지 이젠 알겠나? 그러게 어르신의 일에는 함부로 끼어드는 것이 아니다."

호대통의 빈정거림 앞에서도 단운룡의 얼굴은 산뜻했다.

조금의 낭패한 기색도 없다. 단운룡이 자신의 손을 내려다 보며 혼잣말을 하듯 중얼거렸다.

"역시 이것만으로는 안 되는군."

그 차이는 근소하나 힘의 열세는 부인할 수 없다.

공격이 통하지 않을 뿐 아니라 일격을 허용하기까지 했다.

신풍으로는 부족하다는 말이다.

광신마체 일식(一式)으로는 거기까지가 한계였다.

'지속 시간은 반 다경 이내. 반 다경… 짧지만 그것이면 족하다. 그 안에 승부를 낸다.'

어쩔 수 없다.

이식(二式)이다.

단운룡이 오른발을 반보 내밀었다.

광신마체 발동에 힘을 모으는 시간 따위는 필요치 않았다.
힘을 끌어올려 진기를 퍼뜨릴 시간이라면 순간으로 충분했다.

'순속(瞬速).'

마음이 곧 진기를 이끄는 근원이다.

중단전에서 격발된 명령이 하단전에서 광극진기를 끌어올
린다. 진기가 단숨에 치솟아올라 심혼의 상단전에 이르렀다.
상단전, 두뇌의 중심으로부터 한줄기 섬광이 번뜩였다.

도화선에 불을 붙인 것과 같다.

온몸의 근육으로 퍼져 나가는 진기다. 그야말로 치닫는 섬
전(閃電)이랄까.

발동이다.

광극진기 광신마체 이식, 순속의 힘이 단운룡의 몸을 속
신(速神)의 경지로 이끌었다.

번쩍!

단운룡의 몸이 움직인 것은 순간이었다. 땅을 박차는 소리
조차 들리지 않는다. 사라졌다 나타나듯, 단운룡의 전신이 호
대통의 바로 앞에 이르렀다.

움직이는 손.

호대통의 얼굴에 경악의 표정이 떠올랐다.

따아아앙!

두 손으로 도끼자루를 잡고 세 걸음이나 물러난다. 자세를
가다듬으며 도끼날을 휘돌렸지만 이미 단운룡은 그 자리에

없었다. 육안으로 따라갈 수 없는 속도다. 살기에 반응하여 움직일 수밖에 없다. 호대통이 다급하게 몸을 돌리며 도끼자루를 위아래로 움직였다. 금속성의 충돌음이 연달아 터져 나왔다.

땅! 따당!

무엇에 부딪치는 것인가.

손인지 발인지 분간조차 불가능하다. 호대통의 방어는 오직 절정고수로서의 순간적인 반응일 뿐 육안으로 확인하면서 싸우는 것이 아니었다. 다시 세 발짝 뒤로 물러나는 호대통이다. 단운룡의 형체라고는 눈앞으로 끼쳐드는 연녹색 잔상만이 전부였다.

"이익!!"

호대통이 이를 악물며 뒤쪽으로 몸을 날렸다. 반격이 어렵다. 전 방위를 아우를 수 있는 공격이 필요했다. 도끼자루를 잡은 호대통의 두 손등에 굵은 혈관이 돋아났다.

"크합!"

후우우우웅!

있는 힘을 다해 휘두른다. 바람을 가르는 경력이 엄청났다. 전면을 휩쓸고, 다시 한 바퀴를 돌아온 벽해부가 무서운 광풍을 일으켰다.

'뚫고 들어올 수 있겠는가!'

단운룡의 움직임을 멈춰보려는 의도였다.

말하자면 철벽의 방어다. 도끼날의 넓은 면적을 이용한 경력의 방패였다.

'시간을 끌 수야 없지.'

접근을 불허하는 한 수다.

하나 단운룡은 그것을 지켜보고만 있을 생각이 전혀 없었다.

순속 발동에는 잠재된 위험이 있다. 유지할 수 있는 시간이 한정되어 있는 것이다. 움직임의 속도를 두 배 이상 끌어올리기 때문에 그 이상 무리를 했다가는 자멸을 면치 못한다.

'광검결(光劍訣)이다. 적검(赤劍)의 수결(手訣)로 간다!'

단운룡은 손날을 쭉 펴고, 그 손끝에 순속의 진기를 모았다. 희미한 적색의 기운이 단운룡의 손 전체를 감싸기 시작했다.

파라락!

뛰어드는 단운룡이다.

광풍으로 몰아치는 도끼날을 향해 일직선으로 짓쳐들고 있었다.

"놈!!"

똑바로 들어오는 공격이다. 호대통에게도 뚜렷하게 보일 수밖에 없다. 외마디 호통 소리와 함께 도끼날을 횡으로 휘둘러왔다. 몸통째로 날려 버리겠다는 험악한 살기가 그 도끼날 전체에 한가득 담겨 있었다.

퍼억! 하고 육신이 터져 나가는 소리를 기대했을 것이다. 그러나 다음 순간 들려온 것은 그와 같은 파육음이 아니었다.

쩡!

단말마의 격파음이다.

단운룡의 손과 부딪친 도끼날 반쪽이 공중을 날고 있었다.

꿍!

부숴진 도끼날이 땅에 떨어지며 묵직한 소리를 냈다. 경악성도 있었다. 벌어진 일을 믿을 수가 없었던 호대통의 목소리였다.

"무, 무슨!!"

말도 안 된다. 이럴 수는 없다.

단운룡은 호대통의 바로 앞에 멈춰 있었다.

몸을 감싸고돌던 바람이 잠잠하게 가라앉는다. 흔들리던 유삼 자락이 고요하게 멈추었다.

호대통은 놀라움에 굳어져 그 몸을 움직이질 못했다.

그의 시선이 단운룡의 손에 이른다.

옆으로 가볍게 늘어뜨린 손이다. 손날 한쪽으로 핏물 한줄기가 흘러내리는 중이었다.

고작 그 정도 상처.

그 위력은 형언불가다.

광검결이었다. 소연신이 전수해 준 무공, 그야말로 빛을 담은 검격이다. 맨손으로 도끼날을 부숴 버리는 무적의 수공(手功)이 거기에 있었다.

"머리통을 박살 내준다고 했던가?"

나직하게 묻는 단운룡의 목소리는 호대통에게 있어 소름 끼치는 공포였다. 호대통이 두 눈을 치뜨며 발악적인 고함을 내질렀다.

"죽어라!! 이놈!!"

반쪽 남은 도끼날이 단운룡의 가슴팍으로 짓쳐 들어갔다.

통할 리가 없는 공격이다.

단운룡의 손날이 아래에서 위로 붉은 빛 광검(光劍)의 잔영을 남겼다.

쩌엉!

도끼날이 붙어 있던 철봉이 두 동강 난다. 놀란 호대통이 다급하게 두 동강 난 도끼자루 철봉을·휘둘러 보았지만 부질 없는 몸짓일 따름이었다.

슈웃!

싸움의 끝.

한순간 호대통의 시야에서 단운룡의 모습이 사라져 버렸다. 도끼날이 부숴지고 도끼자루가 동강 나면서 호대통의 살벌했던 마음도 단번에 무너져 버렸다. 호대통이 절정고수답지 않은 눈빛으로 고개를 돌리며 주변을 둘러보았다.

'없다!'

그 두 눈에 떠오른 것은 두려움이다. 귀신처럼 움직이던 연녹색 유삼의 잔영도 더 이상 보이질 않는다.

터억!

사람이 내려서는 발소리가 있었다. 양쪽 어깨로부터다.

두 어깨로 묵직한 무게가 전해져 온다. 호대통의 얼굴이 돌덩이처럼 굳어졌다.

그렇다. 그것은 그야말로 놀라운 광경이었다.

순식간에 시야에서 사라지더니 호대통의 어깨 위로 올라가 아래를 내려보고 있었던 것이다.

"이것이 극광추다. 내세에는 선인(善人)으로 살아라."

호대통은 자신의 머리 위로 올려지는 손바닥의 감촉을 느낄 수가 있었다.

일그러지는 얼굴. 그 입에서 다급한 외침이 터져 나왔다.

"자, 잠깐! 기다려!"

퍼억!

주먹으로 수박을 내려쳐 터뜨리는 소리와 같다. 뼛조각과 핏물이 사방으로 튀어 올랐지만 단운룡의 몸에 맞은 핏물은 단 한 방울도 없었다.

극광추 일격을 꽂아 넣음과 동시에 하늘 높은 곳으로 몸을 날렸기 때문이다. 소리없이 착지하는 단운룡의 뒤편으로 머리를 잃은 호대통의 몸이 땅바닥을 향해 기울어지고 있었다.

쿠웅!

육중한 몸이 무너지며 낸 소리는 그가 저질렀던 죗값에 비하자면 초라하기 짝이 없었다.

단운룡은 그 마지막을 돌아보지 않은 채 곧바로 숨을 들이

키며 진기를 다스렸다. 상단전에서 지폈던 도화선을 끄고 온몸의 전광(電光)을 가라앉혔다. 단운룡의 입에서 억눌린 신음소리가 흘러나왔다.

"크으으으윽!"

다리부터 팔까지.

드디어 시작이다.

근육들이 부들부들 떨리고 있었다. 무지막지한 고통이다. 이를 악무는 단운룡의 코끝에서 붉은색의 선혈이 방울져 흘러나왔다.

이것이 문제다.

성난 뇌기(雷氣)가 온몸을 치달리며 혈맥을 터뜨리고 있었다. 무시무시한 고통이 온몸을 내달린다. 들끓는 열기에 얼굴이 붉어졌음은 물론이요, 유삼에 가려져 드러나지 않은 전신의 피부까지도 온통 붉게 물들어가고 있었다.

"크윽, 후우, 후우⋯⋯!"

단운룡은 숨을 깊이 몰아쉬며 진기를 진정시키기 위해 온힘을 다했다.

확실히 힘들다. 역시나 순속을 펼치기엔 아직도 몸이 따라주질 않는 것이다. 순속 발동에 더해 광검결을 극한으로 끌어올리기까지 했으니 멀쩡하길 기대할 수가 없는 일이었다.

바스락!

숲 한쪽에서 인기척이 들려온 것은 바로 그때였다.

주춤주춤 다가서는 사람이 하나 있다. 단운룡의 지척으로 걸어와 조심스럽게 물어온다. 부드러운 목소리다. 놀라움과 감사의 염이 함께 담겨 있었다.

"괘, 괜찮습니까?"

단운룡은 말없이 고개를 끄덕였다. 대답할 힘도 없다. 힘겹게 고개를 들고 옆을 돌아보았다. 두건을 쓴 호리호리한 남자 하나가 걱정스러운 눈빛을 한 채 단운룡을 바라보고 있었다.

이 남자다. 이 남자가 바로 그 금모전도 안빈이다. 형형색색의 옷을 몇 겹이나 덧걸친 괴이한 차림새를 하고 있었다.

"도와주셔서 감사합니다. 덕분에 목숨을 건져 버렸습니다."

뒤도 안 보고 도망치는 것 같더니 아주 의리가 없는 남자는 아니었던 모양이다.

그냥 사라지고 싶은 마음이 굴뚝같았을 텐데, 이처럼 다시 돌아와 감사의 말을 건네고 있다. 금모전도 안빈이 잠시 동안 단운룡의 눈치를 살피다가 이내 쓰러진 호대통 쪽으로 걸음을 옮겼다. 그의 입에서 외마디 신음 소리가 흘러나왔다.

"윽!!"

얼굴을 있는 대로 찌푸리고 있다. 머리통이 박살난 그 참혹한 광경 때문이었다. 그가 다시 단운룡에게 다가와 다소 겁먹은 표정으로 입을 열었다.

"죽여 버리셨군요! 죽어도 싼 자라는 건 알고 있었지만, 이렇게 끔찍한 죽음이라니! 다소나마 불쌍스런 느낌이 들 정도입니다."

불쌍하다?

단운룡의 두 눈에 기가 막힌다는 빛이 떠올랐다. 호대통 같은 자에게 불쌍하다니, 죽어라 도망치던 자의 입에서 나올 말이 아니었다.

'제정신이 아니군.'

목구멍까지 올라온 한마디를 삼키기는 쉽지 않았다. 어렵사리 입을 다물고 호흡에 전념했다.

"생각해 보면 근본적으로는 제 잘못이었는데 말입니다. 그렇게 난폭스런 자라도 얼마든지 마음에 들게 해줄 수 있을 줄 알아버렸지 뭡니까."

가만히 듣자 하니, 말투도 요상하기 짝이 없다. 듣고도 한 번 더 생각해야 할 정도로 익숙하지가 않다. 그뿐이 아니다. 어투 이상으로 이해할 수 없는 것은 그 이야기하는 내용에 있었다.

"애초부터 제가 제대로 했었드랬더라면 이런 식으로 끝이 나지는 않아 버렸을 텐데……. 아직 전 무진장 멀어버렸습니다."

이상한 남자였다.

무도한 악인을 탓하는 것이 아니라 자기 자신을 탓하고 있는 것이다. 자기를 죽이려고 덤볐던 호대통에 대한 연민은 불가해 그 자체였다.

사고방식의 차이랄까, 단운룡은 이 안빈이란 자에게서 무인

(武人)과는 판이하게 다른 이질적인 느낌을 받을 수가 있었다.

'이렇게 하지 않았다면 죽는 건 당신이었어.'

단운룡은 또다시 목소리를 삼킬 수밖에 없었다.

하단전에서 치받아 올라오는 한줄기 탁기 때문이었다.

"후우우우."

탁한 진기를 어렵사리 눌러놓고는 다시 한 번 안빈을 돌아보았다.

이해할 수 없다. 하나 악인은 아닌 것 같다.

높은 코, 얇은 입술. 두건 밑으로 삐져 나온 몇 가닥의 머리카락은 놀랍게도 노란색을 띠고 있다. 전체적으로는 분명히 기묘한 느낌을 주고 있으나 따지고 보면 번듯하니 잘생긴 얼굴이다. 무인이 아니라 예인(藝人)임에 초점을 맞추고 보면, 그렇게까지 괴상하다 말할 수도 없을 것 같았다.

"그렇다 해도 은공께서 제 목숨을 건져 버리셨습니다. 어찌 보답을 해드려야 할까요?"

"보답 따윈 필요없어."

이제야 목소리가 나온다.

하지만 완전히 진정된 것은 아니다. 다시금 찌릿하게 올라오는 고통에 단운룡이 얼굴을 찌푸렸다. 그 얼굴, 안절부절못하게 된 것은 오히려 안빈이다. 안빈이 두 눈을 크게 뜨며 조심스러운 목소리로 말했다.

"아니, 은공! 제가 뭔가 기분 상하실 일을 해버렸는지요?

하나뿐인 목숨과 두 쪽의 손만 달라 하시지 않는다면, 뭐든지 말씀하시는 대로 해드리겠습니다."

선량하다고 해야 할지, 우둔하다고 해야 할지.

단운룡은 이 남자가 어떤 인간인지 선뜻 재기가 힘들었다.

모호한 자다.

단운룡이 필요없다는 뜻으로 고개를 설레설레 저었다. 또 다시 조여들고 있다. 이 고통, 최악, 그 자체다. 자리를 뜨고 싶지만 몸을 날리기가 힘들다. 순속과 광검결을 펼친 대가는 실로 만만치 않았던 것이다.

"은공께서 이러시면 제 마음이 불편스러워 버립니다. 아아, 이걸 어쩌면 좋겠습니까……"

오히려 불편한 것은 단운룡 쪽이었다.

차라리 그냥 도망가 줬으면 좋았을 것을.

그러나 다음 순간이다. 이 곤란한 상황을 해결해 줄 사람이 나타났다.

산책이라도 하듯 여유롭게 걸어오는 자.

소연신이었다.

"보은이라면 대저 스스로 아끼는 것으로 해야 하는 법이지. 이왕이면 주기 싫다는 그 두 쪽 손으로 받아라. 목숨보다는 가벼울 것이 아닌가?"

그의 말에 안빈의 얼굴이 사색으로 물들었다. 안빈이 크게 당황한 어투로 되물었다.

"두, 두 손이라니요?"

"그 두 손을 달라고."

안빈의 두 눈에 떠오른 것은 다른 것이 아닌 공포였다. 그것은 소연신이 한 말 때문에 생긴 공포가 아니라 소연신이란 존재 그 자체에 대한 공포다.

예인이면서 무인이다. 무인이라면 어쩔 수 없다. 도망치려 해도 발이 떨어지지 않을 게다. 움직일 수조차 없는 압력에 어렵사리 입을 여는 정도가 고작이리라.

"하, 하지만… 이 두 손은… 제, 제 모든 것입니다……!"

"그러니까 그것으로 갚아라. 이 녀석 머리카락이나 손봐줘."

"예?!"

사람 하나. 죽음의 나락으로 떨어뜨리는 것도, 삶의 환희로 끌어올리는 것도 소연신에겐 손가락을 까딱하는 것만큼이나 쉬운 일이다. 어리둥절해져 있던 안빈의 얼굴이 순식간에 기쁨으로 가득 찼다. 안빈이 한껏 환한 표정을 지으며 되물었다.

"그, 그걸로 되겠습니까?"

안빈의 눈은 당사자인 단운룡에게 가 있었다. 머리카락을 잘라주는 것으로 되겠냐는 뜻이었다. 단운룡이 소연신을 한 번 돌아보고는 어쩔 수 없다는 듯 건성으로 고개를 끄덕였다.

'도리가 없단 말이군…….'

차라리 그렇게 넘어가는 것이 편하겠다.

조용히 진기를 가다듬을 수 있다면. 이렇게 치밀어 오르는 고통만 해결할 수 있다면 다른 것 따위는 뭐가 어떻게 되어도 상관없을 것 같았다.

"상인에게 은혜를 베풀었으면 돈으로 받는 것이요, 요리사에게 은혜를 베풀었으면 요리로 받는 법이지. 바로 이쪽으로 내려가면 금당현이라는 마을이 나올 게다. 안빈, 자네는 감락당이라는 객잔에서 우리를 기다려. 감락당 점주에게 풍(風)이라는 이름을 말하면 오층으로 안내해 줄 테니까."

"금당현 감락당 오층 말입니까?"

"그래."

"거기는 그야말로 특급스런 귀빈들만 들어갈 수 있는……! 설마!!"

안빈이 두 눈을 크게 뜨며 뭔가를 알아챘다는 표정을 지었다. 그가 빠른 어조로 말을 이었다.

"풍(風)이라 하시면 혹, 천하 예인들과 직인들의 수호자라 하시는 그 신풍대야(神風大爺)를 말씀하시는 겁니까?!"

"협객은 이름이 없는 법이야. 그저 무도한 악인을 눈뜨고 볼 수 없었다 생각하면 그만이겠지."

소연신의 대답에 안빈이 더욱더 놀란 표정을 지었다.

소연신의 말, 스스로 신풍대야임을 시인한 것이나 다름이 없다. 안빈이 황송하기 그지없는 표정을 지으며 고개를 깊이 숙였다.

"영광스러운 일일 따름입니다. 그러면 먼저 가서 은공을 기다리고 있겠습니다."

안빈은 마치 주군에게 명령이라도 받은 신하마냥 움직임을
서둘렀다. 예인이라기엔 너무도 빠른 경공이다. 무예 실력은
지난바 경공술만 못한 것 같았지만, 그 경공술 하나만큼은 확
실히 일반적인 절정고수 이상으로 보였다.

한마디로 말해 '특이한 자' 란 말이다.

무공은 특출나지 않았으되, 경공만은 벽해마왕 호대통이
잡지 못할 만큼 빨랐다. 그것만으로도 기이할진대, 머리 속에
들어 있는 것은 더 더욱 이상하다. 무인의 정신이 아니다. 경
공술도 결국은 무공, 순수한 예인이라 부르기도 힘들겠지만,
순수한 무인이라고는 더 더욱 부르기 힘든 자였다.

"재미있는 녀석이다. 그렇지 않나?"

단운룡이 고개를 끄덕였다.

입으로 말할 수 없다. 소연신이 단운룡에게 다가왔다. 단
운룡의 등 뒤에 손을 올리고 진기를 운용한다. 무서울 정도
로 웅대하고 강력한 진기다. 순식간에 몰려들어 와 고통을 줄
여준다. 매번 느끼는 바이지만 역시나 이 사부의 능력은 측량
불가 그 자체에 다름이 아니었다.

"천하를 살아가는 사람들의 모습은 저처럼 여러 가지 색깔
을 띠고 있지. 저 녀석도 그렇지만, 네가 죽인 호대통이란 놈
도 그렇다. 수없이 많은 악행을 저지르고도 용케 살아가고 있
었어. 마찬가지다. 그런 놈을 죽여 버린 네 녀석의 색깔은 또

한 그들과 다를 것이다. 그래서 세상은 흥미롭다. 아무리 오랜 시간이 흘러도 항상 다른 모습을 보여주곤 하니까."

근육의 경련이 멎고 있었다.

역시나 굉장하다. 사부의 능력에는 언제나 믿기 힘든 조화가 담겨 있다. 미처 날뛰던 진기가 단숨에 가라앉고 있는 것이다. 터졌던 세맥과 망가졌던 기혈까지도 순식간에 회복되고 있었다.

"네 녀석이 달라지고 있는 것도 내게는 제법 흥미로운 일이다. 광검결을 제대로 쓰고 있더군. 그 수준까지 깨우치고 있었을 줄은 몰랐다."

소연신은 칭찬에 인색했지만, 칭찬받을 일에 대해서는 결코 그냥 넘어가는 일이 없었다. 어떤 것이 장점으로 작용했었는지 반드시 짚고 넘어간다. 그것이 사부로서의 소연신이었다.

또한 소연신은 단점과 실수를 보고도 그냥 지나치는 일이 없었다. 칭찬 다음은 질책이다. 단운룡은 그 다음에 이어질 질책에 더 큰 주의를 기울였다. 칭찬받은 일에는 생(生)의 도리가 깃들어 있지만, 질책받은 일에는 사(死)의 도리가 깃들어 있다. 생이란 또 만들어내면 그만이나, 사는 한 번으로 끝이다. 또 같은 잘못을 반복해서는 안 된다. 잘못을 없애는 일이 죽지 않는 길이라는 사실을 단운룡은 너무나 잘 알고 있었다.

"하지만 그놈의 분노를 자극한 것은 결코 좋은 선택이 되지 못했다. 그것은 말하자면 고정된 관념의 실수다. 분노한다고 하여 무조건 허점이 드러나리라고 생각한 것. 그것이 네 녀석의 가장 큰 실책이었다. 심리전(心理戰)이라는 것은 상대를 충분히 알고 나서 써야 하는 법이다."

소연신이 잠시 동안 말을 멈추었다. 단운룡의 내상을 다스리기 위한 마지막 단계다. 고비라면 고비라 할 수 있는 순간을 가볍게 넘긴다. 소연신이 차분한 목소리로 말을 이었다.

"이전에도 말했다. 천하의 모든 사람들은 자기만의 색깔을 지닌다고. 하지만 그 색깔이란 것은 언제나 다른 것이 아니며 또한 불변하는 것이 아니다. 그들은 간혹 같은 색깔을 보여줄 때가 있음이니……. 생각해 보아라. 사람이 분노하면 동작이 커지게 마련이다. 심기가 흐트러져 기량이 줄어든다. 허점이 생기고 공략할 틈이 생기는 것이다. 그것이 말하자면 수많은 무인들이 대체로 보여주는 반응이라 할 수 있다. 어떤 공통적인 색깔이 거기에 있다는 것이다. 네가 지금까지 같은 방법으로 재미를 보았던 것은 그와 같은 반응을 잘 알고 있었기 때문이겠지."

소연신, 사부는 다시 한 번 말을 멈추었다.

진기가 완전하게 진정되고 있었다.

고요해지는 기해. 하지만 그것으로 끝이 아니다. 흘러들어왔던 사부의 진기는 완전히 흩어지지 않았다. 강력하고도 강력한 진기는 세맥을 어루만지고 폐부를 돌아 상당 부분이 천지간의 공기 속으로 되돌아가 버렸지만, 체내에 남아 있는 사부의 진기는 그대로 단운룡의 진기와 융합되어 단전에 자리를 잡고 있었던 것이다.

그것은 내상을 회복하기 위하여 부족한 진기를 흡수하는 자연스러운 현상이었으되, 또한 말하자면 일종의 격체진력이라 할 수 있었다. 억지로 내력을 밀어 넣는 것이 아니라 지당한 흐름에 맡긴 조화였다. 오 년. 길다면 길지만 짧다면 짧은 그 세월 동안에 호대통을 이길 수 있을 만한 공력을 지니게 된 것도 그 덕분이라 할 수 있었다.

"네 생각은 부분적으로 틀리지 않았다. 대부분의 무인들은 분노함으로써 자기 실력의 상당 부분을 깎아먹게 되지. 하지만 또다시 말하건대, 천하의 모든 인간들에게는 자기만의 색깔이 있다. 내공심결도 그러한 법. 내공심결이라 함은 모두가 같은 방식으로 연마되는 것이 아니다. 대부분의 무인들은 하단전만을 강인하게 연련하지만, 중단전까지 중시하는 무인들도 굉장히 많다. 상단전은 대부분의 무인들이 건드릴 엄두조차 못 내는 영역이지만, 그것을 다룰 줄 아는 무인들도 생각보다는 적지 않다. 천하 심법 중에는 그 세 영역을 한꺼번에 총괄하여 연마하는 심법도 있으며 어느 한쪽에 편중된 심법들도 존재한다. 각자가 그들만의 이론과 체계를 세우고 있으니, 어느 것이 옳다 분명하게 말하기도 힘들겠지. 호대통의 분노를 격발시켜 도리어 어려운 상황에 처하게 되었던 것은 그 때문이다. 그대로 잘 이끌어갔다면 순속까지 갈 필요도 없었어.

결국 네 배움의 사각에 어려움의 원인이 있었다."

"배움의 사각이라면……!"

단운룡은 이제 입을 여는 것에도 아무런 어려움을 느낄 수가 없었다. 소연신의 손바닥이 등에서 떨어지는 것을 느끼고 천천히 몸을 돌려세운다.

몸을 고쳐 준 것. 내공을 길러준 것.

그것보다 열 배는 중요한 것이 이와 같은 사부의 가르침이다. 고수는 힘이 강해져서 고수가 아니라, 어떻게 싸워야 할지알기 때문에 고수인 것이다. 단운룡은 그것을 잘 알고 있다. 사부의 말을 한마디도 놓치지 않는 단운룡이었다.

"분노는 감정이며, 감정을 통제하는 것은 중단전이다? 과연그것은 반드시 옳은 지식이라 말할 수 있나? 감정이란 복잡하고 기묘한 것이다. 거기에는 상단전이 관여할 수도, 하단전이 관여할 수도 있지. 평상심을 얻기 위해 중단전을 연마하는것. 그것은 옳은 일이다. 그러나 그 때문에 감정과 중단전이반드시 합치되는 것이라 생각했다면 그것은 도리어 지식의 과신이요, 만용이라 말할 수 있을 것이다. 분노가 격발되었다고하여 무조건 중단전이 흔들렸다 보는 것은 절대적인 오산이란말이다. 요컨대 그것은 그 사람이 중단전을 어떻게 다뤄왔냐는 데에서 근원을 찾아야 된다는 뜻이다."

"그 말씀인즉슨, 호대통이 익힌 심법이 문제였다는 것이로군요."

"정확하다. 사람은 화를 내면 강해진다. 적어도 슬퍼하며 절망하고 있을 때보다는 큰 힘을 낼 수 있겠지. 이것은 분명 부인할 수 없는 사실이다. 그놈의 심법도 그러하다. 중단전의 힘을 고요한 평상심으로 두는 것이 아니라 노화를 통하여 더 큰 힘을 얻는 방식이었단 말이다. 그런 식의 운공이라면 하단전의 작용과 진기의 흐름도 거기에 맞추어 만들어졌을 것이 틀림없다."

"분노함으로써 더 강해졌으면 강해졌지, 허점이 생기진 않는다는 뜻입니까?"

"그렇다."

"하지만 그렇게 중단전을 운용하다가는 언젠가 파탄이 생기고 말 텐데요."

"그것도 분명 그렇지."

"……!"

단운룡은 깨달음이 빠른 제자였다. 소연신의 마지막 대답으로 소연신이 알려주고자 했던 모든 것을 다 알아채 버린 것이다.

한쪽에 치우친 중단전의 운용.

그렇게 함으로써 생기는 파탄.

그것은 언젠가 생기는 것이 아니라 이미 생겨 있던 파탄일지도 모른다.

벽해마왕 호대통.

진기의 흐름이 분노를 근원으로 하기 때문에 스스로의 감정을 조절하지 못하고 광포한 행동과 언사를 일삼았다. 악행을 저지르고도 스스로 잘못된 것임을 알지 못한다. 한순간의 노화에 몸을 맡기면 그것으로 그만이다.

호대통의 인간됨은 거기에서 비롯된다. 처음부터 그렇게 악인이었을지 아닐지는 알 수가 없는 일이나, 그가 악인이 되는 데 그의 심법이 결정적인 역할을 했음은 분명한 일이었다.

마음을 청정케 하는 무공, 마음을 혼탁하게 만드는 무공.

정공(正功)과 마공(魔功)이라 함은 바로 그런 것에서 구분되는 것이리라.

어떤 사람은 협객이 되고 어떤 사람은 마인이 되는 것. 원래 가지고 있었던 성정도 중요한 것이겠지만, 익히는 무공이 어떤 것인가도 타고난 천성 못지않게 중요한 법이었다.

'앞으로도 악인들과 싸우게 된다면 그처럼 정론(正論)에서 벗어나는 무공을 익힌 자들을 계속하여 만나게 될 거다. 그렇다면 언제나 상궤에 맞는 전법만을 쓸 수는 없어. 더 여러 가지 상황, 더 많은 싸움에 익숙해져야 해.'

배움으로 내린 단운룡의 결론은 그러했다.

생각만으로도 강해진다.

단운룡은 소연신의 가르침을 통해 지난바 기량의 상승을 온몸으로 느낄 수 있었다. 다시 호대통과 싸우면 그만큼의 타격이나 곤란함 없이도 능히 제압할 수 있을 것 같다.

그것이 단운룡의 무공이다.

중원에서 지난 오 년 동안 이루어낸 비약이 그와 같은 배움 속에 하나 가득 담겨 있었다.

단운룡은 강해졌다. 광극진기를 운용하는 것도 숨을 쉬는 것만큼 자연스러워졌고, 무공을 전개하는 것도 생활의 일부처럼 몸에 붙어 있었다.

그러나 모든 것이 그처럼 강해진 것은 아니다.

무공 외의 다른 것은 아무리 지나도 쉽사리 익숙해질 수가 없었다.

더욱이 안빈 같은 예인의 말투라면 도무지 적응이 되질 않는다. 지금보다 무공이 두 배가 강해진대도 상대하기가 어려울 것 같았다.

"이제 보니 굉장히 매력적인 얼굴이십니다. 흉터가 있으면 험한 인상을 주기가 쉬운데, 험하다기보다는 묘한 멋이 느껴집니다. 게다가 머리가 길어서 미처 알 수가 없었는데, 귀고리까지 하고 계셨더군요. 정말 좋습니다. 은공과 같이 스스로의 치장에 소홀하지 않는 사람이야말로 진짜 협객이라 할 수 있어버립니다요!"

어떻게 대해야 할지 알 수가 없다.

감락당 오층이라면 사부와 여러 번 와보았던 곳이다. 하나 그처럼 친숙한 장소일지라도 이와 같은 상황에서는 마음 편한 곳이 못 된다.

호화로운 주루의 특실 한가운데 앉아 커다란 동경(銅鏡) 앞에 가만히 앉아 있어야 한다는 것, 어색하기 짝이 없는 일이었던 것이다.

"미홍, 꼭 그런 식으로 쳐다봐야 하나? 다들 저쪽으로 좀 가 있지 그래."

"피! 싫어요! 이런 구경을 어떻게 놓쳐요? 안 그래요, 미홍 언니?"

"그럼! 이보다 재밌는 것도 없지! 호호호!"

가장 곤욕스러운 것은 깔깔대며 주변에 둘러선 기녀들의 시선이었다.

사부의 짓이다. 미홍은 차치하고서라도 평소에는 부르지도 않던 방소로나 여비와 같은 기녀들까지 죄다 불러 모았다. 제자의 곤란함을 즐기는 그 못된 심통이 이런 식으로 나타나리라고는 미처 생각조차 하지 못했을 따름이었다.

"은공의 얼굴선은 날카로운 편이니 그 느낌을 잘 살리는 것이 좋겠습니다. 요즘 젊은 강호인들 사이에서는 긴 머리에 영웅건이 유행인데, 그런 것은 좀 식상한 감이 있죠. 어디 보자, 조금 짧은 편이 어울릴 것 같은데요."

이 금모전도 안빈만으로도 충분하다. 이어지는 곤욕은 도저히 감당이 안 될 지경이었다.

"깔깔깔! 그래요! 확 잘라줘요!"

"예쁘게 잘라주세요!!"

"얘! 유명하신 분께 이 무슨 실례니? 바로 그 금발의 안빈 선생이시라구!!"

"어머! 언니는! 왜, 언니도 안빈 선생님께 머리 하고 싶어서 그래?"

"그, 그런 게 아냐!"

"맞는 모양인데! 호호호호!"

단운룡은 뒤쪽에 늘어선 기녀들의 얼굴이 커다란 동경에 옹기종기 비치고 있는 것을 보며 두 눈을 질끈 감고 싶었다. 아니, 두 눈으로는 충분치 않다. 끊기지 않는 수다와 웃음소리는 귀를 막아도 멈출 수가 없으리라.

"아, 혹시 특별한 것을 좋아하신다면 염색(染色)은 어떻습니까? 황로 열매와 적로초를 사용해 개발한 염색약이 있는데, 색이 아주 잘 나오죠. 제 머리카락처럼요!"

아닌 게 아니라 동경으로 비치는 안빈의 머리카락은 서방 색목인의 그것처럼 노란빛을 띠고 있었다. 금모전도라더니, 그 금모가 진짜 금발을 뜻하는 것이었을 줄은 몰랐다.

사실 관심도 없었던 일이긴 했지만 미처 예상치 못한 일임에는 분명하다. 게다가 그 금발이란 것도 염색약에 의한 색깔이었다니, 그저 놀라울 따름이었다. 천이나 물들이는 염료(染料)란 것이 머리카락에도 쓸 수 있는 것이었다고는 상상조차 해본 일이 없었다.

'그거야 둘째 문제고…….'

진짜로 예상을 뛰어넘는 것은 그 머리색이 진짜였든 염색이었든 그런 종류의 것이 아니었다. 기녀들의 교성이 폭발적으로 높아지고 있었던 것이 가장 큰 문제다. 기녀들의 목소리가 거의 통제할 수 없는 수준까지 이르고 있었던 것이다.

"어머! 좋아라! 단 공자가 금발이면 너무너무 귀엽겠다!!"

"더 진한 색은 없어요?"

"그러게! 빨간색 어때요? 진홍색은 없나요?"

"진홍색? 어머나, 진홍 머리 단 공자, 상상만 해도 죽인다 야."

기녀들의 교성에 맡겨두었다가는 머리카락이 어떻게 될지 두려울 지경이다. 여기에 잠자코 앉아 있는 것만으로도 참지 못할 어려움인데 이래서는 안 된다. 당장이라도 뛰쳐나가고 싶은 마음이 굴뚝같았다.

"후우……. 이 여인들의 말은 듣지 않아 줬으면 하는데."

"염색은 싫다는 말씀이시죠?"

안빈은 다행히도 눈치가 빨랐다. 직업이 직업인지라 앞에 둔 사람의 마음을 잘 아는 것 같다. 안빈이 기녀들을 돌아보며 부드러운 목소리로 그녀들을 나무랐다.

"죄송하지만 조금만 목소리를 줄여주세요. 은공께서 당혹해하시는 것은 제 입장에서도 다시없는 실례랍니다."

비단결과 같이 흘러가는 말투다. 기녀들의 교성이 즉각적으로 줄어들었다. 여인들을 다루는 데 익숙한 모습이다. 금모전도 안빈, 실로 대단한 재주였다.

"다소 짧게 하고 흉터 쪽의 윤곽선을 살리도록 하죠. 이 흉터는 굳이 감출 필요가 없을 것 같아요. 마침 딱 맞는 머리 모양이 떠오르는데요."

"내키는 대로 해줘."

단운룡은 그렇게 말했다.

술잔을 기울이던 소연신의 눈썹이 가볍게 찌푸려진 것은 바로 그때였다. 단운룡의 말투가 못마땅했던 모양이다. 뭔가 말을 하려고 고개를 든 소연신이었지만 이미 안빈의 가위는 움직임을 시작한 뒤였다. 소연신이 사천 미주 특곡을 입에 털어 넣으며 고개를 모로 하고 안빈의 손놀림을 바라보았다.

사락, 사락, 사락!

안빈의 가위는 빨랐다. 현란하면서도 절제되어 있는 것이 마치 하나의 무공 투로를 보는 것만 같았다. 뒷머리를 한 움큼씩 잘라내며 올라오는 모양이 굉장히 역동적이다. 상당히 짧게 쳐내며 길이를 맞추고 잠시 양옆을 둘러본다. 탄성을 내지르며 지켜보고 있던 기녀들 중 하나가 문득 호기심 어린 목소리로 물었다.

"그 전도(剪刀)는 뭐예요? 처음 보는 생김새인데요?"

"아, 이건 서방(西方)에서 들어온 가위랍니다."

"서방이요?"

"장안(長安)에 가면 문물 교류가 많았던 옛 당(唐)의 흥취에 따라 특별스러운 물건들이 많이들 있지요. 요즘 이런 걸 구하자면 항주가 좋다는데 아직 가보지는 못했어요. 다음에 기회가 닿으면 좀 더 재미있는 물건들을 구해볼 생각입니다."

"와아……! 그나저나 금색 가위라니 신기해요."

"뭐, 그렇다고 금으로 만든 것은 아니죠. 그러면 이처럼 잘 들지를 않아 버려요. 금박을 입혔을 뿐이랍니다. 아, 마침 가위 이야기가 나왔으니 말인데, 사실 이 가위란 것의 역사는 상당히 오래된 편이죠. 족히 천 년은 넘는다 되어 있을 정도입니다."

"처, 천 년이나요?"

"그래요. 하지만 여기 가운데가 맞물린 형태는 쓰이기 시작한 지 그렇게 오래되지 않았어요. 지금의 중원에서는 구경하기 힘들죠. 서방에는 역시나 특이한 것이 많은 모양이랍니다. 이와 같은 황금색 가위뿐 아니라, 보석이 박힌 둥근 금관도 있고, 번쩍이는 은색의 십자(十字) 장식도 있다 하죠. 눈이 잘 안 보이는 사람들에게 좋은 안력을 돌려주는 신기한 안경(眼鏡)도 구경할 수 있다 합니다."

이야기를 하면서도 안빈의 가위질은 멈추질 않았다.

재빠른 공방의 와중에서도 몇 마디 호통을 내지를 수 있는 절정고수들의 여유나 다름이 없다. 그렇게 말을 하며 머리를 깎는 것이 익숙해 보이는 안빈이다. 더욱이 서방의 신비한 문물들에 대한 이야기만큼은 단운룡으로서도 저절로 귀를 기울이게 될 만큼 매혹적인 데가 있었다.

우웅.

신기한 것은 안빈의 이야기뿐이 아니었다.

손가락에 내력을 모으고는 머리카락을 터는데, 그 손바람
이 무척이나 시원했다. 잘려진 잔 머리털이 순식간에 하늘로
흩어졌다. 직인(職人)의 재주와 무공의 접목이다.

그뿐이 아니다. 황금색 머리빗에 내력을 집중하는 것 같더
니 곡선을 그리는 빗질 한번한번에 머리카락이 그 형태로 고
정되고 있었다. 놀라운 조화였다. 짧게 잘린 머리카락 전체가
바람을 타고 흐르는 듯, 부드러운 물결을 만들고 있었다. 뒤쪽
에 늘어선 기녀들의 입에서 참지 못할 탄성이 이어졌음은 물
론이었다.

"다 끝났습니다. 마음에 드시는지요?"

이윽고 멈춘 가위질이다.

앞머리는 눈썹 근처까지 자연스럽게 늘어뜨리고, 윗머리와
옆머리는 길지 않게 깎아 뒤쪽으로 물결을 만든다. 삐져 나온
귀밑머리에 뒷머리도 길지 않다. 매력적인 얼굴 윤곽을 그대
로 살렸고, 귀를 드러내 소봉의 조악한 귀고리가 잘 보이도록
했다.

머리 모양이 바뀐 것으로 분위기가 한껏 달라져 있다. 누구
도 건들지 못할 자유로움이 묻어난다. 사천에서 북원의 초원
과 광동의 남해까지 어느 곳이라도 달려갈 수 있을 것 같은

시대(時代) 49

절대적인 자유로움이었다.

그처럼 바뀐 모습이 어색했던 단운룡이다. 단운룡은 대수로울 것 없다는 어투로 가볍게 말했다.

"머리 모양이야 어떻든 어차피 상관없으니까."

머리를 만드는 데 굉장히 신경을 썼던 안빈이다. 상당히 실망스러운 말일 텐데도 안빈은 그저 미소로 화답할 뿐이었다.

그러나.

그것을 참지 못한 사람도 있었다. 뒤에서 들려오는 나직한 목소리, 소연신이다. 분노가 담긴 사부의 음성이 단운룡의 귓전을 파고들었다.

"이놈. 아까부터 그랬지만 그 말투는 상당히 거슬리는데."

"예……?"

단운룡이 미간을 좁히며 되물었다. 다소의 당혹감이 섞인 물음이었다. 이제껏 소연신이 단운룡의 말투를 걸고넘어진 적은 단 한 번도 없었기 때문이다.

"그 무슨 말버릇이냐. 당대 최고의 예인을 앞에 두고."

이어지는 소연신의 대답에 오히려 크게 당황한 것은 안빈이었다. 안빈이 깜짝 놀란 표정을 지으며 손사래를 쳤다.

"아니! 무슨 말씀이십니까! 전혀 문제될 것이 없습니다!"

소연신은 단호하게 고개를 내저었다.

그가 들고 있던 술잔을 탕, 하고 내려놓았다. 기녀들의 교성이 한순간에 사라졌다. 소연신의 몸에서 은연중에 새어 나오기 시작한 압도적인 기파 때문이었다.

"자네도 문제야. 스스로의 재주에 자부심을 가지고 있다면 상대의 그런 말투는 용서가 안 되는 법이지."

"그, 그렇지 않습니다. 그것은 재주에 대한 자부심과는 다른 문제입니다."

"절대적으로 같은 문제다."

소연신의 두 눈에는 무서운 빛이 번쩍이고 있었다. 안빈이 더욱 어쩔 줄 모르며 우물쭈물 말을 잇지 못했다.

"가, 같은 문제라니요……!"

"자네, 그만한 재주에 지금까지 고개 숙여 감사를 표하는 무인들을 몇 명이나 만나보았나?"

"예?"

"고개 숙여 감사를 말하는 자를 몇 명이나 보았냐는 말이다!"

"미천한 재주를 놓고 그만한 감사를 받을 이유는 없다고 생각했는지라……."

"미천한 재주라니! 말도 안 되는 소리!!"

소연신의 일갈은 엄청났다.

단운룡이 지금까지 들어본 그 어떤 일갈보다 강렬한 충격으로 다가오고 있었다.

진심으로 분노하는 소연신이다.

단운룡은 그런 모습을 본 적이 없었다. 그 누구에게서도 그토록 강력한 기도를 느껴본 적이 단 한 번도 없었다.

"그 내력과 그 손놀림! 스스로의 분야에서 예인으로서는 전에 없는 새로운 영역에 발을 들여놓았음에도 그 위대함을 깨닫지 못하는 가련한 자여! 그 재능이 이미 천하에 이르러 있음에도 그 말투와 태도는 최고로서의 겸손이 아닌 미천함을 말하는 자괴심의 소산이라! 어찌하여 그리도 하늘의 뜻에 어두울 수가 있는 것인가!!"

소연신의 분노는 사람을 향한 안타까움이며 시대를 향한 한탄이었다.

그저 황송함으로 석상처럼 굳어진 안빈.

그토록 심오했던 소연신의 가르침을 한 발 두 발 더 나아가 받아들이고 있었음에도 이번만큼은 해답에 이르지 못한 단운룡이 그 앞에 있었다. 단운룡의 머리 속에 감추지 못할 의문이 스쳐 지나갔다.

'이 남자의 재주가 그리도 대단한 것이었나……?'

입 밖으로 낸 목소리가 아님에도.

소연신의 번뜩이는 눈이 한순간 단운룡에게 이르렀다.

그렇다.

소연신 앞에서는 아무것도 감출 수가 없다. 단운룡이 발한 마음의 의문을 들어버린 것이 틀림없었다.

"무공, 무공, 무공. 네놈은 네가 지닌 무공이란 재주가 이 광대한 하늘 아래에서 얼마나 오랫동안 남으리라 생각하는가."

밑도 끝도 없는 질문이었다. 하지만 단운룡은 본능적으로 알 수가 있었다. 그 질문이 액면 그대로의 단순한 질문이 아님을 말이다.

"저는… 모르겠습니다."

단운룡이 살아 있는 동안.

그 제자나 자식이 살아 있는 동안.

무공이 대대손손 이어지는 시간을 말함일까.

아니다.

소연신의 말은 그런 식으로 잴 수 있는 것이 아니었다.

단운룡은 대답할 수 없었다.

소연신도 그것을 기대하지 않았다.

그 해답이란 아직 완성되지 않은 단운룡의 그릇으로는 절대로 알 수 없는 곳에 있었다.

소연신의 분노에는 분명한 이유가 있다.

그것은 분명 단운룡의 성장. 소연신은 그러한 단운룡의 그릇을 조금 더 키워주기 위해 이와 같은 이야기를 시작한 것일 게다.

그렇다면 마음으로 경청할 수밖에 없다.

오직 배우고 또 배울 뿐이다. 단운룡이 고개를 숙이며 말을 이었다.

"제자는 전혀 알 수가 없습니다. 가르침을 주십시오."

단운룡은 무지의 부끄러움을 짧은 식견으로 꾸미려 들지 않았다.

잴 수 없는 것에 대하여 깨끗이 인정하는 자.

부끄러움이 아니라 당당함이다.

분노를 표출하던 소연신의 기파가 가볍게 일렁거리며 일말의 흡족함을 드러낸다. 소연신이 고개를 끄덕이고는 천천히 입을 열었다.

"들거라. 이 세상은 결코 고정되어 있지 않으며 한곳에 머물러 있지 않다. 너와 내가 지닌 무공이란 힘은 천년만년 이어지는 성질의 것이 아니야. 지금은 마침내 겪어왔던 모든 절망과 좌절의 시대를 지나 만천의 빛이 인간에게 내려온 때다. 하늘이, 이 우주(宇宙)가 인간에게 허락한 힘이 정점에 이른 시대란 말이다. 오르막길에서도 가장 높은 곳에 이른 이 힘의 충만은 미처 인간이 느끼지도 못하는 새에 평탄하고도 평탄한 내리막길로 이어지게 될 것이다. 그것은 길어야 몇백 년! 후세의 사람들은 말하게 되리라. 우리가 지녔던 이 방대하고도 경이로웠던 힘들은 그저 상상과 허구의 소산일 뿐이라고! 네 몸을 속신의 경지로 이끌었던 광극진기도, 손으로 도끼를 부수었던 네 광검결도, 그때는 존재할 수 없는 허황된 공상으로써 회자될 것이다. 천지간의 기운이 인간의 육체에 허락했던 광대한 힘은 그것이 한계라는 뜻이다."

"무공이란 것이… 언젠가는 사라져 버린다는 말씀이십니까?"

"무(武)라 함은 인간의 삶과 언제나 함께해 왔고, 앞으로도 영원히 함께할 것이다. 하나 그 모습은 지금과 크게 달라질 것이 분명하다. 대지에 가득한 이 정기(精氣)는 천천히 쇠락하여 그 어떤 운공법으로도 지금과 같은 힘을 쌓을 수가 없게 된다. 나를 보라. 나는 늙지 않는다. 그 이유를 아는가? 나는 이 천하에 충만한 기운이 불과 오십 년 전보다 더 강성해져 있음을 느낀다. 세상 만물에는 흥망성쇠가 있는 법, 차고 이지러짐은 그 어떤 것에도 우선하는 우주의 조화다. 이처럼 강성해지는 힘이란 결국 그 정점이 다가왔음을 알리는 절대적인 징조일 것이다."

"그러면 그 정점이란 어떤 식으로 나타나게 되는 것인지요?"

"천하 각지의 인재들이 제 힘을 뿜내기 시작하니, 때는 영웅 속출의 난세라 구주가 좁다 한들 대지는 끝없이 펼쳤구나. 충만함은 정상에 아직 이르지 못했으되, 정상에 오르고도 한동안 내려올 줄 모른다. 너는 그와 같은 시대를 살아가게 되는 것이다. 하지만 그렇다고 이 충만해진 힘에 다른 재주들을 가벼이 여겨서는 안 될 일이다. 무공의 성세는 앞으로 몇백 년에 불과하나, 이 안빈이란 자의 재주는 우리의 무공이 사라진 후에도 천 년을 더 꽃피우게 되리라. 적어도 사람의 머리 위에 머리카락이 남아 있는 동안은 말이다."

소연신은 마지막을 이야기며 엷은 웃음을 지었다.

만능자가 보는 미래의 이야기다.

그 눈을 엿본 단운룡의 가슴속에 또 하나의 껍질이 깨어진다. 단단한 껍질 안에 담겨 있던 씨앗이 마침내 싹을 틔우는 순간이다.

그것은 천하 재인들을 진심으로 아끼고 존경하는 마음일지니.

무공을 자아내는 힘이 없어져도 영원히 살아 숨 쉬게 될 재주들이 있다.

천하제일.

천하인이란 반드시 경천동지의 무공을 지녀야만 하는 것이 아니다.

무공 일생이 백 년이라면, 학문과 예술에 대한 존중은 천 년을 두고 이어지는 대계다.

서화(書畵)와 음악(音樂), 시문(詩文)과 언어(言語)라는 재능.

고상함으로 치장된 그와 같은 재능들만이 위대한 것은 아니다. 농기구를 만들어 농사를 짓고, 곡식을 얻어 술을 빚으며, 가축을 길러 요리를 하고, 천을 짜서 옷을 만드는, 그 모든 재주들이야말로 사람을 사람답게 하는 힘이며 땅 위에 사람을 살아가게 하는 힘이다.

아무리 사소한 것일지라도 마찬가지다. 그것들은 언젠가 어둠으로 사라지고 만다는 충만한 힘이 없이도, 불멸의 가치를 누리게 될 재능들이리라.

"사부의 가르침, 분명히 알겠습니다."

단운룡은 배움을 망설이지 않았고, 그런 만큼 실천에도 인색하지 않았다. 단운룡이 안빈에게 고개를 돌렸다. 그의 입에서 사부 이외에는 누구에게도 들려주지 않았던 정중한 말투가 진중한 울림을 담은 채 흘러나오기 시작했다.

"결례를 사과드려야겠어. 머리카락은… 정말 감사하오."

단운룡이 고개를 숙여 감사를 표한다.

시대와 천하를 아우르는 두 사람의 대화에 압도당해 있던 안빈이 퍼뜩 정신을 차리며 허겁지겁 고개를 좌우로 흔들었다.

"그, 그렇지 않습니다! 은혜를 입은 것은 저입니다. 은공께서 이러시면 제가 드리고자 했던 보은의 뜻이 모두 다 사라지고 맙니다."

"그렇지 않소. 협행이란 대가를 바라는 것이 아니라 배웠으니. 곤란에 처한 사람을 도와주는 것은 강호인으로서 마땅히 해야 할 도리라 알고 있소."

"하, 하지만……!"

단운룡은 안빈의 호들갑을 들어줄 마음이 없었다.

짐짓 동경을 바라보며 머리카락 모양을 좌우로 돌려볼 뿐이다. 지금까지와는 다른 외모, 더 매력적인 단운룡이 동경 안에 있었다.

단운룡의 입가에 한줄기 미소가 깃들었다. 그가 안빈을 돌아보며 말했다.

"다시 보니 괜찮아. 마음에 들어. 기회가 닿으면 다음에도 부탁드리겠소."

고개 숙인 감사보다 다음에도 해달라는 그 말이 안빈에겐 더 큰 칭찬이다. 안빈이 얼굴 전체에 환한 웃음을 떠올리며 큰 목소리로 대답했다.

"언제든지 찾으십시오. 몇 번이라도 해드리겠소이다!"

모두의 얼굴에 밝은 미소가 깃든다.

감락당(D樂堂).

감락은 곧 연회의 즐거움이라.

즐겁고[D] 또한 즐겁다[樂].

사부의 신위가 있어 즐겁고, 제자의 성장이 있어 즐겁구나.

향기로운 미주와 가인들의 웃음이 있으니 천당(天堂)이 따로 없다.

천 년을 이어갈 재주와 흥미로운 재인(才人)이 있으니 무엇을 더 바랄까.

고난의 시절이 있으면 감락의 시절이 있는 법.

이십 세 단운룡의 나날은 그와 같다. 천하로 나아가는 길, 육체와 정신에 깃든 힘을 충만의 정점으로 이끌어가는 세월이었다.

안빈과의 만남, 사부의 가르침으로 얻은 깨달음은 실로 작은 것이 아니었다. 단운룡이 무공 외의 재주에 더 큰 노력을 쏟아 붓기 시작한 것도 바로 그때부터였다.

시문과 서화, 학문과 음예를 배울 때는 무공 수련으로 지친 몸을 달래듯 휴식을 취하는 느낌으로 해왔던 것이 한순간에 바뀌어, 이제는 그 어떤 것을 배울 때에도 열과 성을 다해 심혈을 기울이게 된 것이다.

그렇다고 무공 수련을 소홀히 하게 된 것은 결코 아니었다. 오히려 전보다 더 발전을 이뤄가고 있었다. 무공 외의 다른 영역을 접하면서 그 누구보다 뛰어난 창조력을 지니게 된 덕분이었다.

보통 무인들과는 상상력의 범위가 달랐기 때문이다.

모든 길은 결국 하나로, 만류귀원이라는 진부한 표현은 차치하고서라도, 실제로 학문과 기예의 이치들은 무공의 깨달음과 맞닿아 있는 부분이 적지 않았다.

심공에서 막혀서 고민하던 것을 그림을 그리다가 깨닫는가 하면, 미묘하게 어긋나 있던 투로를 옥소(玉簫)의 음률에서 느끼게 되는 경우도 있었다. 전혀 다른 영역의 배움들이 또한 하나로 이어지며 성장과 발전의 양분이 되고 있었던 것이다.

단운룡의 인맥이 다양해지기 시작한 것도 그 즈음이었다.

만요왕 공을기. 농경왕 고토.

사천 땅 수백 요리의 달인이라는 만요왕(萬料王) 공을기(孔乙嗜)를 만나 곧 죽어도 여한이 없을 만큼의 진미를 대접받았고, 사천의 비옥한 토양 위에 백곡(百穀)의 농사 기술을 꽃피운 농경왕(農耕王) 고토(高土)를 만나 토지의 위대함에 대해 들었다.

강호의 무인들은 잘 알지 못하는, 아니, 알려고 하지도 않는 이들이다. 그런 그들이었으나, 그들이 살고 있는 지역에서 이야기되는 그들의 성망은 그 어떤 무림인들보다도 두터운 데가 있었다.

"만요왕이나 농경왕이나 준비가 된 자만이 만날 수 있는 재인(才人)들이다. 이전의 네 녀석이었다면 문전박대를 당했을 것이 틀림없지. 그들의 재주야말로 사람을 진정 사람답게 만드는 신기(神技)다. 숱하게 널린 무인들과는 비교조차 할 수 없는 귀인(貴人)들이야."

사부는 그들을 소개시켜 주며 그렇게 말했다.

무인이란 오직 무공만을 신봉하는 족속들이다.

무공이 얼마나 강한가.

그것이 가장 중요하다. 사람의 명예도, 사람의 우열도 거기에서 판가름이 난다.

단운룡도 크게 다를 바는 없었다.

단운룡이 공을기와 고토를 보고 처음에 느낀 것은 다른 무엇도 아닌 그들의 무공이었다. 공을기의 무공은 약하지 않았으나 절정고수에 이르기엔 한참이나 못한 수준이었고, 고토의 무공은 그저 뜨거운 햇살 밑에 온종일 힘들지 않고 서 있을 정도의 양생술에 불과했다.

예전과 같았다면 금모전도 안빈을 처음 보았을 때처럼 자신과 다르다는 위화감만을 느꼈었을 것이다.

하지만 이제는 달랐다.

그들의 재주가 신묘하고 뛰어난 것임을 인정했던 감락당의 그날부터 단운룡의 두 눈에는 그들이 자아내는 새로운 세계가 뚜렷하게 보이고 있었던 것이다.

"그토록 젊은데 그저 놀라울 따름이로군. 과연 신풍대야의 제자라니 다르구먼! 아무래도 오늘은 오룡탕(五龍湯)을 준비해야겠어!"

"이 땅이 얼마나 소중한 것인지 알아듣겠단 말인가? 젊은이는 무인이 틀림없지만 마음이 웅대하게 열려 있으니, 밟고 있는 대지에 감사하고 비를 내리는 하늘을 앙복하며 살아가게나! 허허허! 세상이 어지럽더니, 그래도 올해는 풍년이 들겠어! 이처럼 좋은 젊은이를 만난 것을 대지도 축하해 주겠지!"

만요왕과 농경왕은 한껏 마음을 열었다.

단운룡의 마음이 열려 있지 않았다면 불가능했을 일이다.

사람과 사람 사이의 관계.

그것이 이와 같을 줄은 몰랐다.

단운룡은 광검결과 극광추를 연성했을 때 못지않은 흡족함을 느낄 수 있었다.

"그나저나 신풍대야라니, 예전부터 듣긴 했는데… 대체 어쩌다가 붙은 이름입니까. 보아하니 사부의 본명(本名)은 아무도 모르는 것 같던데요."

"그 못마땅한 이름의 연원을 내 입으로 이야기하라고?"

"달리 물어볼 곳도 없잖습니까?"

"공을기나 고토한테 가서 물어보든지. 네 녀석을 꽤나 마음에 들어하는 것 같더니만."

"언제 거기까지 또 갑니까. 귀찮게."

"어허, 좀 고쳐졌나 했더니 여전하군! 그 입버릇!"

"그냥 이야기해 주십쇼. 그렇지 않아도 저를 소신풍(小神風)
이라 부르는 기녀가 있어서 보통 신경 쓰이는 것이 아닙니다.
적어도 제 이름의 연원 정도는 알아야 할 것 아닙니까."

"소신풍? 아, 그건 나도 들었다. 협객 소신풍이라던데?"

"말 돌리지 마십시오."

"집요한 놈 같으니라구! 봐라, 도대체가! 사부 별호가 왜 붙
었는지도 모르는 놈이 어디 있나?"

"가르쳐 줘야 아는 것 아닙니까."

"이놈을 확! 그냥!"

소연신이 짐짓 역정을 냈지만, 단운룡은 미동도 하지 않았
다. 한참이나 단운룡을 노려보던 소연신이 고개를 설레설레
저으며 못 당하겠다는 듯 짜증스런 목소리로 입을 열었다.

"그래, 그게 뭐 대단한 것이라고 감추고 있는 꼴도 우습다.
그 신풍(神風)이란 말 누가 붙였는지는 모르겠다만, 풍(風)이란
글자가 그냥 바람 같다고 붙여진 것은 아닌 모양이다. 풍이라
함은 풍조(風潮), 즉 새로운 사조(思潮)라는 뜻으로 쓰였다는 것
같아. 무인임에는 틀림이 없는데도, 새로운 기풍을 가졌다는
말이겠지. 학자나 예인들뿐 아니라 온갖 사람들을 두루 사귀
고 있었으니 말이다. 풍류(風流)라는 느낌도 있었을 것이고."

"무공 때문이 아니라는 말씀이시군요."

"무공? 보여준 적이 없는데 무슨 놈의 무공?"

"보여준 적이 없다니요?"

"말 그대로다. 너 가르치기 전까지는 근 십 년간 사람에게 무공을 써본 적이 거의 없었어."

"그럼… 어찌 그렇게……."

"어찌 그렇게들 깍듯하냐고? 사람들이 다들 그렇게 무공의 강자들에게만 굽실거리는 것이 아니다. 좀 나아졌다 해도 역시나 어쩔 수 없다. 네 녀석의 근원은 역시나 그저 무(武)일 뿐이야. 무공에 혼(魂)을 바친 놈들은 그토록 상상력에 한계라는 것이 있지. 많이 넓어졌다고는 하나 아직도 갈 길이 멀어."

단운룡은 그러고도 의아함을 감추지 못했다.

무공을 한 번도 보여주지 않았음에도.

그 기파만 가지고도 사람을 압도하는 힘.

분명 소연신에게는 그런 것이 있다. 그러나 그것만으로는 어렵다. 어떤 자들은 반드시 두 눈으로 보아야만 모든 것을 믿는 자들이 있다. 게다가 무공보다는 금전을 쫓는 상인(商人)들이라면 더 더욱 그럴 것이다.

"아……!"

"그래, 이제 좀 알겠나? 무공보다 더 좋은 게 있지."

그것이다. 단운룡은 거기서 탄성을 내지를 수밖에 없었다.

금전이다. 가장 중요한 것을 한 가지 간과했다. 소연신을 보면 그 압도적인 위엄과 그 경이로운 무공이 먼저 떠오를 수밖에 없다.

절대강자.

그것이야말로 한곳에 고여 버린 관념이다.

소연신에게는 무공 말고도 많은 것이 있다. 기품이나 인맥에도 우선하는 것. 단운룡의 입에서 짤막한 한마디가 튀어나왔다.

"금력……!"

"그래… 난 돈이 많지. 무척 많아."

소연신이 웃으며 대답했다.

한데… 그 웃음에 담겨 있는 것은 가볍지 않은 씁쓸함이다.

그리고 단운룡은 느낀다. 단운룡은 문득 이 놀라운 사부의 과거에 대해 아는 바가 거의 없다는 사실을 피부로 자각할 수가 있었던 것이다.

'사부의 과거……'

사부 소연신.

천하의 광대함을 이야기하고 시대의 흐름을 꿰뚫어 본다. 절대의 무공은 하늘에 닿아 있으며 뛰어난 안목은 온 대지를 두루 섭렵하고 있다.

사부는 자신을 말할 때 협제이자 서패왕, 입정의협살문의 문주라 이야기했다. 그러나 그 이름들을 들은 것은 그때가 처음이자 마지막이다. 사부는 그 협제라는 이름의 연원에 대해서도, 입정의협살문이라는 문파가 어떤 곳인가에 대해서도 말해준 적이 없었다.

지금에 와서는 오직 신풍대야로 불릴 뿐. 이름조차 세상에 알려주지 않는 사부다. 사부는 제자의 과거에 대해 속속들이 알게 되었지만, 제자는 사부가 뭘 했던 사람인지도 모른다.

어떻게 그렇게 강력한 무공을 지니고 있는지.

어찌하여 그렇게 돈이 많은지.

세간에 잡학이라 불릴 만한 소소한 재능들도 소중하게 여기게 된 이유가 무엇인지.

시문예악의 풍류와 가인미주의 향기를 즐기면서도 종종 드러내는 허무한 기운은 대체 어떤 연유로 생겨난 것인지.

모르는 것투성이다.

거기까지 생각한 단운룡은 비로소 깨닫는다. 그 얼마나 무관심했던가.

오 년, 자그마치 오 년이다. 그 오 년 동안 단운룡은 사부에 대해 특별히 알고자 한 바가 없다. 때가 되면 알아서 이야기해 줄 것이라 기대했던 것도 아니다. 어떤 의문조차 느끼지 않은 채 그냥 여기까지 따라왔을 뿐이다.

그것이 또한 사부의 기오막측한 능력에 의한 것이라면 할 말이 없다. 하나 사부의 압도적인 힘에 매료되어 있었을지언정, 스스로 무엇을 하는지 모를 정도로 빠져들진 않았다.

근본적인 원인은 다른 것이 아니다.

단운룡이 지녔던 본래의 성정이 그러했기 때문이리라.

군이 과거의 일 따위 알고 싶지 않다는 마음, 무관심이다.

현재를 살아가 끝까지 살아남는 것이 가장 중요하다는 그 뿌리 깊은 생각이 이 오 년을 의문없는 세월로 만들어왔다.

그리고 지금.

단운룡은 사부에 대한 궁금증을 느낀다. 그것이 의미하는 바는 하나다. 단운룡의 머리 속에 한 가지 생각이 스쳐 지나갔다.

'내가… 변하고 있다……?'

특별한 사람들과 만들어가기 시작한 소소한 인연들이 눈앞에 있다. 광대한 세상과 연결되어 가는 스스로를 자각했다.

'무관심, 또는 무관(無關). 그렇지 않다. 나는 더 이상 사람들과, 이 천하와 무관하지 않아.'

단운룡은 이미 사부와 떼려야 뗄 수 없는 연관을 맺었다. 오 년이란 시간을 초월하여 영원으로 이어질 인연이다.

사부는 단운룡에게 새로운 세상을 보여주었다.

전에는 알 수 없었던 무한정 넓고 끝을 볼 수 없을 만큼 깊은 세계였다. 학문, 기예, 무공, 심지어는 내공까지……. 탐욕의 화신처럼 사부가 주는 모든 것을 미친 듯이 흡수해 왔다.

단운룡은 이 오 년을 그렇게 보냈다. 다른 모든 것에 관심을 두지 않았다. 마치 지난 일들을 까마득히 잊어버리고 싶었던 것처럼, 오직 가르쳐 주는 것에만 매달렸다.

특히나 잊고 싶었던 것.

그렇다.

그것은 지난 일이다. 그것은 '과거'였다.

단운룡은 술 한잔과 함께 사부에게 자신의 과거에 대해 말했다. 오 년 동안 가슴속에 쌓아두었던 과거다.

변화.

단운룡의 변화는 어쩌면 바로 그 순간부터 시작된 것이었는지도 모른다. 과거를 말하고, 안빈을 구하고, 사부가 소개해준 재인들을 만났다. 살아남은 사람은 어떻게든 살아가는 법, 단운룡은 예전의 인연들을 떠나보내고 이제 새로운 인연들을 만들고 있다.

쿵!

하고 마음속에 자리 잡는 것이 있다.

묵직하게 울리는 그것.

무관함이 아니라 연관됨으로 증명되는 깨달음이었다.

'나는……'

언제나 모든 것을 스스로 해결해 왔다.

그 혼자 모든 것을 해결해 왔다고 생각했다. 이전에도 그랬고, 앞으로도 그럴 것이다.

'나는 세상에 홀로 섰으나 또한 혼자가 아니다.'

언제나 혼자라고 생각했던가.

그러나 사실은 그렇지 않았다.

단운룡은 혼자가 아니었다. 이전에도 그랬고, 앞으로도 그럴 것이다.

꼬리를 물고 이어지는 생각에 배움은 배움을 부르고, 깨달음은 깨달음을 부른다.

혼자였으나 혼자가 아니었다. 혼자가 아니지만 또한 단운룡은 혼자다.

무한대로 열려가는 마음속의 세상 앞에. 단운룡의 변화는 오직 진화라는 외길로 이어져 있었다.

퇴보는 없다.

설사 단운룡이 잊고 싶었던 과거를 다시 본다 하더라도. 단운룡은 뒤로 돌아감 없이 앞으로 나아갈 것이 틀림없었다.

단운룡의 마음이 열리는 만큼.

제자를 보는 사부의 눈은 측량키 힘들 만큼의 심오한 빛을 뿜어낼 뿐이다. 사부 소연신, 협제의 입가에 잔잔한 미소가 걸려 있었다.

"다음은 옥소(玉簫)다. 최헌(最獻)이라고, 옥소뿐 아니라 여러 가지 악기를 다룰 줄 아는 재능있는 악사(樂士)라 한다. 젊은 녀석이라니까 그 기예에도 신선한 데가 있겠지. 기대해도 될 거다."

단운룡은 기꺼이 고개를 끄덕였다.

사부가 주선해 주는 만남에는 그 어떤 의외의 인물일지라도 그 만남에 담긴 의미가 있을 것이기 때문이다. 더욱이 만날 상대가 악사라면 요리사나 농부보다는 훨씬 더 익숙하다. 사부를 통해 이호와 옥소 두 가지 악기를 근 이 년 동안 꾸준히 배워왔던 까닭이었다.

"최헌이란 자는 어떻게 알게 되신 사람입니까?"

단운룡의 질문, 소연신의 두 눈에 이채가 떠올랐다. 소연신이 묘한 표정을 지으며 되물었다.

"안 하던 질문을 다 하는군. 그런 것엔 관심없지 않았더냐?"

"문득 궁금해졌거든요. 사부는 별의별 사람들을 다 알지 않습니까. 어디서들 그런 인재들과 친분을 쌓게 되었는지요."

"어디긴 어디냐. 술집들이지."

소연신다운 대답이다.

'술집이라…….'

듣고 보니 분명 그렇다. 어느 술집을 가서 술을 마실 때도 기녀들을 끼고 앉을 때면, 어디의 누가 무슨 재주가 있다더라 하는 이야기를 결코 빼놓는 일이 없었다.

"광안(廣按)의 대죽(大竹) 선생이란 녀석이 시를 기막히게 짓는다더구나! 한번 들어보러 가지 않을 테냐?"

"평창(平昶)으로 감숙에서 이름난 마희단(馬戱團:곡예단)이 원정 공연을 왔다더라! 구경 가자!"

그런 식으로 발품을 판 것도 한두 번이 아니다. 게다가 그 발품의 출발지는 예외없이 어딘가의 주루일 수밖에 없었다.

즉흥적인 사부의 성정이었다.

술김에 수백 리 길을 마다하지 않는 돌발성을 몇 번이나 보여준 바 있었던 것이다.

"술집에서 듣는 것만으로 그런 정보가 다 모입니까?"

"물론이다. 게다가 이 사부에게는 천리안(千里眼)이 있지 않느냐."

천리안. 농담이겠지만 농담으로 들을 수가 없다. 마음먹기에 따라서는 천 리가 아니라 만 리까지도 볼 수 있을지 모르는 사부였다.

"뭐, 그것은 그렇다고 하죠. 그나저나 이쪽 길이면 한남으로 가는 겁니까?"

"그보단 조금 더 간다. 최헌이란 녀석은 약수장(弱水莊)에 몸을 의탁하고 있다고 하지."

"북강의 약수장이면 조금 더 가는 것이 아닌데요."

"오늘따라 뭔 말이 그리 많냐? 잔말 말고 따라오기나 해라."

북강까지 가는 길. 단운룡은 마차를 빌렸다. 신법으로 가면 하루도 안 걸릴 거리였으나 귀찮다며 마차를 고집했던 것이다. 사부는 한두 번 본 것도 아닌 사천 땅 풍광이 뭐가 그리도 좋은지, 최근 들어 사천 동부에 유행한다는 풍부지(風不止) 노랫가락을 흥얼거리며 흔들리는 창밖 경치에 몸을 맡겼다. 사부가 창밖으로 손을 내뻗더니 단운룡을 바라보며 불쑥 말을 건넸다.

"이렇게 좋은 바람은 오랜만인데 말이다. 창이 너무 작군. 이 문, 통째로 부숴 버릴까?"

"바람을 쐬자고 마차문을 부수자니요. 이러지 마십시오."

"어때서 그래. 변상해 주면 그만인데."

"청성파(靑城派)가 직영하는 청성마방(靑城馬房)의 마차입니다. 귀찮아질 짓을 왜 합니까?"

"청성파? 지금 거긴 제대로 된 놈도 몇 없어. 오선인이라는 녀석들이 고작 그 정돈데, 두려울 거 하나 없지."

"겁나는 것이 없다고 막돼먹은 행동을 일삼는다면 그것이 곧 협행의 철퇴를 맞아야 할 무뢰배다… 사부가 노상 하던 말입니다."

"막돼먹은 게 아니라, 그것이 풍류야! 여행의 낭만이지!"

외치는 소연신.

말릴 틈이 없었다. 아니, 말리려 달려들었다 해도 사부의 힘을 막을 수는 없었으리라.

와작! 우지끈!

손짓 한 번. 마차 한쪽 문짝이 통째로 부서져 나가며 요란한 굉음을 울렸다. 치솟아 멀어지는 흙먼지에 마부의 놀란 목소리가 사위를 울렸다.

"어이쿠! 이게 무슨 날벼락이여!"

"아아! 신경 쓰지 마시오!"

콰광! 우장창!

"아, 아니! 문짝이! 내, 내 마차가!!"

"다친 사람은 없소. 문짝이 좀 튼튼하지 못했던 모양이외다!"

"머, 멀쩡했던 마찬데!!"

"문짝 값은 내 변상해 드릴 테니 걱정하지 말고 마차나 모시오!"

단운룡은 아에 눈을 질끈 감아버렸다.

사부가 보여주었던 경이로운 능력들은 무한한 존경의 대상이되, 가끔씩 벌여대는 이런 행동만큼은 몇 년이 지나도 적응하기가 힘들다.

벽 한쪽이 통째로 날아가 버린 마차다.

휘이이잉, 안으로 들어오는 시원한 바람에 사부의 탄성이 단운룡의 귓전을 파고들었다.

"바람 봐라! 얼마나 좋냐. 탁 트여서 평야 끝까지 다 보인다. 여행이란 이런 맛이 있어야지. 안 그러냐?"

"정 바람을 쐬고 싶으셨다면 지붕 위로 올라가셔도 되잖습니까."

단운룡의 못마땅한 목소리에 소연신이 두 눈을 크게 뜬다. 소연신이 한 손으로 두 사람이 앉은 의자를 툭툭 내리찍으며 말했다.

"이게 없지. 위에는 의자가 없지 않냐. 불편하다구."

못 말릴 스승이다.

서패왕이니 협제(俠帝)니 하는 칭호는 도대체 어떻게 붙여진 것인지 알 수가 없다. 한계가 없는 사람으로서 파격을 기준으로 하자면 과연 제(帝)의 칭호가 아깝지 않겠다만, 제자 입장에서는 참으로 감당키가 힘들었다.

"도대체가… 나잇값을 하십시오."

"나잇값? 내 나이가 몇 살인 줄 알고?"

"아저씨보다 많다고 한다면, 오십은 족히 넘었을 것 아닙니까."

"아저씨? 오기룡 녀석을 말하는 게냐?"

"예."

"오십이라… 그래, 오십만 되어도 좋겠지."

"그보다 더 많습니까?"

"그 이상은 묻지 마라."

"설마하니, 종심(從心)의 나이까지 드신 것은 아니겠지요."

종심소욕불유구.

칠십의 나이를 말함이다. 하나 소연신은 단운룡의 어깨를 잡아끌며 탁 트인 바깥 풍광을 가리킬 뿐이다.

"봐라! 이 대지를! 얼마나 넓고 보기 좋은 색이냐. 이 햇살에 이런 녹색은 일 년을 통틀어도 몇 번 보기 힘들다."

갑작스레 다른 이야기로 말을 돌리는 사부.

단운룡의 눈이 커다랗게 변했다.

"불유구라. 칠십이라니……."

"촉국의 대지에는 안개가 잦지. 사천의 개는 해를 보면 짖는다는 말까지 있지 않더냐. 이 좋은 날에 무슨 시시껍절한 이야기를 하고 앉은 게냐."

"그러고도 그 얼굴."

"그만 하지 못할까."

"괴물이군요."

빡!

급기야 머리까지 한 대 얻어맞았다.

눈앞에 별이 번쩍 할 정도로 아프다. 사부가 주먹을 휘두르며 역정을 냈다.

"겨우 얻은 제자란 놈이 못하는 말이 없구나!"

"늙으면 어려진다고들 하더니, 틀린 말도 아닌 모양입니다."

휘익!

다시 한 번 휘둘러지는 주먹. 몸을 틀며 종이 한 장 차이로 피해낸 단운룡이다.

"어쭈? 피해?"

소연신이 두 눈을 치뜬다. 단운룡이 얼굴을 찌푸리며 소리쳤다.

"잘못 맞으면 죽을지도 모르는데 피하지 않고 어찌 배깁니까?"

"네놈이 지금, 서패왕의 일격을 피했다는 말이렷다?"

가벼운 어투였지만, 그 안에 감탄이 깃들어 있다고 느낀 것은 단순한 착각의 소산이 아니었으리라.

하나 그 감탄은 흐뭇함과 거리가 멀다. 불길한 예감이 고개를 쳐든다. 소연신이 다시 한 번 혼잣말을 하듯 중얼거렸다.

"그래… 피했단 말이지……."

단운룡의 얼굴이 굳어졌다.

놀라움이다. 다급한 외침이 뒤따랐다.

"자, 잠깐! 사부! 잠깐만!! 여기선 안 됩니다!!"

"뭐가 안 돼?"

사부의 말. 단운룡의 입에서 욕지기가 터져 나왔다.

"제기랄!!"

콰아아앙!

마차 뒷면이 통째로 터져 나간 것은 바로 다음 순간이었다.

부서진 나무 파편들이 비산한다. 박살이 난 마차의 바퀴가 밭도랑으로 굴러가고, 하나 남은 문짝이 쪼개져 땅바닥에 처박혔다.

우지끈! 꽈광! 콰자작!

마차 지붕이 주저앉고, 흙먼지가 치솟는다. 이어지는 굉음을 뚫고서 튀어나온 단운룡의 한 팔에는 어자석에 앉아 있던 늙은 마부의 왜소한 몸이 둘러 잡혀 있었다.

"저… 저……!"

마부는 입을 쩍 벌린 채 말을 잇지 못했다. 박살나 흩어지는 마차의 모습은 늙은 마부에게 있어 목불인견의 참상, 그 자체일 것이다.

'도대체가……'

단운룡이 이를 갈며 마부의 혼혈을 짚었다. 경악하던 마부가 순식간에 정신을 잃었다. 마차가 박살나는 광경 따위, 차라리 안 보여주는 것이 낫다고 판단한 단운룡이었다.

'미안하게 되었어, 마부 양반. 마차 값은 물어주도록 하지.'

단운룡은 천천히 몸을 일으켰다.

흙먼지를 몰아내며 소리없이 걸어나오는 소연신이 눈앞에 있었다.

"제정신입니까? 이 마부도 죽을 뻔하지 않았습니까!"

"네가 구했잖아."

당연히 구할 줄 알았다는 말투다.

단운룡이 난감한 표정을 지으며 고개를 내저었다.

"왜 반드시 이런 식입니까?"

"그냥 익숙해져. 마지막으로 뻗었던 것이 언제더라? 족히 일 년은 되었지?"

"일 년이라뇨. 여섯 달밖에 안 되었습니다."

"그거밖에 안 되었어?"

"예. 얼마 되지도 않았으니 그만두시는 건 어떻습니까?"

"지금, 겁먹은 거냐?"

소연신이 히죽 웃으며 말했다.

제자를 조롱하는 사부다. 단운룡이 결국 결연한 표정을 지으며 대답했다.

"아닙니다. 도저히 어쩔 수가 없군요. 오십시오."

이렇게 되면 싸울 뿐이다.

제자가 성장했다 느낄 때.

사부는 이처럼 난데없는 비무를 걸어오곤 했었다. 전패(全敗)로 장식되었던 전적이었고 이번에도 마찬가지일 것이 뻔했지만, 두려움은 없다. 그저 힘을 다해 부딪칠 뿐이다.

"흡!!"

위이이이잉!

광극진기 광신마체 이식 순속 발동이다. 곧바로 전력을 다하지 않았다간, 정말로 죽을지도 모른다. 진심으로 내쳐 오는 사부의 힘이라는 것은 스쳐 맞기만 해도 중상을 면치 못한다. 여섯 달 전엔 팔 한쪽, 다리 한쪽이 부러졌었다.

이번에는 그럴 수 없다.

다가오는 사부다.

단운룡의 몸이 순속의 진기를 끌고서 무시무시한 속도로 짓쳐 들어갔다. 싸움이란 그처럼 언제나 난데없이 이루어지는 법, 무공의 성장은 이곳에도 있다. 강해지는 단운룡, 무력의 단련이란 그렇게 때와 장소를 가리지 않았던 것이다.

석양이 지려는 여름 논밭이다.

논밭에 자라난 곡식들은 만천을 물들이는 붉은 빛으로도 가릴 수 없는 싱싱한 녹색을 자랑하고 있었다.

'다섯 합을 버텼단 말이지. 이 나를 상대로.'

비무는 길지 않았다.

땅바닥에 대 자로 누워 있는 것은 언제나처럼 단운룡의 몫이었다.

마광각을 피하며 급하게 휘둘렀던 일격이 너무 강했던 모양, 들끓는 진기를 온전히 다스려 준 다음에도 단운룡은 한참이나 일어날 줄을 몰랐다.

'제법이야. 마지막 마광각에는 도리어 일격을 허용할 뻔했지 뭔가……!'

소연신은 느긋하게 앉아 제자가 보여주었던 무공에 대해 곱씹어보았다.

'벌써 이만큼이다. 생각보다 훨씬 빠르군.'

확실히 나쁘지 않다. 나쁘지 않은 정도가 아니라 대단하다. 제자의 성장은 그로서도 놀랍다 아니 말할 수 없을 정도였다.

다섯 합.

자그마치 다섯 합이다. 다른 누구도 아닌 협제 소연신을 상대로 말이다.

'지난바 실력보다 묘하게 강하단 말이지.'

항상 그랬다. 싸움의 간극에서 보여주는 순간적인 판단력은 그야말로 경이적인 수준이다. '찰나의 재능'이란 측면에서는 온 천하를 뒤져도 이놈보다 뛰어난 놈을 찾기가 힘들 것이다. 무공을 익혀가는 속도도 상상을 초월하지만, 그것을 실전에 응용하는 능력은 가히 발군이라 할 수 있었다.

'이제 슬슬……'

소연신은 다음을 생각했다.

마음의 그릇이나 무공의 강함이나.

이제는 어느 정도 이상의 수준에 이르렀다. 사부가 평탄하게 길을 닦아줄 수 있는 만큼으로는 거의 한계에 달해 있다 해도 과언이 아니었다.

'이 녀석뿐 아니라 나에게 있어서도… 선택의 시간이 온 것인가……!'

젊기만 한 소연신의 얼굴이다.

그의 눈에 기나긴 세월의 흔적이 묻어나기 시작한다.

성장한 제자.

제자를 얻은 진의가 그 마음속을 스친다.

버릴 것인가. 취할 것인가.

기광을 번뜩이는 소연신의 눈이다.

선택의 기로가 사부로서의 소연신, 그 눈앞에 있었던 것이다.

약수장의 장주는 학문과 예술을 사랑하는 재력가로서, 서화와 음악에 몸 바친 자라면 그 누구에게든 장원의 문을 열어두고 있었다. 수많은 시인묵객들의 휴식처이자 실력있는 예인들의 운집처였다.

서로를 방해치 않는 음률들이 귓전을 맴돌아 흐르고, 그윽하게 번져 가는 먹물 냄새가 코끝을 간지럽힌다. 달 밝은 밤, 좋은 날이다.

장원에 들어 찾은 사람. 단운룡과 소연신이 젊은 최헌을 만났다.

"옥소 실력이 상당하다던데."

"그렇지 않습니다. 결코 내세울 것이 못 되지요."

최헌은 그 재능과 실력은 확실하되 아직 이름이 크게 알려지지 않은 악사였다. 거기에는 아직 젊다는 이유도 있었지만, 그 외모가 가장 큰 원인이라는 견해가 지배적이었다.

어디가 특별히 잘못되었거나 못생긴 추남이어서가 아니다. 오히려 그 이목구비를 보자면 남자답게 잘생긴 얼굴이라 밀할 수밖에 없었다.

문제는 그 얼굴이 누군가를 닮았다는 사실이다. 사천 동부에서 유명한 고수, 몸 전체가 하나의 병장기와 같다는 철기체(鐵器體) 두차(杜車)와 빼닮은 얼굴을 지니고 있었던 것이다.

누군가와 닮았다는 것은 그 사람의 이름값이 그대로 옮겨

올 수 있다는 것을 뜻한다. 즉, 최헌을 말할 때면 그 악사로서의 실력보다는 두차와 닮았다는 사실이 먼저 이야기될 수밖에 없었다는 말이다. 결국 악사로서의 명성은 뒷전이 되어버리는 경우가 많았다. 악사로서의 실력이 그 외모에 가려져 버리는 일이 생기고 만 것이었다.

"철기체란 녀석과 닮았다는 소문을 들었지. 곤란한 일이었겠어."

"아, 그것에 대해서라면 오해를 받은 것이 한두 번이 아니었지요. 그나마 악인이 아닌 것이 얼마나 다행인지 모릅니다."

소연신이 고개를 끄덕이며 단운룡을 바라보았다. 또 하나의 짧은 가르침이다. 소연신이 단운룡에게 말했다.

"봐라. 세상에는 이런 경우도 있다. 그 두차란 놈이 이곳저곳에 원한을 뿌리고 다니는 악당이었다면 여기 이 최헌이란 친구도 연명하기가 쉽지 않았을 것이다. 비슷하게 생긴 것만으로 전혀 의도하지 않은 평판을 짊어져야 한다면, 그것이야말로 천운(天運)에 걸린 문제라 해야겠지."

"그렇군요."

단운룡의 안색은 가히 좋지 않았다.

바로 전날 소연신에게 받았던 일격 때문이었다. 내상을 전부 다 다스려 둔 상태고 진기도 완전히 가라앉아 있었지만 아직까지도 운기가 자유롭질 못했다.

그것이 사부의 무공이다.

사부와 싸우면 멀쩡할 수가 없다. 벽해마왕과 싸웠을 때와는 비교조차 할 수 없는 타격을 입은 것이다.

"그래, 옥소 솜씨 한번 보여줄 수 있겠나?"

"못 들려 드릴 것은 없지만… 신풍대야께서도 옥소의 명인(名人)이시라 들었던 까닭에 감히 꺼내 들기가 조심스럽습니다. 게다가 옥소는… 만진 지가 워낙에 오래되어 도리어 고절하신 취향에 누가 될까 두려울 뿐입니다."

"그런가……. 그렇다면 억지로 시킬 수야 없겠지. 옥소가 힘들다면 다른 악기는 없나? 여러 악기를 다룬다고 들었다만."

소연신의 말에는 특별한 감상이 묻어나고 있었다.

여러 악기를 다루는 자란 세상에 보기 드문 존재였기 때문이다.

일로정진. 악기라는 물건만큼 거기에 어울리는 말도 없다. 하나의 악기에 매진하여 영혼을 바치는 것이 악사가 타고난 숙명이다. 그런 만큼 여러 가지 악기를 다루는 자들은 좀처럼 만나기가 쉽지 않은 법이었다. 어설픈 자들이라면 얼마든지 있을 수 있겠지만, 그런 자의 이름이 소연신의 귀에까지 들어올 리가 없다.

그것은 곧 어떤 악기라도 그럴 만한 수준이 된다는 이야기다. 그러지 않고서는 소연신이란 인물이 여기까지 올 리가 만무한 일이었다.

"최근에는… 소고(小鼓)를 좀 만지고 있었습니다."

"소고? 북 말인가?"

"예, 그렇습니다."

최헌의 대답에 주변에 있던 시인묵객들의 시선들이 그쪽으로 쏠렸다.

외모가 누구와 닮았든, 아는 사람들 사이에선 가장 주목받고 있었던 재인(才人)이 최헌이다. 젊은 예인들 사이에선 가장 가능성있는 악사로 평가되는 만큼, 그 재주를 엿보고자 하는 사람들이 많을 수밖에 없었던 것이다.

투퉁.

최헌이 주섬주섬 꺼낸 것은 사람 머리통 크기의 조그만 북이었다. 현악기와 관악기, 음률이 유행하는 세태에 있어 타악기라는 것은 다루는 자가 드문 때였다. 사람들의 시선이 더욱 집중될 수밖에 없다. 특이한 악기, 젊은 악사의 대담한 연주는 누구에게나 매력적인 법이었다.

'북… 인가……!'

타악기.

소고라는 그 이름.

그것은 누군가에게 있어 또 다른 의미가 될 수 있었다.

둥! 하고 울려 퍼지는 첫 번째 소리.

과거와의 만남이다.

단운룡에게 그것은 지나간 과거와 재회하는 한줄기 신호와도 같았던 것이다.

뚜둥! 뚱.

악사의 연주임에 틀림이 없음에도.

그때와는 전혀 다른 소리임에도.

오래전에 들었던 전고(戰鼓) 소리를 떠올리게 만든다.

둥! 하고 깊이있는 소리가 들려올 때면 가슴속이 한꺼번에 흔들릴 정도다.

투둑! 툭!

북의 테두리를 치면서 가벼운 소리를 엮어낸다.

단운룡은 그 소리에서 아련히 밀려오는 슬픔을 느낄 수밖에 없었다.

죽어가던 하만의 손이 보인다. 하나밖에 없는 손으로 단운룡의 가슴을 두드리며 냈던 그 소리, 그 북소리가 들리고 있었던 것이다.

뚝.

하만의 북소리가 그쳤다.

하만의 북소리가 아니라 최헌의 북소리다. 그러나 그것이 멈추는 순간은 하만의 숨결이 끊기는 순간과 다를 바가 없었다.

가슴이 꽉 막히는 기분이다. 사부와 부딪치는 술잔으로도 흘려낼 수가 없었던 슬픔이 다시금 그의 마음을 두드려 대고 있었다.

"슬픈 곡이 전혀 아니었건만, 어찌 그리 슬퍼하십니까?"

북을 멈춘 최헌의 질문이다. 의아하다는 표정을 짓고 있는 최헌의 앞에서 단운룡은 일순 대답할 말을 찾을 수가 없었다. 소연신 역시도 그러한 단운룡의 반응이 의외였다는 듯 가벼운 목소리로 입을 열었다.

"그래. 기상이 출중한 북소리였다. 적진을 향해 호쾌하게 달려가는 적토(赤土)의 발굽 소리 같지 않았더냐. 슬픔과는 거리가 먼 곡이다. 이 녀석아."

적진을 향해 돌진하는 웅혼한 북소리.

그래서 그렇다.

그렇기에 더욱 슬펐던 것이다. 차라리 청승맞은 북소리였다면 그런 것을 느끼지 못했을지도 모른다. 그 북소리가 웅대하고 강인한 힘을 품고 있었기 때문에 더욱더 큰 슬픔을 느끼고 말았다.

하지만 여기서 그런 것을 이야기할 수는 없다.

단운룡은 자신의 일을 아무에게나 꺼내놓는 사람이 아니었다. 북소리가 불러온 과거와의 만남은 마치 원수가 내치는 불의의 일격처럼 단운룡의 가슴속에 또 하나의 비수를 꽂아놓았지만, 또다시 그 기나긴 이야기를 꺼낼 수는 없었을 따름이었다.

단운룡은 가슴 깊이 숨을 들이키고는 그저 조용히, 애써 태연한 목소리로 말했다.

"잠시 옛 생각이 났을 뿐입니다. 굉장한 연주로군요."

단운룡의 말.

사부 소연신의 눈이 번쩍이는 기광을 발했다.

슬픔의 이유를 깨달은 것이다.

그러나 최헌의 얼굴에 떠올랐던 의아함은 쉽사리 사라지지 않았다.

'과찬이십니다'라 말하며 겸손한 어투로 대답하고 있으나 당혹스런 표정만은 지워지지 않는다. 자신이 들려준 연주의 어떤 부분이 단운룡에게 슬픔이란 감정으로 다가갈 수 있었는지 이해할 수가 없었던 모양이다.

"옛 생각이라… 그렇군. 그렇겠어."

최헌은 알 수 없었던 것.

소연신은 천천히 단운룡의 말을 되뇌었다.

소연신은 안다.

단운룡이 누구를 떠올리고 있는지, 왜 슬픈 눈빛을 떠올릴 수밖에 없었는지.

마음을 읽은 눈, 독심(讀心)에 가까운 혜안이다.

소연신이 이내 최헌에게로 고개를 돌렸다. 그의 입에서 세간에서 신풍대야로 불리는 고명한 깨우침의 목소리가 흘러나왔다.

"나마저도 생각이 짧았군. 예악과 시문이란 분명 그런 것이었겠지. 즐거움을 이야기했다고 상대가 똑같이 즐거움을 느끼라는 법은 없는 법, 음률과 시상이란 화자(話者)의 입과 손을 떠나는 순간부터 이미 청자(聽者)의 몫으로 바뀌어 버린다. 그것들은 결코 발하는 사람 혼자만의 몫이 아닐 것이네. 듣는 자들이 지닌 마음들을 헤아리고 서로 다른 모든 것들과 하나하나 맞닿아갈 수 있을 때, 그것이 곧 악곡의 정점이자 시서의 궁극이라 할 수 있을 것이야!"

그것은 최헌에게만 들으라고 하는 말이 아니었다. 그것은 단운룡에게 주는 가르침임과 동시에 이곳에 있는 모든 시인묵객들과 나누는 교감이기도 하다. 신풍대야의 뜻에 동조하며 탄성을 발하는 묵객들이 있고, 논란의 여지로 고개를 갸웃거리는 시인들이 있었다.

신선한 풍조로 가는 곳마다 새로운 바람을 만든다. 신풍(神風)이며 또한 신풍(新風)이다. 신풍대야라는 모습으로 비춰지는 소연신에게 악사 최헌이 화색이 도는 얼굴로 포권을 취했다.

"대야의 말씀에 새롭게 눈을 뜬 느낌입니다. 기풍의 변혁에 앞장서시는 분이라 들었지요. 그 고매하신 가르침에 말학(末學)이 커다란 감사의 말씀을 올립니다."

"그러한 이치를 말하는 자, 나 홀로 새로운 것만이 아니거늘. 나에 대한 세간의 평가는 과장된 바가 크다네. 그보다 자네, 악사로서의 가능성을 더욱더 꽃피워 보고 싶은 마음이 있다면 서초(瑞草), 매가장(每家莊)을 한번 찾아가 보는 것이 좋을 걸세. 좋은 악사들이 여럿 있지. 특히나 건곤고(乾坤鼓) 호재라는 녀석은 북을 다루는 실력이 기가 막힌 자라 많은 것을 배울 수 있을 게야."

"대야께서도 매가장을 말씀하시는군요. 역시나 대단한 곳인가 봅니다. 명심해 두겠습니다."

"군이 내 말을 듣지 않는다 해도 인연이 닿으면 이르게 되겠지. 그럼, 좋은 연주 고맙네. 이만 가야겠어."

"아, 벌써 가시는 겁니까?"

"자네 연주로 또 다른 바람이 불어와 버렸거든. 바람이 불어왔으면 바람을 타고 흘러가야지. 그럼 잘 있게. 또 볼 수 있을 게야."

소연신은 그대로 단운룡을 잡아끌었다.

단운룡은 그 북소리의 여운을 떨쳐 내지 못하면서도 다소의 놀라움을 느꼈다.

이렇게 서두르는 것은 드문 일이었기 때문이다.

좋은 연주를 듣거나 좋은 그림을 보았을 때, 사부는 하루고 이틀이고 함께하는 재인들과 온종일 시간을 보내기가 일쑤였다. 평창에서 구경했던 마희단 곡예꾼들과는 보름 동안 술잔을 기울이기도 했을 정도다.

약수장을 나와 강물이 내려다보이는 고적한 언덕 위에 이르렀다.

강바람을 맞으며 단운룡을 돌아보는 사부다. 사부의 눈에는 전에 없이 진지한 빛이 떠올라 있었다.

"그래, 모든 것이 생각보다 빨라. 이처럼 세상의 일이란 놀랍고도 신비로워 그 누구도 완벽하게 통달할 수 없는 데가 있지. 나는 많은 것을 볼 수 있지만, 또한 잘 볼 수 없는 것도 있어. 천리와 인세의 빈틈이라 할까. 하늘의 조화는 읽을 수 있을지 몰라도, 정작 사람의 소소한 운명에는 측량키가 힘든 구석이 있지. 오늘 같은 일도 바로 그런 종류의 일일 거다."

"그런 종류라면, 어떤 것 말씀이십니까?"

"옥소가 아니라 북을 꺼낸 것을 말함이지."

"최헌이라는 악사 말씀이십니까."

"그래. 더욱이 그 친구는 북을 꺼냄으로써 하나뿐인 제자의 마음에 예기치 않았던 파랑을 일으키고 말았다. 오해는 금물이야. 그것만큼은 나조차도 예측하지 못했던 일이다."

"잠깐 마음이 흔들렸을 뿐입니다. 큰 의미는 없습니다."

"과연 그럴까."

"예?"

"큰 의미가 없다고? 그건 그렇게 믿고 싶은 바람일 뿐이다. 내가 보기엔 그렇지 않아. 너는 아직 잊지 못했다. 구린내를 완전히 털어버릴 수 없었다는 말이다. 하만이라 했었나? 북소리만으로도 죽어버린 친우에 대한 그리움을 느낄 정도다. 그런 것은 지워지지 않는 법이지. 앞으로도 계속하여 그런 일이 일어날 것이라는 뜻일 거야."

"그렇지 않습니다. 지금까지도 문제는 없었습니다. 어쩌다 생긴 일일 뿐입니다."

"그래. 지금까지는 괜찮았지. 어떻게든 눌러둘 수 있었고, 앞으로도 그럴 수 있을지 모른다. 하지만 영원히 그렇게 담아둘 수만은 없다. 그것은 나도 알고 네 녀석도 알고 있는 사실이야. 어떤 것들은 여태까지처럼 애써 생각하지 않음으로써 묻어둘 수 있겠지만, 어떤 것들은 오늘처럼 난데없는 마음의 동요로 네 녀석을 뒤흔들게 될 것이다. 결국은 오원과 소마군을 떠올리게 만드는 모든 것들이 네 녀석의 발목을 붙들게 되겠지."

"그런 일은 없을 겁니다."

"스스로를 과신하지 말아라. 과거의 망령이라는 것에서는 이 소연신조차도 자유로울 수 없었으니까."

"그렇다면 어떻게 하라는 말씀이십니까. 모든 것을 잊고, 배움에만 전념해라 하신 것은 다른 누구도 아닌 사부, 사부의 명령이셨습니다."

단운룡의 언성이 높아졌다.

그동안 배움으로 느꼈던 것들.

성장하고 또 성장하여 많은 것을 알게 된 청년 단운룡이다.

무공이 전부가 아니다.

세상에는 수많은 사람이 있고 그 사람들과 연결된 자신이 있다.

이제는 주변을 외면할 수도, 과거를 묻어둘 수도 없다.

꾹꾹 차올라 있던 상념.

커다란 마음이 마침내 흘러넘치는 순간이었다.

"결정의 때가 왔다는 것이다. 좀 이른 감이 있지만."

순간의 정점.

사부의 말은 어쩔 수 없는 귀결이었다.

흘러간 강물이 바다로 터져 나가는 바로 그곳.

웅대한 대해와 맞닿아 살아가는 삶의 향방이 거기에 있었다.

"오원으로 돌아가도 된다는 말씀이십니까?"

"그것도 괜찮겠지. 전부 다 죽일 자신이 있다면."

단운룡의 머리 속에 마건위의 얼굴이 스쳐 지나갔다.

마건위, 마사충. 그 둘은 죽일 수 있을 것이다. 마건위의 무위는 불패신룡에 근접해 있었을 정도였지만, 마건위 같은 자에게 질 것 같지는 않다.

단운룡은 소연신과 싸워본 자다.

그 어떤 고수일지라도 맞붙어볼 자신이 있었다.

"충분히 죽일 수 있습니다."

"그렇다면 무엇을 망설이나? 가서 죽이면 될 것이 아닌가."

"무슨 말씀입니까? 사부에게 무공과 학문을 배우고 있었지 않았었습니까."

"그것은 또 좋은 핑계로군. 너는 이미 알고 있었다. 오래전부터 그들을 죽일 수 있었다는 사실을. 그런데도 네 스스로 아무런 말을 꺼내지 않았어. 이제 실력이 됩니다. 가서 죽이고 오겠습니다. 그 두 마디로 끝날 말이었는데도 말이다."

소연신의 말은 재촉이다.

당장 오원에 가서 마건위와 마사충을 죽여라.

마음속에 있는 앙금을 털어버리고 돌아와라.

그렇게 말하는 것 같다. 왜 일찍부터 그러지 않았느냐, 나무라는 것 같았다.

"하지만……."

"하지만은 무슨 놈의 하지만이냐. 네 녀석, 설마하니, 고작 그 두 놈을 죽이고자 내 제자가 된 것은 아니었을 테지."

"……!"

말문이 막힌 단운룡이다.

마건위와 마사충을 죽이기 위하여.

그것은 마치 정곡을 찔린 것과 같았다.

소연신의 제자가 된 발단은 오기룡과의 약속이었으되, 단운룡을 어쩔 수 없는 선택으로 몰아간 것은 다름 아닌 마씨 부자에 대한 원한이다.

그것도 증거조차 없는 불확실한 원한에 의해서다.

운명적인 이끌림보다는 훨씬 더 그럴듯한 구실이라 할 수 있을까.

원한을 갚기 위해, 원한을 갚을 만한 실력을 키우기 위해 소연신의 제자가 되었다.

한데.

소연신은 그것을 근본부터 부정하고 있다.

고작 두 놈을 죽이고자, 고작 그 두 놈을 죽일 무공을 가르치기 위해서 단운룡을 제자로 받은 것이 아니라는 뜻이었다.

"말하라. 제자여. 대체 뭘 두려워하고 있는 것이냐."

두려워한다.

단운룡은 아니라 대답하고 싶었다.

세상에 두려운 것은 없다.

어릴 적부터 죽음과 함께 살았고, 그 무엇도 두렵지 않았다.

협제 소연신의 제자로서 막강한 무공들을 배웠다.

두려울 것이 있을 리 없다.

그러나 단운룡은 소연신의 말을 부정할 수 없었다.

두렵다. 두려워하고 있다.

단운룡은 마씨 부자를 죽이기 위해 소연신의 제자가 된 것이 맞다. 정확히는 마씨 부자를 죽이기 위해서가 아니라, 그 갈 곳 없는 분노를 풀기 위해서 된 것이다. 참을 수 없는 상실감 때문에 제자가 된 것이었다.

친구들의 원한을 갚는 것.

그것은 나이만을 죽임으로써 전부 다 달성된 것이나 다름이 없다. 이백 기병의 목숨, 나이만의 목숨으로 피 흘린 대가만큼은 충분히 갚아주었다.

그렇게 복수를 하고도 채워지지 않았던 것을 채우기 위해 또 다른 원한의 대상으로서 마써 부자를 앞에 세웠던 것이었는지도 모른다.

단운룡은 그렇게 제자가 되었고, 그래서 무공을 배웠다.

무공이 강해지면서.

신풍에 이어 순속을 발동할 수 있게 되었을 때쯤이다. 광검결의 운용이 자유로워지고 극광추의 위력이 무르익었을 때, 단운룡은 마건위와 일전이 가능함을 알 수 있었다.

압도적인 승리는 장담하지 못해도 틈만 잡으면 죽일 수 있다.

일격만. 일격만 들어가면 확실히 죽는다.

하지만 그것을 알았음에도 단운룡은 오원으로 가지 않았다.

그것만으로는 부족하다. 확실히 죽일 만한 실력을 키워야 한다. 그렇게 되뇌며 애써 덮어두었다. 아직은 실력이 모자라다고. 더 강해져야 한다고 말이다.

그것이야말로 핑계다. 사부가 말한 대로 그것은 또 하나의 좋은 핑계일 따름이다. 정말로 죽이고자 했다면 그때 가서 죽여도 되었다. 언제라도 죽일 수 있으니 살려둔다? 말도 안 된다. 그것도 핑계다. 계속해서 만들어가는 핑계였다.

단운룡은 죽이러 갈 때를 찾고 있었던 것이 아니다.

죽이러 가지 않을 이유를 찾고 있었다. 오원으로 돌아가려 하지 않았던 것이다. 그것이 본심이다. 그리고 그 본심은 바로 사부가 말한 두려움과 이어져 있었다.

그 두려움은 다른 것이 아니다.

마건위를 죽이고, 마사충을 죽이고 나면.

그 다음에는 무엇을 해야 하나.

그것으로 죽었던 소마군이 다시 돌아오는가.

그렇지 않다.

그들을 죽여보았자 남는 것은 아무것도 없다.

단운룡은 이미 알고 있다. 복수의 결과가 무엇인지.

원한을 갚기 위해 싸웠고, 그 싸움에서 대산이 죽었다.

풀 수 없는 슬픔을 잊기 위해서 얼마나 더 죽어야 하는가.

마건위와 마사충이 뒤에서 무슨 짓을 했든, 소마군의 소년 들을 죽인 것은 나이만일 뿐이다. 그렇다면 나이만을 죽인 것 으로 그 은원이 끝난다고 봐야 하지 않을까.

마씨 부자를 죽인다는 것은 곧 소마군이 죽게 된 근본적인 이유를 없애고자 하는 일이다.

마씨 부자가 소마군을 죽음으로 몰아넣었다?

소마군이 괴멸된 이유가 오직 마씨 부자 때문이었나?

소마군의 소년들이 죽음을 맞은 이유는 그것만이 아니다.

오원에 전쟁이 있었기 때문이다. 싸워야 할 상대가 있었기 때문이다.

마씨 부자를 죽이고자 한다면 나이만에게 명령을 내렸던 타가도 죽여야 한다. 회한평 공격의 빌미가 되었던 맹획을 죽여야 한다.

원인을 찾자면 끝도 없다.

애초부터 오원을 굳건하게 지키지 못했던 전사들도 죽어야 할지 모른다. 소마군의 결말이 어떤 것인지 불 보듯 뻔한 상황에서도 그 위험을 외면했던 허유도 죽어야 한다.

그래서.

타가와 맹획을 죽이면.

그들의 죽음에 관계된 모든 것을 없애 버리고 나면.

그 다음엔 무엇이 남나.

평화로운 오원이 남을까. 평화로운 오원이 되고 나면, 그렇게 치열하게 싸웠던 소마군 소년들의 이름들을 기억해 줄까.

모른다.

단운룡은 그것을 알 수 없음이, 그 무지가 두려웠다.

두려움은 또 있다.

복수라는 것의 기준을 어디까지 잡아야 했던가.

그것이 나이만까지라고 했다면.

죽어버린 자들의 원한에 매달려 이토록 무공을 배운 것이 무슨 의미가 있을까.

사부의 말처럼 오원으로 돌아가 마건위와 마사충을 죽였
다.

그것으로 마무리하고 돌아왔다.

그러면 끝이다. 단운룡이 배운 무공의 의미는 거기까지일
뿐 다른 것은 없다.

단운룡은 그 무의미가 두려웠다.

그래서 미루고 있었던 것인지도 모른다. 마건위와 마사충
을 죽일 능력을 얻었음에도, 사부의 말마따나 갖가지 핑계를
대면서 오원에는 가려고 하지 않았던 것이 진짜 단운룡의 본
심이었을지도 모른다는 뜻이었다.

"모든 것이 끝나면… 아무것도 남지 않습니다."

폭풍처럼 몰아친 생각의 끝에서 단운룡은 그렇게 말했다.

단운룡을 바라보는 사부.

사부가 웃는다. 그것은 대체 어떤 의미의 웃음일지 알 수
없다. 사부 소연신의 입이 열리고, 긴 세월 단운룡이 걸었던
길을 이미 걸어왔던 협제의 목소리가 단운룡의 가슴을 파고
들었다.

"너는 너무나도 빠르다. 그것은 그저 총명함과는 달라. 모든
것이 두 발자국, 세 발자국 앞서 간다. 보통 사람들과는 다른
속도로 인생을 살아가고 있다는 뜻이다. 그런 사람의 발걸음은
모두를 앞질러 가게 마련이지. 함께 걷기 시작한 이들도 언젠
가는 결국 따라오지 못하게 된다. 그리고 알게 될 거다. 혼자서

너무 멀리 와 주변에 아무도 남지 않게 되었다는 사실을."

"……!"

단운룡은 모두와 다르다. 어릴 때부터 그랬다. 나이에 맞지 않는 행동을 했고, 지나치게 총명하여 어른들을 두렵게 했다.

오직 고독함만이 단운룡의 숙명.

그렇게 느낄 때다.

천천히 이어지는 사부의 말이 있었다.

"마치, 그것은 나와 같다."

너는 나와 같다.

그 말이 단운룡의 마음속에 다시 한 번 커다란 울림을 만들었다.

사부가 제자에게 하는 말.

너는 결코 혼자가 아니다.

사부의 목소리에 단운룡이 느끼는 격동이 깃들었다.

"네가 그곳에 가서 마씨 부자를 죽이든, 네가 그곳에서 분노를 풀기 위해 수백 병사들과 무인들을 죽이든, 난 없어지지 않는다. 난 네 녀석의 사부다. 배울 것이 남아 있다면 죽이고 돌아와서 더 배우면 그만이지 않는가!"

모든 것이 끝나면 아무것도 남는 것이 없다고 했다.

사부마저 사라져 버릴 것을 두려워했다?

단운룡은 틀렸다.

남는 것은 사부다. 제자다. 사부는 변치 않는 곳에 그대로서 있겠다 하였다.

"......!"

단운룡은 비로소 깨달았다.

사부의 가르침은 모든 것이 하나로 이어져 있었다는 것을.

무공은 전부가 아니다.

모든 재주를 존중할 줄 알아라.

사람을 죽이는 것이 전부가 아니다.

원한을 갚는 것, 그 이상을 보라.

사람은 혼자가 아니다.

네 곁에는 이 사부가 있다.

사부는 변치 않는다.

변치 않는 사부가 있음을 알고, 과거를 외면하지 말아라.

원한에 얽매이지 않는 천명을 깨달아라.

오원의 망령에 휘둘리지 않는 진정한 자신의 길을 찾아라.

그것이 바로 사부가 말한 '결정의 때' 다.

어떻게 살아야 할 것인가.

이 무공으로, 이 배움으로, 이 그릇으로.

어떻게 세상과 부딪쳐야 하는가, 그것을 결정하는 순간을 말함이었다.

그 뜻.

그것을 알았으니 묻는다.

사부와의 만남, 이 인연이 이어지게 된 근원에 이르는 질문이었다.

"사부는… 제게 왜 이 모든 것을 가르친 겁니까?"

소연신이 단운룡을 제자로 맞이한 이유.

그것이다.

왜 원한에 얽매이지 말라고 하는가.

사부는 무엇을 바라고 제자를 얻었나.

사부가 대답했다.

"내가 네게 무공을 가르친 이유 말이냐?"

"그렇습니다."

"그것은 네 스스로 찾아라."

단운룡의 눈이 번쩍 뜨였다.

긴 번민의 암굴을 지나 잿더미에서 일어나는 창룡과도 같은 모습으로.

되묻는 단운룡의 두 눈에는 신비로운 광채가 깃들고 있었다.

"그것으로는 대답이 되지 않습니다. 저는 강해지기 위해 사부를 모셨으나, 사부는 제게 강해지는 것 이상을 원하셨습니다. 그 이유는 무엇입니까. 사부는 이렇게 말했습니다. 이 세상의 무공은 언젠가 사라질 것이라고요. 그럼에도 불구하고 사부는 제게 이만큼의 무공과 이만큼의 재주를 가르쳐 주셨습니다. 아무런 이유도 없이 그랬을 것이라고는 생각하지 않습니다. 사부가 저를 키워준 이유, 사부가 있는 제자라면 그 이유에 천명을 거는 것도 나쁘지는 않을 것입니다."

단운룡은 말했다.

사부가 왜 자신을 키워주었든, 그 '왜'에 인생을 걸 수 있다고.

하지만 사부는 그러한 제자의 말을 기꺼워하지 않았다.

사부가 대답했다.

"내가 등에 진 망령들은 말하고 있다. 모든 것에서 벗어나 자유롭게 살라고. 난 그렇게 살 것이며 난 내 제자 또한 그렇게 살기를 원한다. 난 내가 받은 이 유업을 너에게 물려주고 싶은 생각이 조금도 없다."

"유업이라니, 그것이 무엇입니까?"

"그것은 내 과거의 이야기. 너에게 전해줄 천명이 아니다. 넌 나의 제자가 분명하나, 너는 네 스스로 네가 살길을 찾아야만 한다. 이 전란의 시대에 무공을 익힌 이유를 네 스스로 깨닫고 그것에 따라 살아가란 말이다. 그것이 복수라면 천 명의 피로 네 손을 물들여도 좋으며 그것이 협객의 길이라면 천 명의 악인을 베는 것도 좋겠지. 모든 것은 네 스스로의 결정에 맡기겠다."

사부는 그렇게 능력의 칼자루를 단운룡에게 넘겼다.

자신이 걸어왔던 길과 같은 길을 강요하지 않는 사부.

혼자가 아님을 이야기했으나 또한 혼자 가야 할 길이 있다.

소용돌이치는 운명의 굴레. 천명을 깨달아야 하는 그 한가운데, 단운룡이 서 있다.

아직은 안개로 둘러싸인 그 어둠 속에서, 스스로 빛이 되어야만 하는 비룡(飛龍)의 천명이 비상을 위한 용틀임을 하고 있었던 것이다.

天蠶飛龍袍

제11장 문파(門派)

많은 문파들을 보고, 많은 무인들을 만났다.

문파에 적을 둔 사람, 문파에 얽매인 사람, 문파를 이끌어가는 사람.

세상에는 여러 가지 길을 가는 사람들이 있다.

문파에서 파문당한 사람도 있고, 무리 짓는 것이 싫어 문파를 멀리하는 자도 있었다.

문파에 충성하는 사람이 있는가 하면, 문파를 배신하는 사람이 있을 수 있고, 문파를 변화시키는 사람이 있다면 문파를 유지시키려는 그 반대편이 있을 수 있다.

그런 사람들 모두가 결국은 강호인이다.

그런 강호인들 중에서도.

문파와 관계없이 강호인들의 빛이 되는 자가 있다.

생각을 바꾸고, 사람들을 바꾸고, 문파를 바꾸는 자였다.

그런 힘을 지닌 자들을 달리 영웅이라 일컫는다.

영웅에 의해 새롭게 도약하는 문파, 그런 문파가 세상엔 많다.

이미 뛰어난 세력을 가졌든, 측량할 수 없는 부를 축적했든 마찬가지다.

영웅이 없는 문파는 쇠퇴한다. 영웅이 없는 강호는 피폐해진다.

그리고 보면 세상이 다 미쳐 돌아가는 난세도 그렇게 살지 못할 강호는 못 되나 보다.

빛이 되는 영웅들이 설 기회가 되니까 말이다.

한백무림서
한백의 일기 中에서.

'어떻게 살 것인가. 무엇을 하고 살 것인가.'

그것은 중대한 화두였다.

오원으로 돌아가 남아 있는 앙금을 지우는 것.

그것만을 목표로 살 수는 없다. 단운룡의 그릇은, 소연신의 제자가 지닌 그릇은 그런 것만을 담아두기엔 지나치게 컸다.

살아남기 위해 살아라.

아버지가 단운룡에게 했던 말이다. 그것은 부모의 영혼이 그에게 주었던 축복이며 또한 벗어날 수 없는 굴레이기도 했다. 이제는 그것을 벗어날 때다. 그저 살아남기 위해 사는 것이 아니라 온 천하와 부딪치며 힘차게 살아가기 위해. 그렇게 살아야 한다.

그것을 깨닫는 순간 찾아온 것.

그것은 무한한 자유였다.

단운룡은 무엇이든 될 수 있었고, 무엇이든 할 수 있었다.

당장 오원으로 돌아가서 마건위와 마사충을 죽여도 된다.

타가와 맹획을, 오원 전체를 불길로 채워가도 괜찮다. 그들의 죽음을 미뤄두고, 사부처럼 세상을 주유하며 살아도 되는 것이다.

무한한 자유.

그렇게 생각하고 나니, 도리어 찾아든 것은 막연함이다. 자유라는 것은 본래부터 그런 것. 모든 것을 할 수 있지만, 그 무엇도 반드시 해야 할 일은 없다. 너무나도 넓게 열려 있는 천하에 어떤 길을 가야 할지 명확한 지침이란 게 없는 것이다.

하지만 단운룡은 망설이지 않았다. 깊이 고민하지도 않았다. 이 순간 가장 하고 싶은 일을 하면 그만이었다.

단운룡은 한 가지에 매달렸다.

무공이 그것이다. 사부가 가르쳐 준 광극진기와 다섯 가지의 절기에 다시 한 번 온몸을 던진 것이다.

'극광추와 광검결은 언제라도 꺼내 쓸 수 있다. 마광각은 동작이 커서 아직 불안해. 무엇보다 순속을 펼친 상태에서는

잘 제어가 되질 않는다. 일단 순속의 속도부터 몸에 붙여야
해.'

광극진기 광신마체.

신풍이나 순속을 발동하면 그 어떤 순간에도 보통 때보다
훨씬 빠르고 강력한 움직임이 나온다. 지닌바 무공의 위력이
전반적으로 상승한다는 뜻이다. 육신의 힘이 평소와는 달라
져 버리니, 간단한 발길질도 무서운 각법이 되고 아무렇게나
휘두르는 손바닥도 파괴력있는 장법이 된다. 무공 전반의 강
화, 그것이 광신마체의 요결이었다.

'그것이 전부는 아냐.'

하지만 평소보다 빨라지고 강해진다는 것이 무조건 좋은
것이라고는 말할 수가 없었다. 보통 상태와 다르다는 것은 무
공을 펼침에 있어서도 투로의 감이 달라진다는 것을 뜻하기
때문이었다. 일보, 일보의 속도가 달라지니 손을 뻗거나 발을
내침에 있어서도 정확한 순간을 잡기가 어려워진다. 무공의
틀이 조금씩 어긋날 위험이 있었던 것이다.

속도에 적응해야 한다는 것은 바로 그런 이유에서였다.

몸의 움직임이 한발 빠르면, 발을 내치는 것도 한발 빨라져
야만 했다. 싸움이란 순간과 순간의 교차로 이루어지는 법, 그
러한 것은 생각만으로는 가능하지 않다. 그저 반복되는 훈련
으로 몸에 붙여서 속도에 익숙해지는 방법밖에는 없었다.

'약점도 있어.'

가장 큰 문제는 시간의 제약이었다.

계속하여 강해지고 있는 내력에 풍신 발동만큼은 한 시진을 펼치고 있어도 문제가 없게 되었다. 하지만 순속을 유지하기엔 아직 일다경도 어려운 감이 있었다. 펼치고도 몸에 무리가 가지 않는 시간은 반 다경이 한계일 정도였다.

그처럼 시간의 제약이 따르는 이유에는 광극진기의 운기 방법 그 자체에 원인이 있었다.

광극진기는 천하에 유례가 없는 특별한 무공이었다.

천지간의 기(氣)를 받아들여 단전의 기해(氣海)에 담아둔다는 것까지는 일반적인 무공심법과 같았지만, 다른 심법과 공통적인 것은 그것이 전부라 해도 과언이 아니었다.

광극진기는 하단전을 핵심으로 하지 않았다. 광극진기, 광신마체의 힘이 나오는 근원은 상단전, 정확히는 뇌력(腦力)이라 할 수 있었다.

단운룡은 소연신이 어떻게 그와 같은 심법을 얻게 되었는지 알지 못했다. 그 본인이 창안한 것인지, 누구에게 전수받은 것인지도 알 수가 없다. 다만 그 근본은 신의 경지에 이른 의술(醫術)이 아니었을까 어렴풋이 짐작할 뿐이었다.

광극진기의 근간은 모든 인간이 체내에 지니고 있는 뇌기(雷氣)라고 했다. 사부는 그것을 가르치며 몸 전체에서 뇌기를 내뿜는다는 뇌전괴어(雷電怪漁)란 기이한 물고기를 보여준 적이 있었다. 중원에서는 볼 수 없는 생물이라 하였으며, 사천 최고 갑부 중 하나라는 민강금호(岷江金虎) 민금성(岷金星)의 수족관에서 구경한 물고기였는데, 물속에서 제대로 방전(放電)을 하면 조랑말까지도 죽일 수 있을 정도라 했다.

사부는 그 뇌전괴어를 보며 놀라운 이야기를 들려주었다.

사람이 움직이는 근원은 사실 그와 같은 뇌기라고 말이다. 사부는 그러한 뇌기를 달리 기전력(氣電力)이라고도 표현했다. 뇌전과 같은 전력이 사람을 움직이게 만드는 힘이라고 말하며 그 가장 핵심은 머리, 즉 두뇌라고 가르쳐 주었던 것이다.

믿기 어려운 말이나 믿을 수밖에 없다.

조랑말 한 마리를 죽인다는 뇌기. 그런 것이 자연스럽게 몸속에 흐르고 있다는 데 놀라지 않을 사람은 없을 것이다.

또한 사부는 말했다.

손가락을 움직여야겠다.

팔을 휘둘러야겠다.

생각은 명령이다. 손가락과 팔은 그러한 명령에 응답하여 그에 상응하는 움직임을 보여준다. 그 응답을 이끌어내는 신호가 곧, 두뇌에서 발해지는 기전력이라고 말이다. 그것이 사부가 준 가르침의 골자였다.

기전력의 존재, 그 다음은 기전력이 흐르는 길이다.

마치 내공이 흐르는 기혈처럼, 두뇌에서 나오는 기전력에도 그것이 흐르는 통로가 있다고 했다. 그것이 곧 신경로라 했다. 그렇게 말하며 사부는 각부의 그림과 설명이 상세하게 기술된 인체해부도(人體解剖圖)를 꺼내놓았다.

단운룡은 인체해부도를 보면서 무공의 근원에 대해 배웠다.

근육과 신경이 연결되어 있어야만 팔다리가 움직인다. 그쪽으로 향하는 신경이 끊어지면 팔다리도 움직일 수 없다.

무예라는 것은 결국 전신의 움직임으로 이루어지는 예술. 두뇌에서 떨어지는 신호가 신체를 움직이고, 그 신체가 하나의 아름다운 그림을 그려내는 것이다.

결론은 두뇌다.

궁극적으로 가장 중요한 것은 두뇌라는 뜻이었다. 끌어올린 광극진기가 상단전에 집중되는 이유였다.

광극진기는 상단전에 응축되어 전신으로 치닫는다.

더 빨리, 더 강하게다.

두뇌의 힘을 강화하고, 신경로를 함께 포괄하며 달려나간다. 두뇌에서 발해지는 신호를 내공을 통하여 증폭시키는 것이다.

광극진기의 조화는 그것으로 끝이 아니었다.

손바닥이라는 것은 마주쳐야만 소리가 나는 법이다. 신호가 아무리 강해도 신호에 응하는 근육이 약하면 아무런 소용이 없었다. 광극진기는 상단전에서 사방 신경로를 타고 흐름과 동시에, 하단전으로부터 용솟음치며 전신의 근육을 강인하게 만든다. 광신마체가 보여주는 무서운 속도와 강력한 힘은 그것으로부터 시작되는 것이었다.

발동 시간의 한계.

광극진기가 가장 중요시하는 것은 뇌력 증폭에 따른 불안정을 해소하는 것이었다. 신호를 증폭시켜도 두뇌에 부작용이 생겨서는 안 된다. 명령하는 쪽이 가장 중요하기 때문이다. 팔이 잘려도 살아갈 수는 있지만, 머리가 잘리면 즉사다. 광극진기가 지닌 공능의 대부분은 상단전의 힘을 끌어 쓰는 것과 상단전의 안정성을 극대화하는 데 쓰이고 있었다는 뜻이다.

머리를 보호하는 데 온 힘을 쓰고 있으니, 상대적으로 응답하는 쪽, 즉 근육의 보호는 머리 쪽보다 소홀할 수밖에 없었다는 이야기였다.

일정 시간 이상으로 기전력을 강력하게 만들어 몸을 움직이다 보면 근육을 강화하고 있던 광극진기의 방벽이 깨져 버린다. 혈맥과 근육이 망가지는 것이다. 한계 이상으로 몸을 움직이다 보면 어쩔 수 없다. 벽해마왕과 싸운 후 온몸의 근육에 쥐어짜는 통증을 느꼈던 것도 그래서였던 것이다. 그렇다면.

보통 사람보다 빠르게 움직이는 상승고수들은 어떻게 된 것인가. 그들 모두가 싸운 후 단운룡처럼 고통을 느끼는 것은 아니지 않던가.

그것은 내력 운용의 근본적인 차이에서 기인한 일이다.

그들은 보통 사람보다 훨씬 더 빠르게 움직이지만, 두뇌와 신경로에 직접적으로 관여하진 않는다. 그들도 내력을 통해 어느 정도 기전력을 강화시키기는 마찬가지일 것이다. 그것이 근육을 움직이는 근본 원리이기 때문이다. 하지만 단운룡처럼 두뇌로부터 명령 그 자체를 증폭시키지는 않는다. 말하자면 중심부와 말단부의 차이다. 중심부를 건드린다는 것은 애초부터 모험이라 말할 수밖에 없는 까닭이었다.

그런 모험을 하는 이유가 있을까.

어째서 그와 같은 양날의 검을 휘둘러야만 하는가.

이유는 단순하다.

단운룡은 벽해마왕을 제압했다. 단운룡은 신풍을 펼칠 때부터 벽해마왕보다 빨랐고, 순속을 발동한 이후에는 월등하다고 할 만큼 빨랐다.

빨라지기만 했던가?

속도는 곧 힘이다. 단운룡은 순속을 발동하면서 벽해마왕보다 월등히 강해진 면모를 보였다. 순속, 광검결로 벽해부 두꺼운 강철 면을 두 동강 냈으며, 도끼날을 버티던 철봉을 일격에 부러뜨려 버렸다.

벽해마왕의 내공과 단운룡의 내공.

공력의 용량으로만 따지자면 벽해마왕이 더 높을 것이다. 단순한 내공의 깊이만으로 싸웠다면 단운룡이 이길 수가 없었다는 뜻이다.

하지만 단운룡은 이겼다.

압도적인 무공, 압도적인 힘을 보여줬다.

광극진기 광신마체.

그야말로 마체(魔體)다.

광신마체는 양날의 검이었다. 주인을 해칠 수 있는 날카로운 검날이 양쪽으로 벼려져 있어 함부로 쓰다가는 낭패를 면치 못한다.

신풍의 발동 시간. 순속의 발동 시간 안에 상대를 제압하지 못하면 끝이다. 고통으로 몸부림치며 움직이지도 못하는 무인 따위, 어린아이의 칼로도 죽을 수가 있었다.

발동 시간을 넘기면 그 부작용을 해소하기 위해 장시간의 운기조식이 필요하다.

발동 시간을 넘기지 못해도 마찬가지다. 발동한 것 그 자체만으로도 신체에 무리가 간다. 한동안은 근육을 쉬도록 해줘야만 했던 것이다.

'하지만 덕분에 얻은 것도 있었지.'

그러한 부작용.

그것은 어찌 보면 사실 단운룡에게 있어 손해가 되는 것만은 아니었다.

일정 시간의 휴식이 필요하다는 것은 결과적으로 단운룡에게 여러 가지 재능을 함께 연마할 수 있는 소중한 기회를 준 것이라고 할 수 있었다.

무공에 전념하겠다 하였으면서도 학문과 서화, 음예를 중단치 않을 수 있었던 것은 그래서다. 무공에 몸을 바쳤다고 하

여 다른 것을 손에서 놓은 것은 아니라는 뜻이다. 표면적으로
는 이전의 생활과 전혀 다를 바가 없다고 느껴질 정도였다.

'벽해마왕과 싸운 지도 꽤 지난 것 같은데……'

그렇게 몇 달이 지났을까.

그런 단운룡을 잠자코 지켜보던 사부다.

사부는 그동안 단운룡에게 실전비무를 시키지 않았다. 사
람들을 만나는 것도, 물길이 험하기로 이름난 삼협(三峽)에서
는 목공예의 달인, 선장(仙匠)의 칭호를 지녔다는 목선(木仙) 도
삼(道森) 노사를 만난 것 외에는 달리 외인(外人)들을 접할 일
도 없었다.

어느 날 사부는 불쑥 이렇게 말했다.

"사람은 누구나 꿈을 꾸며 살지. 무언가가 되고 싶다는 꿈
말이다."

겉으로는 별반 달라진 것이 없을지라도.

단운룡의 변화를 사부가 모를 리 없다.

단운룡이 읽고 있던 공맹(孔孟)의 경서들을 손에서 내려놓
으며 소연신의 얼굴을 올려다보았다. 웃음 섞인 사부의 목소
리가 단운룡의 앞에 툭 내던져졌다.

"이제 와서 찾은 꿈이란 게 고작 그거냐?"

"예?"

"최강의 꿈, 천하제일인 말이다."

"천하제일인이라니요?"

"맹자의 경서를 손에 들고, 대덕(大德)의 가르침에 신공(神功)의 구결을 비춰본다……. 천하에서 가장 강한 자가 되고 싶지 않고서야 그럴 필요까지 있겠냐는 말이다."

"그렇게 보였습니까? 뭐, 사실 천하에서 가장 강한 무공을 지닌 것도 나쁘지는 않겠다는 생각입니다."

"거참, 구리군."

"구리다니요?"

"냄새나는 꿈이다. 천하제일인, 최강의 사나이. 그보다 구린내 나는 것이 어딨냐?"

"그게 뭐가 구립니까."

"구리고 유치하다. 유치할 뿐 아니라 우스꽝스럽기까지 하지. '내가 세상에서 제일 세다!' 외치면 누가 만세라도 불러준다냐? 그거보다 무식한 짓이 어디 있느냔 말이다."

"하지만 일가를 이룬 고수는 뭇 강호인들의 칭송을 받게 마련입니다. 무당파의 허공 진인나 화산의 옥허 진인 같은 고수들은 이 사천 땅에서도 위명이 쟁쟁하지요. 주루의 기녀들까지도 모르는 사람이 없습니다."

"칭송? 유명해지는 거? 그거냐? 네가 무공을 연성하는 이유가?"

"딱히 그런 것은 아니지만, 말하자면 그렇다는 겁니다."

"잘 들어라. 무공이란 어쩔 땐 연애와도 같은 거야. 여자를 보면서 굳이 이 여자와 자야겠다, 이 여자를 내 아내로 만들겠다 목표를 정해놓지 않아도 빠져드는 게 여자지. 하지만 언젠가는 결정해야 한다. 이 여자를 데리고 뭘 할지 말이다. 무공도 마찬가지다. 특히나 네 녀석같이 무작정 앞서 나가는 놈들 같은 경우에는 무공에만 빠져드는 것이 도리어 위험할 수 있다. 뒤를 안 보고 나아가다가 무공 그 자체에 먹혀 버리는 수가 생겨. 그렇게 되면 나조차도 어쩔 수 없는 괴물이 되어버릴지 모른다. 분명히 말해두지만, 난 그런 걸 바라지 않아."

"뜻을 확실히 세우라는 말씀이로군요."

"그렇다. 좀 더 뚜렷한 걸 잡아야지. 뭐, 천상천하 유아독존을 말하는 것도 그렇게 나쁘지는 않아. 잘 아는 놈들 중에 그런 놈이 두 놈 있었거든. 두 놈 다 구린내가 심한 데다가 무식하기 짝이 없는 놈들이었지만, 못돼먹은 놈들은 아니었었지. 게다가 엄청나게 강했어."

"둘이라니… 어떤 이들이었습니까?"

"왜? 흥미가 동하냐?"

"예."

"아예 그쪽으로 가닥을 잡은 것이로구만?"

"아직 그런 것은 아닙니다. 다만 다른 사람이 어찌 살았는지 참고는 할 수 있겠죠."

손에 든 책을 덮고 소연신의 눈을 직시하는 단운룡이다. 소연신이 두 눈에 이채를 발했다.

'이 녀석 봐라……? 벌써 여기까지 왔다?'

생각에 여유가 묻어난다.

하나가 아니라 둘을 알고 있다. 집착을 버리고 세상을 넓게 보기 시작했다는 증거다.

무공의 성장보다 훨씬 더 중요한 부분이었다. 소연신이 키우고자 했던 제자에 한발 더 다가왔다는 뜻이기도 했다.

"그 둘… 아니, 사실은 넷이었지. 내가 꾸고자 한 꿈은 아니었지만, 누구의 의지에서였든 나 역시도 그처럼 구린내 나는 꿈속에 던져져 있었으니까."

천천히.

소연신의 입에서 흘러나오고 있는 것은 그가 지닌 오랜 기억의 편린이었다. 오 년 만에 처음으로 듣는 한 조각 사부의 과거라 할 수 있었다.

"둘 중에 누가 먼저였는지는 모르겠다. 진무혼이었는지, 철위강이었는지. 패업을 선언한 것은 두 사람 모두 상당히 일찍부터였었지."

"진무혼과 철위강이 누굽니까? 처음 들어보는 이름들인데요?"

"이제는 사람들에게서 잊혀져 버린 이름들이다. 새로운 시대의 질서에 따라 잊혀지길 강요당한 이름들이기도 하지."

"잊혀지길… 강요당했다고요?"

"그렇다. 원제국 말기. 천하는 혼란의 극점에 있었다. 지금과는 달랐지. 모든 것이 너무나도 달랐어. 천하에는 전란에 신음하는 백성들과 탄압에 숨을 죽인 무림인들이 있었다. 그리고 네 사람의 맹주, 사패(四覇)가 있었지. 시대가 바뀌고 다시 살아난 것은 구파일방과 육대세가였다. 작금의 천하는 틀림없는 그들의 시대, 그들은 이전 시대의 패자들이었던 사패를 기억하고 싶어하지 않는다. 그때 사패의 힘들은 구파를 가볍게 압도하고 있었어. 구파로서는 치욕으로 얼룩졌던 과거를 후세에 전할 수가 없었지. 옛 이름들을 머리 속에서 지워 버리고 만 거다."

"처음 듣는 이야깁니다."

"그럴 거야. 비사(秘事)를 알고 있는 자는 많지 않다. 알고 있는 자들마저도 입을 다물고 있는 마당이니. 지금은 사패를 이야기하는 자들이 드물지. 팔황을 이야기하는 자들은 더 드물 거다."

"팔황은 또 뭡니까?"

"전란의 시대를 더 큰 혼란으로 몰아갔던 놈들이다. 최악이었어. 우리 입장에서는."

"우리… 라 하심은……."

"사패. 네 명을 뜻한다."

"사부도 그중 하나였다는 말씀이십니까?"

"지금까지 뭘 들은 거냐. 서패왕이라는 웃기는 이름은 바로 그때 붙은 거다."

"서패왕이란 전혀 우스운 이름이 아닙니다만."

"우습지. 동서남북 한 명씩. 애들 장난도 아니고. 사대천왕이다, 사대신룡이다 별의별 말이 다 있었다."

"나쁘지 않은데요. 오히려 대단한 것 아닙니까."

"홍밋거리 그 이상도 이하도 아니다. 뭐… 사실 그때는 나역시도 서패왕이란 이름을 별로 우습다 생각하지 않았어. 어렸거든. 그저 우리는 서로에게 칼을 겨누며 지난바 실력을 마음껏 뽐내고 있었을 뿐이었다. 돌이켜 보면 그때가 좋았던 건지도 몰라. 아무것도 생각하지 않고 부딪치면 그만이었으니까."

'사패……!'

각인되는 이름이다. 단운룡은 다시 한 번 그 두 글자를 마음속에 담아보았다.

사부의 과거가 그 두 글자에 담겨 있다. 천하의 패업을 논하던 남자, 하늘과 대지를 굽어보는 거대한 존재감은 바로 거기에서 기인한 것이 틀림없었다.

"오늘 들은 것은 어디 가서 발설하지 말거라. 서패왕이란 이름보다는 신풍대야가 백번 더 좋다. 패업? 보아라. 내 어딜 봐서 패왕(覇王)이란 말이 떠오르겠느냐."

"어차피 이야기할 사람도 없습니다. 한데 팔황이라 함은……?"

"팔황? 그들에 대한 이야기는 하고 싶지 않다. 아주아주 골치가 아픈 놈들이었지. 우리 시대의 마지막 순간은 그들로 인하여… 돌이킬 수 없는 파국으로 치닫고 말았다. 우리는 그들과 싸웠고, 우리가 신나게 날뛰었던 천하는 결국 비극으로 가득 차게 되었던 것이다."

"요컨대… 팔황이란 나쁜 놈들이었다는 거로군요."

"나쁜 놈들? 한마디로 보면 그렇지. 하지만 그놈들은 그보다 더해. 팔황이란 놈들은 그보다 훨씬 더 복잡하고, 훨씬 더 기기묘묘한 놈들이다. 네가 살아갈 이 시대도 결국은 그들에 의하여 또 한 번 전란의 진통을 겪게 될 거야."

"그때… 전부 다 망한 것이 아니었습니까? 사패와 싸웠다면서요."

"그 싸움에서 우리가 괴멸시킬 수 있었던 것은 팔황 여덟 개의 문파들 중 셋에 불과했다. 나머지 다섯은 큰 타격은 받았으되, 패망했다고 하기엔 어려운 감이 있었지."

"하지만 팔황의 이름은 사패와 마찬가지로 들어본 적이 없습니다. 남았다는 다섯 개 오황이라는 이름도요."

"악당들은 다 그렇지. 힘을 키우기 위해 숨어드는 거, 아주 고전적인 작태다. 하지만 그들은 무작정 어둠 속으로 사라진 것이 아니었어. 변화무쌍한 얼굴로 스스로의 모습을 달리하여 강호의 틈새로 파고들었지. 팔황의 이름을 입 밖으로 내는 자는 없지만, 가슴속에 팔황의 이름을 품은 놈들은 여전히 햇살 아래를 활보하고 있다. 그렇게 모습을 감춘 지도 벌써 삼십 년도 넘었으니… 지금쯤은 이전 시대 이상의 전력을 갖추게 되었을 거다. 굉장히 위험한 놈들이지."

놀라웠다.

그 내용의 놀라움보다 사부가 보여주는 감정의 여운이 놀라웠다.

팔황을 이야기하는 사부의 목소리에 담겨 있는 것은 다름 아닌 분노의 감정이었다.

언제든 인간을 넘어선 듯한 초탈한 심상만을 보여주었던 사부.

그랬던 사부였음인데. 사람과 똑같은 분노를 표출하고 있다. 생소한 기분이 들 수밖에 없었다.

"원한이… 있으십니까?"

"원한? 많았지."

"이미… 갚으셨다는 걸로 들립니다."

"갚았다? 갚기야 갚은 거지. 하지만 네 녀석도 잘 알지 않느냐. 그건 그것으로 끝나는 게 아니다. 끝을 내도 영원히 지워지지 않는 것이 있는 법이야."

단운룡이 고개를 끄덕였다.

바로 몇 달 전. 단운룡이 느꼈던 바가 그와 같다.

사부가 단운룡을 보며 한 손을 들었다. 검지를 꺼내 허공을 쭉 내리긋는다. 사부의 목소리가 강력한 힘을 품었다.

"말하건대, 복수라 함은 여기서부터 시작이다. 선을 긋는 것. 그것이 원한을 갚는 자가 마음속에 담아두어야 할 절대의 법칙이지.”

'선을 긋는 것……!'

“친구가 죽었다. 어디까지 복수할 것인가. 친구를 죽인 자를 죽이고 끝낼 것인가. 아니면 친구를 죽이라고 명령한 자까지 죽일 것인가. 명령한 자가 어떤 집단에 속해 있다면 그 집단 전체를 무너뜨릴 것인가. 단죄(斷罪)의 범위란 과연 어디까지가 적절한가. 바로 그 선을 말함이다.”

단운룡의 눈이 크게 뜨여졌다.

이것이야말로 반드시 듣고 싶었던 것이다.

복수의 범위.

그 기준. 단운룡이 목소리를 높이며 가르침을 청했다.

“그것은… 스스로 결정하라 하셨음에도 결정하기 어려웠던 부분입니다. 사부는 어떻게 하셨습니까? 사부는 어디까지 원한을 갚으셨었지요?”

“나? 중요한 것은 내가 아니라 너다. 하지만 굳이 말하자면 모두에게 통용될 만한 해답을 알려줄 수는 있지.”

“그것이 무엇입니까?”

단운룡의 질문에 사부는 아주 잠시 말을 끊었다.

그리고는 가볍게, 너무나도 가볍게 말했다.

“기분 풀릴 때까지다.”

“……!”

“원수를 죽이고도 기분이 풀리지 않는다. 그러면 원수의 삼족을 멸하고 구족을 멸한다. 그래도 기분이 풀리지 않으면 원수에게 명령한 원수의 두목을 죽이고, 두목의 삼족을 멸한 다음, 구족을 멸한다. 문파의 일원이었다면 현판을 박살 내고, 그 문파에 소속된 모든 이들의 씨를 말린다. 문파의 건물을 무너뜨리고, 문파가 기르던 가축이 있으면 가축까지 죽인다. 문파가 경영하는 전답이 있으면 전답을 파헤쳐 다시는 작물이 자라지 못하도록 만든다. 그래야만 기분이 풀린다면 거기까지 하는 거다. 복수라는 것은 그런 거야. 결코 끝나는 법이 없다."

단운룡의 머리 속에 한순간 불타오르는 오원의 전경이 스쳐 지나갔다.

마건위를 죽이고, 마사충을 죽인다.

맹획과 타가를 죽이고, 그들의 졸개들을 모조리 도륙한다. 소마군을 죽음으로 몰아넣었던 그 들판과 밀림, 그 모든 것을 박살 내는 것이다.

문득.

갑작스럽게 다가오는 깨달음처럼.

단운룡의 시선이 아래쪽으로 향했다.

두 눈 가득 비쳐드는 것은 방금까지 들고 있었던 책의 두 글자다.

맹자(孟子).

책의 내용을 떠올려 본다. 모조리 죽인다? 참으로 몹쓸 생각이다.

단운룡은 불쑥 자신도 모르게 웃음이 나왔다.

우습다. 구리다.

사부가 노상 달고 사는 말이다. 단운룡이 손을 뻗어 책을 잡아 들었다. 그리고는 그것을 흔들며 사부에게 말했다.

"그런 식으로 말하시면서 대체 이런 걸 읽으라는 건 무슨 심보입니까?"

"그거? 그게 마음에 걸린다면 공맹의 책 따윈 태워 버려. 그럼 될 거 아닌가?"

"하핫. 잠자코 보면 사부의 말이란 하나같이 모순투성이입니다. 이것도 좋고 저것도 좋다. 이것도 우습고 저것도 구리다. 확실히 사부는 젊지 않아요. 칠십 먹은 노인들이나 하는 소리죠. 곰팡내 나는 도인들이 하는 말이기도 하고요."

"무슨 득도(得道)의 흉내라도 내자는 거냐? 우중충한 얼굴에서 난데없는 웃음이라니."

"이 책은 태워 버리지 않을 겁니다. 좋은 책이니까요."

"늙어버린 사부의 말 따윈 듣기 싫다 이거냐?"

"아닙니다. 그 반대예요. 사부는 어디까지 선을 그었었는지, 그거부터 알아야겠습니다. 아무래도 사부의 말이 먼저죠. 죽은 공맹보다는 산 사부의 목소리가 더 가깝잖습니까?"

"이제는 말재주까지 제법 부리는구나. 저번처럼 또 한 번 혼나볼 테냐?"

"설마하니 이 서고(書庫)까지 박살 낼 생각은 아니겠지요? 마차 때와는 다릅니다. 저쪽에 꽂힌 것은 이백(李白)이 직접 쓴 글씨더군요. 그런 걸 망가뜨렸다가는 천벌을 받을 겁니다."

"네 녀석 혼내주는 데, 거기까지 여파가 미칠 거라 생각하나?"

단운룡은 얼굴색 하나 변하지 않았다.

대신 가볍게 손을 뻗어 서탁 바로 옆에 놓여진 하나의 두루마리를 집어 들었다.

"어디 한번 해보십시오. 전 이걸 방패로 쓰겠습니다."

"그, 그건……!"

"두보(杜甫)죠. 진품이에요. 사부가 애지중지하는 물건이기도 하고요."

고풍스러운 두루마리.

시성 두보가 직접 쓴 시가 그 안에 있다. 단운룡이 경전을 배우는 소연신의 서가는 그야말로 학술의 보물 창고와도 같았으니, 이 안에서 일장 박투를 벌였다가는 감히 측량키조차 힘든 손해를 보게 되는 것이다.

"교활한 녀석."

"제자는 사부를 닮는 법입니다."

단운룡은 웃고 있었다.

이것마저 닮아간다. 천하를 아우르는 비사를 말하고 가슴 아픈 원한을 이야기하다가도, 가벼운 농담을 덧붙일 줄 알게 되었다.

소연신이 고개를 설레설레 저었다.

난감한 얼굴, 후회된다는 어조로 말했다.

"불패신룡 그 녀석이 왜 감당을 못했는가 이제야 알겠군. 괜히 제자로 받은 모양이야. 여하튼, 좋다. 이번엔 내가 졌다. 어찌 보면 중요한 이야기이기도 하니까 간단히만 들려주마."

단운룡이 머리를 당기며 눈을 빛냈다.

사부, 소연신이 잠시 말을 멈추었다가 서서히 옛이야기를 끄집어낸다.

"난 네 녀석이 함께했던 친구들만큼이나 소중했던 동료들을 잃었고, 그 원한을 갚았어야 했다. 난 혼자서 요마련에 쳐들어갔지. 거기서 당시 천마맹의 맹주였던 염라마신(閻羅魔神)을 죽였다. 그것으로 복수를 끝냈지. 하기사… 그리고 보면 넌 날 닮긴 닮았어. 교활한 것은 빼고."

제자는 사부를 닮는다고 했었나?

틀렸다.

사부가 처음부터 사부를 닮은 제자를 맞이한 것이다.

혼자서 쳐들어간다. 그 무모하리만큼 저돌적인 행동력은 분명 나이만을 죽이러 갈 때의 단운룡과 비슷한 데가 있었다.

"요마련과 천마맹은 어떤 집단입니까?"

"천마맹은 천신회와 요마련이라는 두 방파의 연합을 일컫는 말이었다. 두 방파가 손을 잡은 맹회라 하여 천마맹이라 불리게 되었지. 두 방파는 이미 하나와 같아, 통틀어 하나의 문파로 보는 것이 타당했다. 사실, 천마맹은 옛날 이름이다. 지금은 신마맹이라 하지. 천신회가 신화회로 바뀌면서 천마맹도 신마맹이라는 명칭으로 달라지게 된 것이다."

"그럼 천마맹, 그러니까 신마맹도 팔황의……?"

"그래. 팔황의 하나였다. 강한 놈이 우글거리는 곳이었지. 여덟 개 팔황의 권속들 중에서도 최강의 전력을 자랑하고 있었을 거야. 그중에서도 당시의 염라는 그야말로 발군이었지. 위타천이란 괴물 같은 놈과 제천대성이란 망나니도 강했지만, 염라마신은 진실로 무서운 놈이었다. 핫! 지금 돌아보면 그런 놈을 잘도 죽였지. 아마 그 진무혼이 왔어도 염라를 죽일 수는 없었을 거다. 철위강 그 거만한 놈일지라도 고전을 면치 못했을 거고. 차라리 공선이란 땡중 놈은 좀 나았을지 모른다. 그 땡중 놈에겐 천하제일의 내공이 있었으니까."

"공선이란 사람은… 사패의 또 다른 한 명인가 봅니다."

"그랬지. 우리는 각자 색깔이 달랐어. 진가주 진무혼이란 놈에게는 이름 그대로 무혼(武魂)이란 것이 있었고, 천룡회주 철위강은 글쎄다… 그저 강하기만 했었다고 할까. 부러지지 않는 그 강함은 아무리 생각해도 압도적인 데가 있었다. 그리고 전륜회주……. 전륜회주 공선이란 놈에게는 누구보다 강력한 내공이 있었으며, 그 심중에는 승려라 도무지 봐줄 수가 없는 뿌리 깊은 분노가 함께하고 있었지."

천하를 다투던 절대자들의 이야기다.

사부와 같은 반열에 있었던 사람들의 존재를 느낀다는 것.

참으로 묘한 기분이었다.

단운룡에게 있어 소연신의 힘이란 누구도 범접할 수 없는 최강의 영역이었기에 다른 세 사람 패왕들의 이름을 듣고 있음에도 도무지 현실처럼 들리질 않았다. 세상에 더 있을 수 없는 전설 속의 인물들처럼 들릴 뿐이었다.

"사부와 같은 힘을 가진 사람들이 셋이나 더 있었다니, 도무지 믿어지질 않습니다만?"

"'있었던' 것이 아니다. 지금도 있어."

"예?"

"셋 다 징그럽게들 살아 있지."

소연신은 드러누울 것 같은 자세로 심드렁하게 말했다.

대수롭지 않게 이야기한 사패의 현존.

소연신에겐 당연한 일일지 몰라도 단운룡으로서는 놀라움을 감출 수가 없었다.

언젠가 사부를 괴물이라 말한 적이 있다.

그런 괴물이 셋이나 더 있다니.

역시나 천하는 넓다. 너무도 넓어서 그 끝을 볼 수 없다.

평생을 가도 엿보기 힘들 것 같은 궁극의 경지다. 시대의 정점에 이르는 자는 극소수로 한정되어 있는 것이다.

그러나 단운룡의 생각은 거기에서 그치지 않았다.

결코 위축되지 않는다.

'거기까지 이를 수 있다면……!'

새로운 것이 보일 거다. 또 다른 세계, 단운룡은 항상 궁금해했다. 사부의 눈에 비치는 이 세상은 어떤 것일까.

사부와 같은 영역에 들어선 자들.

보고 싶은 생각이 솟구쳐 올랐다. 확인하고 싶었다. 그들도 사부와 같은지. 그들이 보는 천하는 사부와 어떻게 다른지. 그들은 사부보다 강한지. 사부의 무공보다 강한 무공을 지녔는지.

"또, 또 앞서 나가는군. 아서라. 거기까진 한참이나 멀었다."

소연신이 웃으며 말했다.

제자가 느끼는 것은 측량할 수 없는 상대에 대한 당치 않은 호승심이다. 말을 이어가는 소연신의 목소리엔 재미있다는 기색이 한껏 담겨 있었다.

"보통은 그것을 만용이라 부르겠지. 그 경지에 함부로 덤벼들려는 마음. 그것은 아무것도 모르는 자, 무식한 자만이 보일 수 있는 그릇된 미덕이다. 하지만 적어도 너는 아무것도 모르는 놈은 아니야. 어쩌면 그것이야말로 네가 지닌 최대의 강점인지 모르겠다. 너보다 강한 상대를 조금도 두려워하지 않으니까. 그 기세라면 가능할지도 모르겠다. 그 애송이 놈에게도 맞서볼 수가 있겠어."

"그놈이라 함은……?"

"진천이라고. 아주아주 시건방진 놈이 하나 있다. 진무혼의 아들이자 제자 놈이지. 제 애비는 그렇지 않았는데 이놈은 아주 고약해. 네 녀석이 언제 그놈을 만나게 될지는 모르겠지만, 내 장담하건대 유쾌한 만남이 되지는 않을 거다. 괘씸하기 짝이 없는 놈이니까 말이다. 마음에 안 들면 그냥 죽여도 돼. 하늘의 법도를 생각하자면 그런 놈은 없어져도 상관이 없을 거다."

"죽여도 된다는 말씀은… 악인이란 말입니까?"

"악인이냐고? 아마 아닐걸? 그걸 뭐라 표현해야 하나? 그것을 선악으로 간단히 구분할 수는 없을 거다. 악당은 아니지만 그냥 두기엔 꺼림칙한 놈 정도라 할까? 뭐, 죽일 것인지 말 것인지는 결국 네 녀석이 선택할 일이겠지. 아, 어차피 광극진기를 완성하기 전까지는 죽일 능력도 안 되겠지만."

진담인가, 농담인가.

정말 모르겠다. 이번에는 도무지 그 진의를 알 수가 없다.

죽여야 되는지, 그냥 둬야 되는지. 마치 사부 자신도 스스로의 마음을 확신하지 못하는 것만 같았다.

광극진기를 완성하기까지 죽일 수도 없을 것이라는 말도 마음에 걸린다. 그것은 마치, 진천이란 자의 무력이 사패의 힘에 필적한다는 뜻 같았다.

"그놈도 그놈이지만, 정말로 네 녀석이 사패의 영역을 엿보고 싶다면 달리 갖춰야 할 것이 많을 거다. 게다가 네가 살아 갈 이 시대는 우리 때와 달라. 이 시대의 주역은 사패가 아니니까 말이다. 사패의 무공과 그 무공을 이어가는 후예들이 있지만, 또한 그들 못지않은 인재들이 나타나게 될 거다."

"후예… 들이라고요?"

"그래. 넌 그런 면에서도 혼자가 아니다. 진무혼의 후예 진천은 이미 세상에 나와 있으며, 철위강과 공선도 제자를 키우고 있지. 심지어 철위강 그놈이 키운 제자는 하나가 아니야. 사패의 후예들? 네 명은 적다. 인간에게 허락된 힘이 절정에 이르는 이 시대에 하늘은 그 어떤 자의 독주도 용납하지 않을 것이다. 네 명이 아니라 열 명으로도 누구 하나 '절대(絶對)'를 외치지는 못할 거다."

소연신의 이야기는 마치 그대로 실현될 예언처럼 들렸다.

사패의 일인으로서 그 자신이 그랬듯.

과거를 기억하고 그것을 통해 미래를 본다.

"절대를 말하는 열 명. 굉장히 먼 곳의 이야기처럼 들리는군요."

"그렇게 먼 곳의 이야기도 아닐 거다."

"아주 가까운 것도 아니겠죠. 그처럼 언제가 될지도 모르는 일보다는 분명하게 알아두고 싶은 것이 있습니다."

"알고 싶은 일이라니. 또 뭐냐?"

단운룡이 잠시 말을 멈추었다.

마치 사부가 대답해 줄지 아닐지 가늠하기라도 하는 것 같다. 이윽고 단운룡이 결심이라도 한 듯 진지한 표정으로 물었다.

　"사부, 사부는 입정의협살문이라는 문파의 문주라고 했었지요?"

　"그랬지."

　"입정의협살문, 그곳은 어떤 문파였습니까?"

　마침내. 소연신에게로 던져지는 질문이다.

　사부가 제자의 과거를 보았듯.

　제자가 사부의 과거를 본다.

　그것은 너무도 오래된 이야기.

　넘겨주지 않겠다고 했던 소연신의 망령이.

　살문의 유업이 그 이야기와 함께하고 있다.

　눈을 감는 소연신이다. 잠시의 침묵 끝에 소연신의 입술이 열렸다.

　"입정의협살문, 살문은 이제 없다. 그에 따라 난 문주가 아니며, 너 또한 살문의 문인이 아니다. 정의를 세우고 협의를 실천하는 일. 땅 위의 협객들은 거기에 목숨을 바쳤고, 하늘은 협객들의 목숨을 그렇게 거두어갔다. 모든 것은 흩어진 꿈이 되었지. 이제 와서 되돌릴 수 없는 일이다."

　그것으로 끝이다.

　사부의 이야기는 길지 않았다.

입정의협.

그 오랜 옛날 격동의 세월을 살았던 영웅들의 삶이 그 네 글자에 담겼다.

단운룡의 웅심에 불을 지핀 사패의 이야기.

군림자의 천명이 젊은 신룡의 가슴속에서 장대한 움직임을 시작한다. 들풀 가득했던 운남의 대지에서 허물을 벗은 신룡이, 촉국 제왕의 인도를 따라 치솟아올라 갈 창공을 엿보고 있다. 좁고 뜨거웠던 오원이 아닌, 넓고도 광활한 중원천하가 마침내 이 순간 단운룡을 향하여 그 거대한 위용을 드러내고 있었던 것이다.

"슬슬 실전도 뛰어야 되지 않겠냐? 오래 쉬었잖아."

"어디죠?"

단운룡의 대답은 즉각적이었다. 기다렸다는 듯한 기색이 역력했다. 소연신의 핀잔이 어김없이 이어졌다.

"급하군. 천하라는 것은 녹록치 않아. 함부로 집어삼키려고 들다가는 체하고 말 거다."

"천하를 집어삼키다니요. 그렇게까지 거창한 생각은 안 합니다."

"꼬락서니를 보니 그런 생각 할 날도 머지않았어."

"행여나 그렇게 된다면, 그것은 전적으로 사부 탓이겠죠. 불을 지른 게 누굽니까."

"질러달라 지푸라기를 디민 건 네놈이었지."

"어딘지나 말씀해 주십시오."

"송평(松平)."

"한참 북쪽이군요. 가서 뭘 해야 합니까?"

"뻔한 일이다. 벽해마왕 때와 별다를 게 없어. 송평에 있는 백송파 제자 중에 흑비곤(黑匕棍) 종간(鍾干)이란 놈이 있다. 가서 죽여."

"그게 답니까?"

"그래, 그게 다야. 아, 그리고 난 안 따라갈 테니까 이번엔 혼자 가."

"어차피 함께 가도 도와주는 것도 아니지 않습니까."

"그야 그랬지."

단운룡의 말에 사부가 가벼운 미소를 지었다. 어딘지 모르게 의미심장한 느낌을 주는 웃음이었다. 단운룡이 미간을 슬쩍 좁히며 물었다.

"그 종간이란 자는 무슨 잘못을 했습니까?"

"그게 중요하냐?"

"중요하죠."

"그게 궁금하다니 이제야 정신을 차린 모양이로군. 가서 죽이라면 죽였지, 상대가 뭐 하는 놈인지는 별반 신경도 안 써왔지 않았더냐. 그러고 보면 맹자가 대단하긴 대단해."

"굳이 맹자 때문만은 아닙니다. 백송파라면 유서 깊은 정

문(正門) 아닙니까. 악당 소굴도 아니고, 건드리기가 영 껄끄러
운 곳인데요."

"정도와 사도의 구분? 무림 정세란 거군. 그런 건 언제부터
익혔지?"

"자꾸 말 돌리지 마십쇼. 명망있는 문파인데 여차하면 엄
청 귀찮아지는 거 아닙니까?"

"그거야 네 녀석 하기 나름이잖냐."

사부의 무성의한 대답에 단운룡의 미간이 더 좁아졌다. 단
운룡이 불평 어린 목소리를 내뱉었다.

"고생길이 훤하겠단 예감이 심하게 드는군요."

"뭐, 고생길이라고 할 정도는 아닐 거다. 그 종간이란 놈은
분명히 죽어 마땅한 놈이니까."

"확실합니까? 엉뚱한 놈 죽이는 것은 아니겠죠?"

"물론이다."

"그렇게 대충 하지 말고 제대로 좀 말해주십쇼. 대체 어쩌
라는 겁니까. 뭔 짓을 한 놈인지도 모른 채 백송파를 건드릴
순 없습니다."

단운룡의 어조는 단호했다.

백송파.

사천 북부에서는 상당히 명망있는 문파다. 남쪽에는 청성
파의 세력권이 있고, 북쪽으로는 공동파의 세력권이 가깝다.
두 거파의 중간 지역에 위치했다는 뜻이다. 단단한 소나무를

깎아 만든 송목 곤봉, 문파의 절기로는 백송곤법이 유명했다. 보유하고 있는 고수의 숫자도 여럿이고, 위치한 송평에서의 인망도 두텁다 하여, 그 누가 되었든 함부로 건들기 어려운 문파라 알려져 있었던 것이다.

"정 그렇다면 말해주마. 사실 입에 담기 좋은 이야기가 아니야. 너 기억나지? 작년 이맘때 일인데, 도강언 청련각에 있었던 소조라는 기녀 말이다."

"혹시… 강간을 당하고 칼에 찔려 죽었다던……."

"비파를 꽤나 잘 타는 아이였지."

"그러면… 그게 설마……!"

"그래. 그게 바로 그놈 짓이다."

"……!"

"게다가 소조 하나가 아니지. 삼합루에서도 비슷한 일이 있었어. 유명한 주루에선 그 둘뿐이었지만, 이름없는 청루들에서는 한두 명 죽은 것이 아니다. 놈의 손에 죽은 기녀와 창녀들이 스무 명을 넘을 거라 보고 있지. 힘없는 창녀들, 그것도 어린아이들만 골라서 죽였다. 아주 악질이야. 조그만 청루 하나에 들어가서 그 안에 있던 사람들을 통째로 도륙한 일도 있었을 정도이니까."

"미친놈이군요. 백송파 제자가 맞답니까?"

"그래. 백송파 제자지. 그러니까 누구도 생각을 못 한 거다. 더욱이 이놈은 오직 곤법만을 장기로 하는 놈인데, 여인들을 강간하고 죽일 때는 곤이 아니라 칼을 들었지. 나름대로 주도면밀한 놈이었다는 뜻이다."

"범인이란 것은 어찌 찾은 겁니까?"

"다 아는 방법이 있어."

단운룡은 더 이상 묻지 않았다.

그놈이 범인인 걸 어떻게 알았나? 무의미한 질문이었다. 사부라면 한자리에 앉은 채로도 누가 무슨 짓을 했는지 모조리 알 수가 있을 게다. 차라리 왜 여태까지 몰랐냐고 묻는 편이 옳은 질문인지도 몰랐다.

"마지막으로 하나만 묻죠. 그 썩을 놈은 얼마나 강합니까?"

"약하진 않을 거다. 가서 직접 보고 와."

사부의 대답에 단운룡이 피식 웃음을 지으며 돌아섰다. 사부의 말대로다. 보고 오면 될 뿐이다. 사천 북쪽 송평 땅으로 향하는 길, 단운룡의 발이 지체없이 움직이고 있었다.

*   *   *

송평현까지.

걸어가긴 먼 거리였다.

가던 도중 단운룡은 십방현의 마방에서 기마를 빌렸다. 이틀 동안 말을 달리고 북강 나루터에서 강을 하나 건넜다. 강변의 관도를 따라 한참을 북상하고 나니, 마침내 송평현의 전경이 한가득 눈에 비친다. 비옥한 사천 대지에 뿌리내린 전형적인 도시의 모습이었다.

"백송파라면 저쪽에 있소이다."

백송파를 찾기는 너무도 쉬웠다. 현 전체를 꽉 잡고 있는 문파였으니 송평현 관병이 따로 없어도 될 것 같다. 문파의 건물까지도 현의 관아와 거리 하나 사이로 붙어 있을 정도였다.

굳이 사람들에게 물을 것도 없었다.

사방 천지에 있는 것이 백송파 무인들이다. 하나같이 무복 앞섶에 푸른색 소나무 문양을 새겨 넣었다. 그런 무인들이 그야말로 거리마다 한 명씩은 서 있다 해도 과언이 아니었다.

'뭐가 이리 많아?'

단운룡의 눈이 거리를 훑었다. 그러다가 한 사람에 이른다. 눈빛이 형형하고 특별히 눈에 띄는 중년인이었다. 단운룡의 눈이 그자를 쫓았다. 한쪽의 가게 앞에서 걸음을 멈추는데, 얼굴 전체로 사람 좋은 웃음이 떠올라 있었다.

"장사는 잘되시지요?"

"올해는 수확이 워낙 좋아서 그럭저럭 할 만하다오. 유 대협도 하나 드실라우?"

"아닙니다. 괜찮아요."

"그러지 말고 여기 앉아 한번 먹어보쇼. 아주 꿀맛이라오."

"그렇지 않아도 굉장히 맛있어 보이네요. 마음만 받겠습니다."

"아이구. 땡볕에 돌아댕기려면 기력이 달릴 텐데."

"그보다 수원에 들어오는 멧돼지나 여우들은 어떻습니까. 슬슬 늘어날 때지요?"

"아유, 별걸 다 신경 써주시고… 저번에도 애써주셔서 걱정할 만큼은 아니라우."

"그래도 번식기가 되면 또 골치 아파질 테니 언제라도 이야기하십시오. 짐승들 사냥이라면 어려운 일도 아니니까요."

연신 머리를 조아리는 가게 주인과 어떠한 감사도 사양하는 무인이 거기에 있었다.

그것을 보는 단운룡의 두 눈에 이채가 감돌았다.

그저 놀라울 따름이었다. 백송파가 명문정도를 표방하고 있다는 사실은 익히 알고 있었지만, 그들의 협의지도가 이 정도로 민초들의 생활에 맞닿아 있으리라고는 상상하지 못했던 까닭이다.

단운룡은 다른 무인들에게까지 시선을 돌려보았다. 과일 장수와 살갑게 이야기를 나누었던 그 무인만이 아니다. 다른 무인들도 마찬가지다. 백성들의 고초를 듣고 그것을 해결하기 위해 애쓰는 모습들을 보여주고 있다. 생활 속에 스며든 명문의 기풍이 여실히 드러나고 있었다.

'훌륭해. 성망이 높을 만도 하겠어.'

단운룡은 깨끗하게 인정했다. 백송파는 좋은 문파다. 그 어떤 명문정파에 미루어보아도 손색이 없다.

하지만 그렇기에 더 어려운 일이다.

흑비곤 종간이란 자가 제아무리 인면수심의 악인이라 할지라도, 이러한 백송파의 문인임에는 틀림이 없다. 이만큼이나 성망이 높은 문파에 그와 같은 악인이 몸을 담고 있다니 선뜻 이해가 가질 않는 일이었지만, 어찌 되었든 그자는 정도문파 백송파의 인물이란 말이다.

이런 곳에서 백송파 무인 하나를 죽이는 것은 실로 만만치 않다.

종간이 저지른 일을 사람들에게 밝힌다고 한들, 믿어줄 리가 만무할 것 같다. 백송파란 문파 전체의 평판이 도리어 숨어 있는 악인의 방패가 되고 있는 것이다.

'일단 어떤 놈인지 얼굴부터 확인하자.'

단운룡은 객잔에 들어가 자리를 잡고는 소면 한 접시를 시켰다.

문사 차림을 하고 세상을 주유하는 강호유협의 모습 그대로다. 패검(佩劍) 하나 차지 않고서 시나 한 수 읊을 것 같은 강호인의 얼굴이다. 단운룡이 음식을 가져온 어린 점소이를 바라보며 자연스럽게 물었다.

"이곳 백송파엔 훌륭한 협객들이 많다고 들었는데… 제일 유명한 사람이 누구지?"

"유명한 사람이요? 아, 못 뵙던 얼굴이라 했더니 역시나 외지인이셨군요! 뭐, 가장 유명한 분이시라면 당연히 문주님이신

송담 대인이시죠!"

"그렇겠군. 또 다른 사람은?"

"청송대협 유훈 대인께서도 굉장히 유명하시구요. 웅현대협, 철곤객, 흑비곤, 서수곤, 협객들이 수도 없이 많아요. 다들 멋진 분들이시랍니다."

"어디 가면 그들을 만날 수 있을까?"

"아, 무슨 볼일이 있으신가요?"

"딱히 그런 것은 아니야. 나는 세상을 주유하면서 각 지역 영웅들의 풍모를 보는 것을 일생의 낙으로 삼고 있지. 흑비곤? 다른 영웅들의 명성보다 그 흑비곤이라는 이름이 기억에 남는데, 혹 어디 가면 볼 수 있는지 알려줄 수 있겠나?"

"흑비곤 종간 대협 말이죠? 종간 대협은 보통 이 시간에 동쪽 대로변의 문안객잔에 계세요. 얼굴에 이렇게 흉터가 있어서 얼핏 무서워 보이시지만, 막상 이야기해 보면 좋은 분이시죠."

참으로 특이한 문파다. 문파 문인들의 일거수일투족이 이렇게나 노출되어 있는 곳은 처음 보았다. 아무리 단운룡의 말솜씨가 청산유수와 같았다고 한들 이러기도 쉽지 않다. 아무런 위협도, 어떠한 위험도 겪어본 적이 없는 모양이었다. 점소이의 얼굴엔 외지인에 대한 그 어떤 경계심도 떠올라 있질 않았다.

"고맙다. 굉장히 친절하구나."

단운룡은 자리에서 몸을 일으키며 탁자에 소면 값을 올려놓고는 어린 점소이의 손에 따로 한 푼의 동전을 쥐어주었다. 머리를 조아리는 점소이를 뒤로한 채, 곧바로 문안객잔이란 곳을 찾아 발을 재촉했다.

문안객잔에 도착한 단운룡. 흑비곤이란 자를 달리 찾으려 애쓸 필요도 없었다. 얼굴에 험악한 흉터가 난 자는 한 명밖에 없었기 때문이다.

단운룡은 길게 생각하지 않았다.

간단히 끝내자. 흉터가 있는 자에게로 성큼성큼 다가가 대뜸 물었다.

"흑비곤?"

앞섶에 백송 문양, 앉아 있는 탁자 옆 자리에도 같은 복장을 한 백송파 무인 두 명이 더 앉아 있었다. 단운룡의 시선을 받은 자가 고개를 들며 느릿느릿한 어조로 대답했다.

"내가 흑비곤이란 사람이오만."

'이놈이로군!'

굳이 대답을 들을 필요도 없었다.

눈빛을 마주치는 순간 확신했다.

점소이는 흑비곤의 인상이 무섭다고 했었다. 어린 소년의 순수한 눈이란 본능처럼 정확할 수 있는 법이다. 점소이가 흑비곤을 무섭다고 느낀 것은 흉터 때문만이 아니라는 뜻이었다. 단운룡은 흑비곤이란 자의 눈빛 속에서 깊게 갈무리된 불길함을 읽을 수가 있었다. 점소이가 본 것도 그것이 틀림없다. 몸가짐과 말투는 다른 백송파 무인들처럼 예의와 법도를 갖추고 있었으되, 지난바 본질 속에는 사악한 악기가 꿈틀거리고 있다. 너무나도 잘 감춰져 있어 그 누구도 알아채기 힘들 것 같은 사이함이었다.

"청련각의 소조라고 알고 있겠지?"

그 사악함을 엿본 이상 말이 곱게 나올 리가 없었다.

이놈은 범인이다. 힘없는 여인들을 죽인 마두(魔頭)다. 단운룡의 물음에 악인의 되물음이 이어졌다.

"소조? 처음 들어보는 이름이로군. 누구를 말씀하시는 것이오?"

"청련각의 기녀였던 소조 모르나? 칼에 찔려 죽었잖아?"

흑비곤 종간의 얼굴이 가볍게 굳어졌다. 흔들리는 눈동자 안쪽으로 꿈틀거리던 악기가 뭉클뭉클 새어 나오고 있었다.

"난데없이 찾아와 이 무슨 무례인지 모르겠소. 나는 그런 사람 알지 못하오."

단운룡에 대한 살기를 품기 시작한 흑비곤이다. 하지만 그 입에서 나오는 목소리는 그처럼 차분할 뿐이었다. 단운룡의 질문이 이어졌다.

"그렇다면 삼합루도 기억나지 않겠군. 그렇지?"

후욱! 하고 끼쳐 온다. 꽤나 살벌한 살기였다.

단운룡을 노려보는 눈빛이 흉악함을 띠고 있었다.

이대로 더 자극하면 된다.

'먼저 손을 써라. 죽여주마.'

단운룡의 노림수다. 하나 일이란 것이 그렇게까지 쉽게 풀리진 않을 모양이었다.

흑비곤의 옆에 있던 백송파 무인 하나가 벌떡 일어난다. 그의 입에서 단운룡을 향한 호통 소리가 터져 나왔다.

"자네, 잠자코 있으려 했지만 아무리 봐도 너무하는군! 이무슨 실례인가! 나이도 젊은 사람이!"

그 호통으로 끝이 아니었다. 이번에는 바로 옆 탁자에 있는 한 명의 촌로로부터다. 카랑카랑한 목소리가 단운룡의 귓전을 파고들었다.

"그러게 말일세! 젊은이, 무슨 말을 하는 것인지 모르겠다만, 백송파 무인들께 그런 결례는 몹쓸 일이지! 몹쓸 일이고말고!"

촌로를 시작으로 꼬리에 꼬리를 문다. 객잔에 흘러다니던 수많은 목소리가 단운룡을 향해 쏟아지고 있었다.

"어서 종 대협께 사과하게, 젊은이!"

"젊은것이 사람을 몰라보고!"

"말을 어쩜 저리 함부로 할까! 종 대협 앞에서!"

이래서였던가.

단운룡이 주위를 한번 돌아보았다. 백송파의 지배력은 이 정도다. 평판의 방패라는 것은 이 정도나 견고했던 것이다.

'이곳에서는 내가 악당이란 것인가?'

단운룡의 시선이 다시금 흑비곤에 이르렀다. 흑비곤은 살기를 감추려고도 하지 않는다. 입가에는 여유만만한 미소까지 떠워 올리고 있었다.

'우습나?'

'우습지. 이제 어쩔 테냐?'

눈빛으로 이루어진 대화다.

참으로 기이한 일이었다. 인면수심의 악인이 무지한 백성들의 비호를 받으며 회심의 미소를 짓고 있다. 단운룡이 조용한 목소리로 입을 열었다.

"재미있는 광경이군. 이런 것은 처음 봤다. 여기선 무슨 말을 해도 소용이 없겠어."

흑비곤의 미소가 짙어졌다.

가증스러운 웃음이다. 흑비곤이 천천히 몸을 일으켰다.

중키에 탄탄한 몸. 명문의 협객 그대로의 모습으로 부드럽게 말했다.

"젊은 혈기에는 어떤 말도 가볍게 할 수가 있는 법이지. 뭔가 오해가 있었던 모양인데. 그만 하고 돌아가는 것이 어떻겠나?"

자비를 베푸는 온화한 대협이다.

상대의 무례를 개의치 않는 대인의 풍모다. 주변에서 또 한 번의 소란이 일었다.

"그것 보게, 젊은이! 종 대협은 젊은이가 함부로 대할 분이 아니야!"

"어쩜 저리도 너그러우실까!"

"저러고도 무례를 사과하지 않는다면 정말 인간 말종이겠지! 암, 그렇고말고!"

갈수록 가관이었다.

더 있다가는 주변에 있는 촌민들까지 전부 다 달려들 기세다. 웃고 있는 흑비곤은 그야말로 이 가관의 절정이었다.

"신경 쓰지 말고 돌아가게. 정 풀리지 않는 의문이 있다면 조용히 나를 찾아오게나."

'지금 당장 죽여 버릴까.'

단운룡은 순간적으로 생각했다.

가증스러운 놈.

이런 놈이 가장 악질이다.

당장이라도 뛰쳐나갈 듯 단운룡의 손에 내력이 모여들었다.

광검결을 내치기 직전이다. 단운룡의 눈이 번쩍이는 빛을 발했다.

'아니다. 이런 놈은.'

가볍게 죽일 수 없다.

파멸이다.

죽어서도 죗값을 치르게 해주리라.

무공이 아닌 언어(言語)다.

단운룡의 입이 열렸다. 그 입에서 이 객잔의 소란을 단숨에 제압할 만한 웅혼한 목소리가 뿜어져 나왔다.

"기녀들을 강간하고 참혹하게 죽인 대마두가 우매한 백성들 사이에 숨었다! 백성들은 마두의 대죄를 알지 못한 채 대협이라 칭송하고 있으니, 마두의 웃음에는 더할 나위 없는 사악함이 담겼구나! 인면수심 흑비곤의 죄업은 억겁을 두고도 씻지 못할 대죄다!"

한순간이다.

흑비곤의 얼굴에서 여유롭던 미소가 씻은 듯이 사라졌다.

압도적인 기파였다. 소란스럽던 객잔 전체가 숨소리 하나 없는 정적에 휩싸였다.

그 한가운데.

단운룡의 기세를 고스란히 받고 있는 흑비곤이 있다. 흑비곤이 두 눈을 치뜬 채 당황과 분노에 찬 목소리로 말했다.

"이 무슨… 말도 안 되는 모함인가! 이, 흑비곤을, 이렇게 모욕하다니……!"

거대한 존재감으로.

단운룡이 그 앞에 있다.

흑비곤의 목소리로 깨져 버린 정적에 하나둘 사람들의 목소리가 터져 나오기 시작한다. 주고받으면서 서서히 커지는 목소리였다.

"말도 안 된다!"

"거짓말이다! 모함이야!"

"종 대협이 그럴 리 없다!"

"종 대협! 신경 쓰지 마십시오!"

"말도 안 되는 이야기를 퍼뜨리지 말아라!"

웅성거림이 점점 더 커진다.

언제 정적에 휩싸였었냐는 듯, 종전보다 더 큰 소란으로 번져 나간다. 흑비곤이 일그러진 웃음을 지으며 단운룡에게 말했다.

"그, 그것 보아라. 엉뚱한 모함은 통하지 않는다. 수작 부리지 말고……!"

"닥쳐!!"

쩌엉! 퍼석!

단운룡의 고함 소리는 화탄이 폭발하는 굉음과도 같았다.

탁자 위에 놓여져 있던 찻잔 몇 개가 그대로 터져 나갔다. 귀를 막은 채 나뒹구는 사람들까지 있었다.

소란스럽던 사람들의 목소리가 한순간에 사라졌다.

두 번째. 다시 한 번 찾아온 정적이다. 수십 줄기 뇌전들이 단운룡의 전신으로부터 뻗어 나와 객잔 전체를 휩쓸고 있는 느낌이었다.

"너."

단운룡이 손가락을 들어 흑비곤을 가리켰다.

그의 입에서 명령과도 같은 한마디가 울려 퍼졌다.

"밖으로 따라 나와."

신위(神威)다.

단운룡은 그대로 몸을 돌려 객잔의 문을 향해 발을 옮겼다.

이를 악문 흑비곤의 얼굴이 붉게 달아올랐다.

대인협객의 풍모는 온데간데없다. 내뱉는 목소리에 진득한 살기가 실렸다.

"이… 놈……!"

허리춤에 매달린 흑비곤을 꺼내 들고는 성큼성큼 단운룡을 따라 발을 옮긴다. 거칠게 주렴을 걷어내고 바깥으로 나갔다. 뒤쪽으로 우르르 몰려나오는 것은 객잔을 채우고 있던 민초들이었다.

전에 없는 대사건이었다. 백송파, 송평현에서는 상상조차 할 수 없는 일이다. 그야말로 전대미문. 대로의 중앙에 서서 몸을 돌리는 단운룡에게 민초들의 시선이 하나 가득 모여들었다.

"후회하게 될 것이다."

흑비곤 종간이 검은색 곤봉을 겨누며 말한다. 마주 선 단운룡이 냉엄한 목소리로 대답했다.

"억울하게 죽은 여인들의 원혼을 달랠 시간이다. 후회는 네 놈 몫이야."

더 이상 말이 필요치 않은 시점이다.

큰 키, 단발로 흩날리는 머리카락에, 연녹색 유삼 자락이 솟구치는 바람을 품었다.

한없이 자유로워 보이는 협객의 기상 앞에서 협객의 탈을 쓴 비열한 악인이 마침내 땅을 박찬다. 짧은 곤봉을 휘두르는 흑비곤의 입에서 강력한 호통 소리가 터져 나왔다.

"타합!"

휘융! 위이이잉!

흑비곤의 곤법은 무척이나 빨랐다. 흑비곤. 곤 앞에 어찌하여 비수를 뜻하는 비(匕) 자가 붙는가 했더니, 짧은 길이로 움직이는 날카로움이 과연 위험천만의 비수를 닮아 있었다. 빠르게 휘돌아 찔러오는 것이 마치 급소를 노리는 뾰족한 단도와도 같았다.

파라락!

흑비곤의 움직임이 빠르긴 했지만, 옆으로 피해내는 단운룡의 움직임은 그보다 훨씬 더 빨랐다.

어느새 신풍을 발동한 단운룡이다. 바람 줄기가 몸 전체를 타고 흐르니 풍신일체, 바람과 몸의 구별이 필요없다. 형체가 없는 바람처럼 빠르고 또 빠르다. 후려치는 일타로도, 내리꽂는 일격으로도 단운룡의 속도를 쫓는 것은 애당초 불가능한 일이었다.

"이놈! 정정당당하게 부딪쳐라! 도망만 칠 생각이냐!"

흑비곤이 휘두르던 곤봉을 멈추고는 큰 소리로 외쳤다. 무슨 수를 써도 따라잡을 수가 없다. 연녹색의 잔영을 남기며 움직이던 단운룡이 몸을 세웠다.

파라라락! 하고 옷자락 소리가 울려 퍼진다. 단운룡이 입고 있는 유삼 자락이 마치 살아 있기라도 한 듯 휘감김과 풀어짐을 반복하고 있었다.

"맞다! 비겁하다!"

"제대로 싸워라!"

"도망만 치지 마라!!"

"우우우우우!"

군중들이 야유하는 소리가 들려온다.

확실히 오늘은 특별한 날 같다. 하나같이 새롭다.

구경꾼이 이렇게 몰리기도 쉬운 일은 아니다. 저잣거리에서 악질적인 파락호를 때려눕히고 환호성을 받아본 적은 있었지만 이런 야유를 받는 것은 그야말로 처음 겪어보는 일이었다.

완벽한 악역이다.

진짜 악당은 흑비곤 종간이다?

사건의 진상 따윈 중요치 않다. 단운룡은 백송파에 싸움을 걸었다. 그것만으로도 비난받기엔 충분한 일이다.

단운룡은 그대로 선 채 주변을 한번 둘러보았다. 떠들면서 욕지거리를 내뱉는 남자들이 있다. 단운룡을 향해 뭔가를 집어 던지려는 아줌마도 보였다.

민중들 전체가 적이다.

민중들 사이사이에 있는 백송파 무인들은 말할 것도 없다. 수많은 적들에게 겹겹이 포위된 형세라는 뜻이었다.

'일을 너무 크게 벌였군?'

무공부터 학문, 천하를 보는 눈까지.

사부에게 배운 것은 한두 가지가 아니다.

문제는 이 즉흥적인 일 처리까지 배워 버렸다는 사실이다.

어린 시절에는 나름대로 신중하지 않았었던가. 아니, 그 시절에도 즉흥적인 면이 없지는 않았다. 그 강력한 행동력을 마음껏 실현할 무력이 부족했을 따름이었다.

단운룡이 흑비곤을 바라보았다. 흑비곤이 말했다.

"모두 다 네놈이 쓰러지는 것을 바라고 있다. 더 이상 도망칠 곳은 없어."

"와아아아아아!"

사람들의 환호성이 뒤따른다.

"싸워라!"

"이겨라! 흑비곤!!"

"흑비곤! 흑비곤!"

누군가가 외치기 시작한 흑비곤의 이름이 이내 흑비곤에 대한 열광적인 연호로 변화한다. 단운룡은 혼자다.

이 싸움의 한가운데에서 단운룡은 철저하게 고립된 단 하나의 악역이었다.

"후우……!"

모두가 단운룡을 비난하고, 모두가 흑비곤을 연호한다.

상관없다.

단운룡은 용솟음치는 공기를 가슴 깊이 빨아들였다.

이 기분.

뜨거워지는 공기 한가운데에 서 있는 기분은 생각보다 훨씬 좋다. 민중들이 드러내는 솔직한 마음과 부딪치는 이 순간, 천하를 향한 길이 활짝 열려 있는 느낌이다.

"흑비곤! 흑비곤! 흑비곤!"

갈수록 높아지는 목소리.

시끄러웠다.

이 목소리를 이대로 더 커지게 두었다가는 활짝 열려 있는 길마저 덮어버릴 것 같다.

하늘을 향해 눈길을 주었던 단운룡이다. 단운룡의 입가에 투명한 미소가 떠올랐다.

"일단……."

맹목적인 군중들의 목소리가 온 세상을 시끄럽게 채워간다.

단운룡의 의지가 두 눈에 번뜩이는 광채를 만들었다.

"다시 한 번 조용히 시켜야겠어."

단운룡의 음성은 크지 않았다. 하지만 그 음성의 위력은 작지 않았다.

혹비곤의 얼굴이 창백하게 굳어졌다.

무의식적인 반응이었다. 혹비곤의 발이 한 발짝 뒷걸음을 쳤다.

단운룡의 전신에서 무시무시한 기운이 분출되고 있었다.

번쩍!

단운룡이 사라졌다. 아니, 사라진 것처럼 보였다. 다시 나타난 것은 혹비곤의 바로 앞이다.

단운룡의 발끝이 허공을 갈랐다. 믿을 수 없는 속도다. 무지막지한 타격음이 터져 나왔다.

뻐어억!

"크악!"

비명성을 터뜨린다.

악마의 각법, 마광각이다. 혹비곤의 몸이 땅바닥을 뒹굴며 흙먼지를 일으켰다. 급하게 몸을 가누는 혹비곤의 눈앞으로 검은 그림자가 드리워졌다. 눈 깜빡할 사이, 바로 앞에 다가온 단운룡이었다.

"으헉!"

놀란 혹비곤이 손에 쥔 곤봉을 발악적으로 휘둘렀다.

어떻게든 뒤쪽으로 물러나게 만들 생각이었다. 하지만 단운룡은 곤봉을 피하지 않았다.

좁게 편 오른손 손바닥이 뒤쪽으로부터 튕겨져 나온다. 활시위를 당겼다 놓는 것과 같다. 밀어내는 일격, 추(鎚). 극광추(極光鎚)의 일격이었다.

콰직!

산산조각난 나무 파편이 사방으로 튕겨 나갔다. 정면으로 부딪쳐 곤봉 전체를 통째로 박살 낸 것이다. 짧은 순간 흑비곤의 두 눈이 불신의 빛으로 얼룩졌다.

쐐액!

이어지는 것은 단운룡의 왼손이다. 생명의 위협을 느낀 흑비곤이 본능적인 동작으로 팔을 들어 얼굴을 가렸다.

빠악! 우직!

흑비곤의 팔뚝은 곤봉보다 튼튼하지 못했다. 극광추의 충격을 이겨내지 못하고 몸 전체가 아래쪽으로 튕겨지는데, 손목부터 팔꿈치까지가 제멋대로 뒤틀린 상태였다. 흑비곤이 팔뚝을 부여잡으며 한쪽 무릎을 꿇었다. 그의 입에서 고통에 찬 신음 소리가 흘러나왔다.

"끄으으으윽!"

머리와 상체를 숙이며 몸부림치는 흑비곤이다.

흑비곤이 땀으로 범벅이 된 얼굴을 위쪽으로 들었다. 그의 눈에 담긴 것은 절망의 일격이었다. 단운룡의 손이 어깨 위쪽으로 올라가고 있었다. 뒤쪽으로부터 다급한 고함 소리들이 들려왔다.

"머, 멈춰라!"

"안 돼!!"

뻐억! 꾸웅!

단운룡은 뒤를 돌아보지 않았다. 그대로 내리꽂는 손바닥이다. 흑비곤의 머리가 땅으로 처박혔다. 가차없이 땅에 박힌 얼굴이다. 흙바닥으로 핏물이 얼룩져 나왔다. 흑비곤의 몸 전체가 푸들푸들 떨리고 있었다.

"이런……! 죽여 버렸나?"

단운룡이 다소 난감하다는 표정을 지으며 흑비곤에게 다가갔다. 몸을 숙이고 손을 뻗더니 흑비곤의 머리카락을 움켜잡아 한꺼번에 위쪽으로 들어올렸다.

무자비한 손속이다. 위쪽으로 잡아채는 머리카락에 피범벅된 얼굴이 만천하에 드러났다.

"다행히도 숨은 쉬는군."

뒤틀린 콧대 아래로는 핏물이 줄줄 흘러나온다. 부러진 앞니 주변으로는 피거품이 물려 있었다. 쌕쌕, 하고 새어 나오는 것은 핏물 섞인 숨소리다. 처참한 몰골이나 숨이 끊어지진 않았다는 뜻이었다.

툭.

단운룡이 머리카락을 놓았다. 흑비곤의 얼굴이 다시 한 번 땅에 처박혔다. 픽, 하고 땅을 울리는 소리가 사위를 울렸다.

이것으로 세 번째다.

정적.

몸을 곧게 세운 단운룡은 숨 막히는 정적을 맞이했다. 그렇게나 소리를 지르던 군중들이 경악과 공포로 굳어진 채 그 어떤 말도 내뱉지를 못하고 있었다.

조용히 시키겠다는 말 그대로다.

단운룡은 거기서 그렇게 수백 명, 뚫어지는 시선을 한 몸에 받았다. 놀라움과 분노로 가득 찬 백송파 무인들의 노화를 그대로 맞닥뜨리고 있었다.

하지만 단운룡의 기파는 그 모든 시선과 그 모든 적의를 삼켜 버릴 듯 군림의 기세를 뿜어대고 있을 따름이었다. 마치 그러한 것이 당연하다는 양, 얼굴에 그 어떤 변화도 보이질 않았다.

터벅.

한순간이다. 그 가운데에 있던 단운룡, 단운룡이 발을 옮기기 시작했다. 유삼 자락을 펄럭이면서 한산한 강변을 걸어가듯 너무나도 여유로운 걸음걸이를 보여준다. 단운룡의 신형이 둘러싼 군중들 가까이에 이르렀다. 주춤주춤 물러나는 군중들이다. 마치 자연스럽게 길이라도 열어줘야 될 것 같은 분위기였다.

처처척.

하지만 그렇게 돌아갈 수 있을 리가 없다. 물러서던 군중들의 대형이 무너지기 직전, 백송 문양 무복을 입은 무인들이 순식간에 몰려들며 단운룡의 앞길을 차단해 버린 것이다.

"멈추시오, 소협."

"그냥 가시긴 어렵겠소."

'소협?'

단운룡의 눈에 이채가 떠올랐다.

이들의 눈빛, 이들의 기세, 이들이 보여주는 것은 틀림없는 적의와 분노다. 그럼에도 이들의 말투는 그 적의만큼 험악하지 않다. 심지어는 같은 문파 문인을 박살 낸 자에게 소협이라는 칭호까지 붙여주고 있을 정도다.

당장 손을 쓸 생각은 없다는 뜻이다. 이런 상황에서조차 예의와 법도를 잃지 않았다는 뜻이었다.

군중들 한쪽에서 고함 소리들이 들려온 것은 바로 그때였다. 군중들을 비집고서 요란스럽게 달려오는 자들이 있다. 관복을 걸치고 붉은 수실 창봉을 장비한 자들이었다.

"비켜라, 무슨 일이냐!!"

"백주 대낮에! 이 무슨 소란인가!!"

그 차림새. 관병들이었다. 대로 하나를 통째로 메워 버린 민중들의 운집에 상황 파악을 위하여 달려온 것이다.

"관여치 마시오. 백송파의 일이오."

백송파 무인들의 기세는 꽤나 삼엄했다.

무인들은 단운룡의 걸음을 멈추게 했을 뿐 아니라, 달려드는 관병들까지 제지하고 있었다. 백송파 무인들 대여섯 명이 관병들의 앞을 가로막으며 관여하지 말라 이야기하니 소리를 치던 관병들이 꿀 먹은 벙어리처럼 잠잠해진다. 흑비곤 종간은 처참하게 패배를 당했을지언정, 송평현 백송파의 진실한 힘이란 그 정도가 아님을 보여주는 것 같았다.

'이것 봐라······.'

걸음을 멈춘 단운룡은 그러한 백송파의 반응들을 자못 흥미롭게 바라보고 있었다.

예상했던 것과는 판이하게 달랐던 까닭이다. 백송파 무인들 가운데에서 천천히 걸어오는 중년인의 목소리는 그와 같은 예상 밖 상황의 백미라 할 수 있었다.

"일 대 일, 둘만의 비무였으니 개입의 여지가 적다는 것을 잘 알고 있소. 하지만 소협은 싸움에서의 손속이 과했을 뿐 아니라, 이미 승부가 난 상태에서 패배한 자에게 모욕까지 주었소. 이것은 같은 백송파 문인으로서 묵과하기 어려운 일이외다. 자초지종을 들어야만 되겠다는 이야기요."

차분한 음성이었다. 단운룡의 두 눈에 또 한 번의 기광이 반짝였다.

'이 남자······!'

이 송평 저잣거리에서 가장 먼저 눈에 띄었던 자다. 가게 주인과 살갑게 대화를 나누던 자, 먹어보라는 과일들을 사양하면서 맹수를 잡아주겠다고 하던 바로 그 중년인이었던 것이다.

"이름이 뭐지?"

대뜸 단운룡의 입에서 던져진 한마디는 그와 같았다. 앞에 있던 백송파 무인들의 얼굴이 크게 일그러졌음은 당연한 일이다. 사람 좋아 보이는 중년인의 눈썹마저도 가볍게 치떠질 정도였다.

"상대의 이름을 알고 싶다면 먼저 이름을 밝히는 것이 도리일진저! 소협은 확실히 무례하군. 좋소. 내 이름은 유훈이오. 백송파에서는 첫 번째 호법을 담당하고 있소."

유훈. 점소이에게 들었던 이름이다.

점소이는 청송대협 유훈을 말했다. 백송파 협객들에 대해 물었을 때, 문주 다음으로 가장 먼저 꼽았던 이름이 그의 이름이었다.

"청송대협 유훈이라. 과연, 무명소졸은 아니라는 건가?"

단운룡의 말은 거침이 없었다.

꿈틀, 하고 백송파 무인들의 전신에 험악한 기운이 감돌았다. 유훈이 재빨리 손을 들어 백송파 무인들의 움직임을 멈추고는, 차분함을 잃지 않은 목소리로 입을 열었다.

"이 상황에서 일부러 도발을 계속하는 소협의 의중을 도무지 알 수가 없소. 대체 어떠한 연유에서 이와 같은 일을 벌이는 것이오?"

또다시 의외의 반응이다.

이쯤 되면 의외라기보다는 감탄이랄까.

단운룡의 언사는 유훈의 말마따나 도발이 분명하다. 언제까지 그 낯간지러운 법도를 지킬 수 있는가 시험 삼아 던져

본 말이라고 할 수 있었다.

하지만 이자는 그런 장난이 통할 상대가 아니다. 흔들리지 않는 눈빛 안으로 엿보이는 부동심. 청송대협 유훈은 진짜다. 흑비곤 종간 따위와는 비교조차 할 수 없는 진짜 협객이었다.

"흑비곤 종간은 감히 입에도 담기 힘들 만한 악행을 저지른 바 있었다. 죽어 마땅한 일이었으나, 백주 대낮 사람들의 눈 때문에 살려두었다. 죄과가 밝혀진다면 백송파로서도 파문, 척살이 불가피할 놈이다."

다른 이들은 몰라도 이 유훈이란 자는 말이 통할 것 같은 느낌이다.

단운룡은 빠르게 이야기를 끝마쳤다. 유훈이 미간을 좁히며 도저히 믿을 수 없다는 어조로 되물었다.

"그것이 진실이오?"

"그렇다."

"증거는?"

"찾으면 나오게 될 것이다."

단운룡은 앞을 향해 한 발짝을 옮겼다.

할 말은 다 했으니, 이만 가보겠다는 뜻이다.

그러나.

말이 통할 것 같기는 했으되, 단운룡을 막은 것은 또한 청송대협 유훈이었다. 유훈이 팔을 들어올리며 단운룡의 앞길을 가로막았다. 유훈이 진중한 목소리로 말했다.

"소협의 이야기는 잘 알겠소. 하지만 이대로 그냥 보내줄 수는 없겠소이다."

유훈이 들어올렸던 손바닥을 한 번 뒤집었다. 그러자 사람들 사이에 서 있던 백송파 무인들이 일사불란하게 움직이며 단운룡의 주위를 둘러싸기 시작했다.

단운룡을 중심으로 반경 삼 장이다.

순식간에 두 겹 세 겹으로 만들어지는 원진(圓陣)이었다. 말하자면 겹겹이 포위당한 형세, 무인들이 뿜어내는 살벌한 기세에 구경하던 사람들이 얼굴들을 굳히며 주춤주춤 멀찍이 물러나고 있었다.

"결국은 이런 건가?"

단운룡이 미간을 좁히며 유훈에게 물었다. 둥글게 포위한 채 과시하듯 물결치는 이 적의(敵意)는 다른 것을 뜻함이 아니다. 그것은 일전의 조짐이되, 일어날 싸움은 필연적인 결과였다. 유훈이 침중한 얼굴로 고개를 끄덕이며 대답했다.

"소협은 이 송평 한복판에서 백송파의 문인을 패퇴시켰소. 그 이유가 어떤 것이었든 백송파의 입장에서는 그대로 납득하기 힘든 일이오. 그렇기에 이처럼 길을 막을 수밖에 없었음을 이해하시오."

"아까와는 말이 다른데 그래. 일 대 일 비무였으니, 관여할 수 없다 하지 않았나?"

"그것은 강호의 법도. 백송파의 문규(門規)는 다르오."

"그것은 또 말 붙이기 나름이로군."

단운룡의 입가에 한줄기 미소가 스쳐 지나갔다.

이럴 줄 알았다고 해야 할까.

어쩐지 이상하다 했었다.

흑비곤 종간.

흑비곤은 약했다. 전에 싸웠던 벽해마왕보다도 두세 수 이상 아래에 있는 것 같다. 그야말로 기대 이하다. 이보다는 강했어야만 했다.

'이런 적이 없다 했더니.'

그리고 보면 지금까지 실전비무를 겪어오면서 이전 상대보다 약한 상대를 표적 삼았던 것은 한 번도 없었다. 어째서 벽해마왕보다 약한 자를 붙여줬나 했더니, 진짜가 따로 있었기 때문일 줄이야……

흑비곤 종간과의 싸움은 그저 전초전이었을 뿐이다. 본격적인 싸움은 이제부터였다. 흑비곤은 그저 싸움을 위한 구실이었을 뿐, 진정한 실전은 지금부터란 뜻이었다.

"좋다. 덤벼라."

단운룡은 가슴을 쫙 펴고는 모든 방위를 향해 감각을 열었다.

둘러싼 무인들.

한꺼번에 덤벼들 것을 대비했다. 어떤 방위, 어떤 곳에서 공격이 들어오든 즉각적인 반격이 나갈 수 있도록 광극진기의 탄력을 최대로 만들었다.

합공이 당연하다 생각했다?

단운룡의 예상은 여기서도 또 한 번 빗나갔다.

전원 공격이라는 명령은 없었다. 그 대신 한 사람의 이름만 이 호명되었던 것이다.

"문태. 앞으로 나서게."

유훈의 명령이었다.

가장 먼저 달려들 줄 알았던 그가 도리어 한 발짝 뒤쪽으로 물러나고 있었다. 둘러싼 무인들 한쪽에서 삼십대 초반가량의 무인 하나가 성큼 걸어나오더니 단운룡을 향해 포권을 취했다.

"내 이름은 문태요. 강호의 동도들은 서수곤이라 부르고 있소. 소협에게 한 수 가르침을 청하겠소."

송평, 백송파.

이번만큼은 크게 놀랐다.

'일 대 일? 가르침을 청해?'

이만큼 포위를 해놓고 일 대 일 비무를 이야기하고 있다. 그것도 무작정 한 명씩 달려드는 것이 아니라 예를 다하여 도전하는 모양새다.

놀랍다. 궁금하다.

단운룡의 두 눈에 처음 보는 것에 대한 강력한 호기심이 떠오르고 있었다.

'대체 뭐지? 명문의 무인들은 다 이런 식인가?'

당연한 의문이었다.

지금까지 단운룡의 실전 상대였던 자들은 대부분 상종할 수 없는 악인들에 한정되어 있었다. 광극진기의 조절 미숙으로 손속이 과해져서 자칫 죽여 버리고 말았더라도 전혀 문제가 되지 않을 만큼의 극악한 악인들이었다는 말이다.

실전을 치름에 있어 악인들의 반응이라 함은 대동소이(大同小異), 단 네 글자로 설명이 충분한 일이었다. 합공을 서슴지 않거나 비열한 수작들을 부리는 등, 어떠한 악인들도 그 악행의 범주에서 벗어날 줄을 몰랐다.

처음 보는 것이란 말은 그래서다.

명문의 정파라 할 만한 상대하고는 이제껏 싸워본 적이 없다. 흑비곤 종간을 그런 식으로 박살 냈으니 백송파 입장에서는 악적이라 해도 과언이 아닐 터, 그런데도 끝까지 법도를 지키면서 이렇게 일 대 일 비무까지 청하고 있다.

악인들만 상대해 온 단운룡에게는 무척이나 생소한 일이었다. 살아남는 것이 전부였던 오원의 전쟁에 비추어본다면, 이해 자체가 불가능한 일이기도 했다.

"도전을 받아주지 않을 생각이오? 일 대 일 비무를 거절하는 것이 강호에서 어떤 의미인지는 잘 알고 있을 것이라 믿소. 겁쟁이로 낙인찍히고 싶지 않다면 어서 기수식을 취하시오."

흥미로운 말투다.

단운룡 자신도 그동안 나름 협객다운 언어를 구사해 왔다고 생각했었지만, 이 서수곤 문태라는 자에게 비하자면 아직 멀었다는 느낌이 들 정도다.

그야말로 옛날이야기 속에서 튀어나온 듯 고풍스럽기 그지 없는 어투였다.

사부의 표현을 빌리자면 곰팡내, 그것의 전형이다. 단운룡이 한쪽 손을 자연스럽게 옆쪽으로 늘어뜨리며 말했다.

"겁쟁이가 될 수는 없겠지. 오너라."

광오한 말투.

비무 신청이 받아들여지는 순간이다. 서수곤 문태가 곤봉을 꺼내 들며 호기롭게 소리쳤다.

"그 한마디! 사양치 않고 선공을 취하겠소! 각오하시오!!"

문태의 곤봉이 단운룡에게 짓쳐들었다.

공기를 가르는 바람 소리가 제법 거셌다. 단운룡의 몸이 가볍게 옆으로 돌아갔다. 두 자 반, 곤봉 길이의 사정거리를 두고서 힘차게 따라붙는 공격이다. 상체를 회전시키며 피해내는 단운룡의 눈빛에 또 한 번의 기광이 번쩍였다.

'흑비곤보다 강하군!'

월등하다고는 말할 수 없지만 분명한 격차가 있다. 투로도 좋고 내력도 정심하다. 무엇보다 뛰어난 것은 심력이다. 분노하긴 했지만 그 분노를 잘 절제하고 있다. 곤법에서 전해져 오는 마음에 흑비곤과 같은 사심(邪心)을 찾아볼 수가 없었다.

파앙!

사심없이 순수한 자들은 강하게 마련이었다. 급격하게 방향을 전환하는 곤봉 끝에서 경쾌한 파공성이 터져 나오고 있었다. 곤봉 전체에 내공이 충만하게 실려 있다는 증거였다.

흑비곤과는 확실히 달랐다.

흑비곤은 곤봉 끝에 내력을 담아 치명적인 일격을 노리곤 했다. 하지만 이 서수곤 문태는 흑비곤보다 긴 곤봉 전체를 활용하면서 호쾌한 장타를 주로 하고 있었다. 백송곤법, 휘두르던 방식과 비슷할 수밖에 없겠지만 투로를 전개함에 있어 각각의 뚜렷한 개성이 엿보인다는 뜻이었다.

'두려움없이 용맹하다. 싸움의 첫 번째에 나서는 자. 선봉에는 제격이라 이건가.'

상대의 무공에 대한 판단은 그것으로 충분했다.

선호하는 공격법은 달라도 기본적인 투로는 일치한다. 결국 근본적인 해법은 똑같다. 피해야 하는 방향도 비슷하고, 반격을 가해야 할 시점도 비슷했다.

순속까지 갈 필요도 없다는 뜻이었다.

단운룡의 몸이 소리없이 움직였다. 횡으로 휘두르고 종으로 내려쳐도 서수곤은 단운룡의 신형을 따라잡을 수가 없었다. 흑비곤의 공격을 피할 때와 같은 양상이다. 아니, 흑비곤 때보다 더 능숙하게 피한다. 간격을 완벽하게 읽고 있었다.

"합! 챠압!"

하지만 서수곤은 전혀 흔들리지 않았다. 기운찬 기합성을 내지르며 움직이던 그대로 하나하나 확실한 공격을 전개해 보이고 있었다.

이것이 또 흑비곤과 다른 점이다.

공격이 통하지 않음을 깨닫고 평정심을 잃어버리던 흑비곤과는 비할 데 없을 만큼의 확고부동한 정심을 보여주는 것이다.

'훌륭하다. 인정해 줄 수밖에.'

인정해 주는 것과 반격을 가하는 것은 별개의 문제다.

상체를 숙이고 비스듬히 짓쳐든다. 서수곤의 곤봉이 아슬아슬하게 단운룡의 어깨를 스쳐 지나갔다. 한 발 더 앞쪽으로. 안쪽으로 파고든 것은 순간이었다. 서수곤의 옆구리에 단운룡의 손이 닿았다. 밀어내는 일격이다. 단전에서 용솟음친 광극진기가 단운룡의 손을 타고 서수곤의 옆구리에 작렬했다.

퍼엉!

"크윽!!"

서수곤 문태가 뒤쪽으로 튕겨 나갔다. 크게 균형을 잃은 채 다섯 걸음이나 뒷걸음쳐서야 겨우겨우 휘청거리는 몸을 바로잡는다.

부우웅! 처척!

문태가 곤봉을 휘돌리며 다시금 기수식을 취했다. 그 두 눈에는 사그라지지 않는 불꽃 같은 투지가 이글거리고 있었다. 극광추의 일격을 고스란히 맞았으니 충격이 상당할 것임에도 고통을 드러내지 않는 모습이 무척이나 인상적이었다.

"과연 대단한 실력이로군! 그 광오함을 이해할 수 있을 정도요!"

호방한 목소리는 순수한 무인의 그것이었다.

완벽한 일격을 허용하고도 여전히 흔들리지 않는다.

강인한 무인이었다.

꺾이지 않은 투지라면 그것마저 꺾어놓을 수밖에 없다. 단운룡이 승부를 결정지을 생각으로 두 손에 내력을 휘돌리며 한 발 앞으로 나섰다.

문태가 고쳐 잡았던 곤봉을 허리춤에 집어넣은 것은 바로 그때였다. 병기를 회수하고 포권을 취한다. 무슨 수작인가. 성큼 다가서던 단운룡의 발걸음이 일순간 멈추었다. 포권을 취한 문태가 그대로 고개를 숙인다. 단운룡의 두 눈에 감출 수 없는 의아함이 깃들었다.

"오늘, 이 서수곤 문태는 새로운 무공에 눈을 떴소. 근접을 허용하지 않는 신법, 그야말로 놀라운 공부요. 내가 졌소. 비무에 응해주셔서 감사하오."

아까의 분노는 없다.

패배를 인정하는 문태의 눈빛은 심산 깊은 곳, 차가운 개울물에 씻어낸 것처럼 깨끗하기만 하다. 서수곤이 몸을 돌려 걸

어나왔던 자리로 물러났다. 패배한 자의 등임에도 당당하기가
비무의 승리자와 같았다.

"소협의 무공은 실로 독특하군. 이 유모로서도 놀라움을
감출 수가 없소. 흑비곤이 어떻게 패배했는지 잘 알겠소."

한쪽에서 들려온 목소리는 다름 아닌 유훈의 그것이었다.

단운룡의 눈이 유훈에게 향했다.

유훈이 고개를 한 번 끄덕이고는 왼쪽을 돌아보며 또 한 명
의 이름을 불렀다.

"선춘 사제 거기 있나?"

"철곤객 선춘이 여기 있소."

"이 소협에게 백송곤법의 진수를 다시 한 번 보여주게."

"알겠소!"

걸어나온 무인은 장대한 체구를 지니고 있었다. 단운룡도
키가 큰 편이었지만, 이자는 단운룡보다도 주먹 하나는 더 큰
것 같았다. 그자가 한 발 앞으로 나서며 커다란 종이 울리는
듯 우렁찬 목소리로 소리쳤다.

"내 이름은 선춘이오! 비무에 앞서 일다경의 시간을 드리
겠소!"

"일다경?"

"더 필요하시오? 그렇다면 반 시진도 좋소. 차륜전으로 눌
렀다 하면 백송파의 명예가 무엇이 되겠소? 이 철곤객은 이래
보여도 인내심이 있는 남자요. 그 이상이라도 얼마든지 기다

릴 수 있소이다!"

단운룡의 눈썹이 꿈틀 치켜 올라갔다.

일다경, 반 시진.

차륜전으로 누르고 싶지 않다고 했다.

설마하니, 운기조식할 시간을 주겠다는 것인가.

단운룡이 미간을 좁히며 나직한 목소리로 되물었다.

"쉬었다 하자는 건가?"

"그렇소. 비무라 함은 무인의 도량을 재는 공평무사한 예법이오! 기량이 십 할 갖춰지지 않은 상태에서의 비무는 아무런 의미가 없는 것 아니겠소!"

공평한 승부, 사심없는 예법이라.

사부가 보면 무슨 이야기를 했을까.

고풍스러워서 구린내가 나는 정도가 아니다.

이것은 그야말로 명문정파의 표본이다. 구파일방, 구파일방이란 소리를 지금까지 들었건만, 구파일방이라고 이 정도까지 할까 싶다.

대단하다고 말해줘야 할지도 모르는 일이었다. 법도를 지킨다는 것은 간단하지만 또한 쉬운 일이 아니다. 답답할 정도로 고리타분하나 그 순수함만큼은 매력적이기 짝이 없다. 다시 한 번 훌륭하다 인정해 줄 수밖에 없을 것 같았다.

"쉬는 시간이라면 사양이다. 곧바로 시작하지."

훌륭한 상대. 좋은 문파다.

기꺼이 부딪쳐 주겠다. 단운룡의 대답에 철곤객 선춘이 호탕한 웃음을 터뜨리며 말했다.

"하하하! 그냥 싸우겠다는 것이오? 소협은 겉으로 보이는 것 이상으로 호방한 기세를 지녔군! 이 철곤객의 철곤(鐵棍)은 그리 만만치 않을 것이오만!!"

"상관없다."

"좋소! 그럼 이대로 가겠소! 대신, 선공을 양보할 테니 언제라도 들어오시오!!"

참으로 재미있는 상대들이다.

선공이고 후공이고, 그런 것에 그토록 큰 의미가 있었던가.

단운룡에겐 중요치 않은 문제였다. 먼저 쳐들어오든, 내가 먼저 쳐들어가든 쓰러뜨리면 그만인 일이었다.

'이들에겐 다른지도 모르지.'

철곤객, 서수곤, 청송대협.

백송파 무인들에겐, 그들의 문파에게는 그처럼 소소한 예법이라도 커다란 의미가 있는 것인지 모를 일이다. 법도를 지키지 못함을 부끄러워하고 법도를 지키는 것에 자부심을 느낀다. 그 법도에 비추어 거리낌이 없다면 싸움의 패배도 부끄러울 일이 아니요, 무예의 고하도 문제될 것이 아니다.

땅을 박차고 철곤객에게 짓쳐들며 단운룡은 깨달았다.

이것도 결국은 고여 있던 관념과의 싸움이다.

세상엔 법도를 개의치 않는 악인들이 있고, 이들처럼 정도를 중시하는 협사들이 있다.

어느 한쪽만 만나봐서는 안 된다. 세상에 가득 찬 것이 무인이 아니듯, 무인들 역시도 한 종류의 무인들로만 채워져 있는 것이 아닌 것이다.

외따로 행동하는 악인이 있고, 무리 지어 몰려다니는 악당들이 있으며, 그릇된 사도를 추종하는 문파들이 있다. 신념을 지닌 협사들이 있고, 협사들의 회합이 있으며, 올바른 정도를 수호하는 문파들이 있다.

그것이 사람의 길이다.

그것이 천하의 모습이었다.

위이이잉! 콰앙!

철곤객의 철곤이 단운룡의 몸을 스쳐 땅바닥에 내리 꽂혔다.

철곤객의 강력한 곤법은 선춘이란 이름을 지닌 개인의 증명임과 동시에 백송파라는 문파의 신념이기도 하다.

수많은 사람들이 백송파라는 이름 아래에 모였으니, 그곳에는 서수곤과 같은 선봉장이 있고, 철곤객과 같은 호걸이 있다. 하얀 소나무, 이름에 어울리는 영걸들이 있다면 흑비곤처럼 어울리지 않는 자도 존재한다.

휘웅! 쐐애액!

웅혼하게 휘둘러 올라와 날카롭게 찔러온다. 왼쪽 오른쪽, 피해내는 단운룡의 움직임은 흑비곤이나 서수곤 때처럼 여유롭지 못했다.

철곤객이 강하기 때문이다. 역시나 백송곤법, 비슷한 투로
일지라도 지난바 내력의 정심함이 다르고 투로의 호쾌함이 다
르며 실전 경험의 횟수가 달랐다.

단운룡은 떠오르던 상념을 멈추고 짓쳐드는 철곤의 궤도에
만 온 마음을 집중했다. 휘감겨 들어오는 경풍이 만만치 않아
광극신법의 전개가 용이치 않았다. 여러 가지 측면에서 흑비
곤이나 서수곤과는 그릇이 다른 상대였다.

'순속을 써야 하나……!'

이 상황을 여유롭게 생각하던, 심지어는 재미있다고까지 느
꼈던 단운룡이다.

순속.

단운룡의 고민이 시작된 것은 바로 그 순속이란 비기를 떠
올린 순간부터였다.

철곤객은 뛰어난 무인이었다. 당장 눈앞으로 닥쳐드는 곤봉
이 그 사실을 분명하게 증명하고 있다. 단운룡은 재빠르게 허
리를 뒤로 젖히면서 철봉의 쇄도를 무력화시켰다.

아슬아슬해 보이기는 해도 위험하진 않다. 신풍으로도 싸
워볼 만은 하다는 이야기다. 또한 그것은 곧 순속을 발동하면
순식간에 승부를 결할 수 있다는 뜻이기도 했다.

'하지만……!'

문제는 역시나 광신마체의 부작용에 있었다.

서수곤에 이어 철곤객과 싸우고 있는 중이다.

보아하니 철곤객 다음에는 더 강한 상대가 나서게 되리라.

그렇게 몇 명이 있는지는 모른다. 나서는 상대마다 무한정 순속을 발동할 수는 없는 일, 그때마다 순속을 쓰려고 하다가는 자멸을 면치 못할 일이었다.

'이것 봐라……?'

자칫하면 당할 수 있겠다. 단운룡의 마음속에 슬며시 고개를 쳐든 생각이다.

순속을 발동하면 철곤객을 이길 수 있다. 철곤객 다음으로 나오는 상대가 누가 되었든 역시나 순속으로 싸운다면 어렵지 않게 이길 수 있을 것이다.

그러나 남발은 불가능하다.

이들이 준다고 했던 운기조식 시간을 진짜로 받아 쓴다 해도, 결과는 달라지지 않는다. 한 번이라도 허용 한계를 넘었다가는 한두 시진 운기조식으로 회복이 불가능한 까닭이었다.

'보검(寶劍)을 빼앗긴 격이로군……!'

단운룡은 더 이상 여유로울 수가 없었다.

그동안 키워왔던 것은 천하를 향한 장대한 웅심뿐이 아니었던 모양이다. 지나친 자만도 그와 함께 무럭무럭 자라고 있었던 것이다.

이것도 말하자면 예측하지 못했던 것 중 하나라 할 수 있다.

차라리 전부 다 한꺼번에 덤벼들었다면 순속 발동에 이은 절기들의 연환격으로 한계 시간 안에 승부를 낼 수 있었을 것이다. 사부와 싸울 때처럼 힘을 무한정 전개한다고 가정한다면, 이들 전체와 대적하는 것도 충분히 가능한 일이란 말이었다. 그것은 또한 단운룡이 이 많은 숫자를 겁내지 않았던 가장 큰 이유라 해도 과언이 아니었다.

그러나 상황이란 물결은 단운룡의 예상과 전혀 다른 방향으로 흘러오고 말았다.

하나씩 덤벼온 것이 문제다.

한 명씩 차례대로 비무를 해야 하니, 순속이란 결정적인 비기도 쉽사리 쓰기가 어려워져 버렸다. 합공은 두렵지 않으나 일 대 일 비무가 어려워진, 그야말로 역설적인 현상이 발생하고 만 것이다.

'일단은 순속 없이 제압할 수밖에 없다는 건가.'

사부가 노린 것은 처음부터 이것이었는지도 모를 일이다.

공교롭게도 사부는 함께 오지 않았다.

아니다.

애초부터 공교로울 것은 없다. 사부는 일부러 오지 않은 것이 틀림없었다. 이런 상황이 벌어질 것임을 알고 있었고, 이런 상황을 통해 단운룡으로 하여금 광신마체의 결정적인 약점을 분명하게 느낄 수 있도록 만들었던 것이다.

'그저 뚫고 나갈 수밖에.'

새삼스러울 것도 없는 안배였다. 단운룡은 백송파라는 문파의 뒤쪽으로 짙게 드리워진 사부의 그림자를 보았다.

그 그림자를 걷어내려면 눈앞의 철곤부터 치워야만 한다.

단운룡의 눈빛이 더욱더 날카롭게 변했다. 힘의 우위를 전제하고 위에서 내려다보는 것이 아니라, 언젠가 오원에서처럼 자신보다 강한 자를 볼 때의 눈빛이 단운룡의 두 눈에 깃들었다.

'생각해라. 생각해.'

철곤의 궤적을 본다. 철곤에 실린 힘이 공중으로 흩어지는 기감(氣感)을 감지한다.

철곤객의 오른발이 땅을 밟는다. 왼손이 옆으로 돌아가고, 오른손 철곤이 어깨 위에서부터 정면으로 떨어지고 있다.

'정면. 다음은 왼쪽이다.'

후웅! 위이이잉!

정확했다.

앞으로 내려와 왼쪽으로 휘어져 들어온다. 사선에 가까운 궤도다. 단운룡의 몸이 오른발을 축으로 가볍게 돌아갔다.

알고 피하는 것은 분명 다르다. 종전보다 조금 더 간격을 벌린 회피였다.

'왼쪽으로 아래를 격타. 다시 튕겨져 오른쪽 사선으로.'

철곤은 어김없이 단운룡의 생각대로 움직였다.

예상이 아니라 확신이다.

밀림에서 활로를 찾아가던 육감과도 같다. 모처럼 옛 기억을 되살리며 힘의 열세와 함께했던 싸움들을 떠올렸다.

'다음은 위에서 꺾는다. 이것이 백송곤법이로군. 반보 앞. 한 자 반의 회전 반경. 여기서 왼쪽 어깨가 열린다.'

단운룡에게 있는 것은 광극진기에 의한 압도적인 전투법뿐이 아니었다.

그 이전에 있는 것은 무공을 읽는 천부의 재능이다. 백송곤법의 요체가 뚜렷하게 보인다. 곤봉 하나가 손에 쥐어진다면 이들과 똑같은 투로를 밟아낼 수가 있으리라.

단운룡의 발이 한 발 앞으로 나갔다.

상대방의 무공을 알고 파훼법을 찾는다.

오원에서의 싸움과 같다? 다른 것도 있다. 반격으로 뿜어져 나오는 무공이 그것이다. 오른발에서 뿜어져 나온 것은 발도각 대신 마광각이었다. 마광각 일식 마혼격(魔魂擊)이 철곤객의 왼쪽 어깨에 작렬했다.

빠악!

"크헉!"

발도의 일격보다 훨씬 더 날카로운 일격이었다. 게다가 그 일격에는 족도 참격의 묘리까지 담겨 있었다. 철곤객 선춘의 커다란 체구가 옆으로 튕겨져 나왔다. 면면히 이어지던 백송곤법의 투로가 한꺼번에 무너지는 순간이었다.

'설마……!'

유훈을 비롯한 몇몇 무인들의 안색이 급변한 것도 그때였다.

이 일격은 다르기 때문이다. 속도와 힘으로 제압당한 것이 아니라, 백송곤법이라는 무공 자체의 허점을 파고들었다. 무공의 요결 자체를 간파당했다는 결론이 나오는 것이다.

'그럴 리 없다. 백송곤법은 그렇게 허술한 무공이 아니다!'

유훈은 그렇게 믿을 수밖에 없었다.

평생을 익혀온 무공에 대한 신뢰로, 마음을 무장한다. 또한 그것은 직접 싸움에 임한 철곤객으로서도 마찬가지다. 불의의 일격을 당했으나 꺾이지 않은 호방함으로 소리치는 철곤객이었다.

"크으……! 소협의 각법은 실로 무섭군! 하나 이 철곤객에겐 아직 여력이 있소!"

철곤객 선춘은 다시 한 번 자세를 가다듬으며 땅을 박찼다.

투혼은 좋다. 하지만 그것뿐이다.

격타당한 어깨 때문인지 상체의 움직임 전체가 불안정해 보였다.

마광각 일격으로 내기의 흐름 전체가 흐트러져 버렸음을 알 수 있는 대목이었다. 내력 운용이 원활하지 못한 상대라면 제압도 순간이다. 단운룡의 몸이 오른쪽으로 가볍게 움직였다. 허리를 슬쩍 비틀어 예봉을 피하고, 뒤쪽으로부터 좁게 편 손바닥을 내밀었다.

퍼억!

가슴 한복판.

단타로 밀어내는 극광추였다. 철곤객의 몸이 몽둥이에라도 맞은 듯 크게 흔들렸다. 이어진 것은 꾸웅! 하고 철곤객이 땅바닥에 주저앉는 소리였다. 급하게 팔을 돌리며 방어 자세를 취했던 철곤객이었지만, 극광추의 꿰뚫는 듯한 일격에는 당해 낼 재간이 없었던 것이다.

"크윽… 대단하군. 실로 대단해. 내가 졌소. 비무에 응해줘서 고맙소."

꼴사납게 넘어졌을지언정 무릎은 꿇지 않는다. 철곤객이 그 큰 체구를 힘겹게 일으키며 포권을 취했다.

"방걸, 아무래도 자네까지 나서야 할 것 같네. 이 소협의 힘은 신비롭기 짝이 없군."

유훈의 말은 또 다른 상대를 예고하고 있었다.

멀리 둘러선 구경꾼들 사이에서 이전과 다른 웅성거림이 흘러나오기 시작했다.

그것만으로도 거물이라는 느낌이다. 소란스러워지는 사람들의 입으로부터 웅현대협이라는 호칭이 흘러나오고 있었다.

"자네 말을 기다리고 있었지. 이 소협은 굉장히 강하군. 놀라울 정도야."

한쪽에서 걸어나오는 남자.

철곤객보다는 작았지만 비슷하다고 보일 정도로 튼실한 체구를 지닌 남자다. 꽉 짜인 몸매가 육체의 강인함을 그대로 드러내고 있었다.

"내 이름은 방걸일세. 세인들에게는 웅현대협이라는 과한 호칭으로 불려지고 있지."

웅현대협, 이 이름도 들어본 이름이다. 아까 점소이가 말했던 이름들을 하나하나 차례로 만나고 있는 것이다. 재미있는 일이었다. 상대하는 자마다 조금씩 강해지고 있다니, 비무대회에라도 출전한 느낌이다. 문득 머리 속을 스치는 의문에 단운룡이 한 발짝 나서며 물었다.

"계속 나오는군. 그쪽이 이길 때까지 하자는 건가? 앞으로 몇 명이나 더 이겨야 되지?"

"앞으로라… 글쎄, 내가 여기에 있는데 자네가 이 앞을 볼 수 있을까?"

웅현대협 방걸의 말투에는 자신감이 넘쳤다.

앞으로가 없다.

이번 싸움으로 단운룡을 눌러주겠다는 뜻이다. 단운룡이 두 눈을 빛내며 말했다.

"자신만만하군."

"그것은 도리어 내가 할 소리라네. 젊은 자의 용기란 종종 분수를 망각하게 만드는 맹독과도 같지. 소협은 스스로를 과신하지 않는 것이 좋을 거야."

방걸의 말은 충고가 아니라 독설에 가까웠다.

차라리 귀에 익은 말투다.

싸움 상대로부터 낯간지러운 존대를 받는 것도 불편하기 짝이 없는 일이다. 어투가 사나운 편이 그나마 가장 일상어에 가깝게 들린다는 뜻이다.

"별로 과신이라 생각하진 않아. 운기할 시간은 필요없으니 곧바로 덤비도록 해."

상대가 험하게 나오니 좋은 것도 있다. 이쪽에서도 대꾸하기가 훨씬 편한 것이다.

단운룡의 응수에 방걸의 눈썹이 위쪽으로 치켜 올라갔다. 이내 방걸의 입에서 웃음이 터져 나왔다. 웃음은 웃음이나 분노가 담겨진 웃음이었다.

"핫하하! 이거 물건이로군. 선수는 양보해 줄 수밖에 없겠어. 이토록 기개가 넘치는 젊은이도 나쁘지는 않겠지. 오늘의 일을 평생 동안 간직하게. 광오함보다는 겸손을 배우는 날이 될 테니!"

응현대협 방걸이 묵직한 곤봉을 치켜세웠다.

대단한 내력이 느껴진다. 기수식만으로도 알겠다. 절정에 이른 고수라는 것을.

선수는 양보해 준다고 했으니 먼저 쳐들어간다.

'최단시간 내에 끝내자.'

단운룡은 속전속결을 생각했다.

몇 명이나 더 상대해야 할지는 모르겠지만, 싸움이 길어져서는 곤란하기 때문이었다.

전광석화와 같이 짓쳐드는 단운룡이다.

웅현대협 방걸이 곤봉을 휘둘러 왔다. 자연스러우면서도 웅혼한 공력이 담겨 있는 일격이었다.

위이잉! 파라라라락!

경풍에 스친 옷자락이 찢어지는 파공성을 울렸다.

강렬한 반격이다. 선공을 누가 취하든 아무런 의미가 없을 공방이었다. 단운룡의 마광각을 피해낸 방걸의 신형이 왼쪽으로 움직였다. 빠른 몸놀림이다. 서수곤이나 철곤객보다 훨씬 더 빠른 보법이었다.

파광!

빠른 것은 보법뿐이 아니었다.

곤봉은 그 이상으로 빠르다. 급격한 방향 전환에는 폭발하는 듯한 파공성까지 터져 나올 정도다. 단운룡의 눈에 처음으로 다급한 빛이 서렸다.

쿼융!

종이 한 장 차이다?

아니다. 종이 한 장 차이였으면 옷자락과 피부가 한꺼번에 뜯겨져 나갔으리라.

그렇게까지 가깝지는 않아도 간발의 차다. 실린 힘이 거세기 짝이 없다. 스치기만 해도 적지 않은 타격을 입을 것 같았다.

'속전속결은커녕, 자칫하다간 이쪽이 당하겠군.'

가슴을 통째로 꿰뚫겠다는 듯 무섭게 찔러온다.

다르다. 더 빠르고 강한 것이 문제가 아니다. 백송곤법의 투로는 분명하되, 앞의 두 사람이 펼치는 것과는 분명한 차이가 있다.

아예 다른 무공을 펼치는 것 같다. 굳이 말하자면 변칙적인 백송곤법이랄까. 실전적이면서도 위험하기가 백송파라는 정문이 아닌 사문(邪門)의 무공처럼 보일 정도였다.

쐐액! 쐐애액!

조금씩 조금씩 따라온다. 속도에서도 완벽한 우위를 점하지 못한다는 뜻이었다. 웅현대협의 눈이 한순간 번뜩이는 빛을 품었다.

파라락! 찌이이익!

마침내 단운룡의 옷자락이 길게 찢겨져 나간다. 천 조각이 흩날리는 기세가 무섭다.

대단한 고수다. 광극진기를 근간으로 접근을 불허하던 광극신법이 그렇게 따라잡히고 만 것이다.

"백송곤의 투로를 읽고 있는 것처럼 보인다만, 그것만으로는 소용이 없을 걸세. 자네가 우리 곤법을 살피고 있었던 것처럼, 우리도 자네 움직임을 유심히 보고 있었으니 말이네."

잠시 곤봉을 멈추고 여유롭게 말을 건네는 웅현대협이다.

단운룡의 움직임을 간파했다는 이야기로 들린다. 마치 단운룡을 제 손바닥에 올려놓고 있는 듯한 말투였다.

하지만 단운룡은 그의 말에 조금도 흔들리지 않았다.

싸우면서 투로가 노출되는 것은 너무도 당연한 일이겠지만 광극신법은 그렇게 간단한 무공이 아니기 때문이었다.

광극진기는 그렇게 쉽게 간파될 수 없는 무공이었다. 순식간에 무공의 요체를 파악하는 재능을 지닌 단운룡과 같은 경우에도 광극신법의 조화를 깨우치는 데에는 일 년이 넘는 시간이 걸렸을 정도다.

결국 단운룡이 따라잡힌 것은 투로가 읽혔기 때문이 아니라는 말이 된다.

요는 속도다.

속도에 익숙해졌다는 편이 옳은 것이다.

단운룡을 처음 보는 사람은 누구나 먼저 그 속도에 당황하게 된다. 하지만 아무리 빠른 움직임일지라도 계속 보고 있으면 어느 정도까진 적응할 수 있는 법이다.

모두가 보는 앞에서 두 명과 싸웠다. 속도가 어느 정도인지 알았으니 그만큼의 대응도 가능하단 이야기였다.

"얄팍한 심리전 따위는 통하지 않아."

단운룡은 결론을 내리듯 그렇게 대답했다.

심적인 우위를 점하려던 웅현대협의 시도가 한순간에 무위로 돌아간 것이다. 그러나 웅현대협은 당황하지 않았다. 그가 호탕한 웃음을 터뜨리며 목소리를 높였다.

"하핫! 그런가! 두고 보면 알겠지!"

웅현대협은 말이 끝나기 무섭게 그대로 땅을 박차며 단운룡에게 짓쳐들었다.

허언이 아니라는 것을 증명이라도 하듯, 곤봉에 실린 기세가 실로 대단했다. 피해내는 단운룡의 움직임에는 더 이상 종전과 같은 여유가 없다. 누가 보기에도 급박해 보이는 몸놀림이었다.

'확실히 강하다……. 이크!'

웅현대협의 곤봉은 꾕장히 위협적이었다. 그다지 길지도 않은 곤봉임에도 접근이 어렵다. 안으로 파고들기가 참으로 마땅치 않았다.

몇 합이나 주고받았나.

치명적인 위기를 넘긴 것이 세 번이다. 한 발 박차고 뒤쪽을 향해 멀찌감치 물러난 단운룡이다. 웅현대협은 쫓지 않았다. 그가 거리를 벌린 단운룡을 보며 조롱 섞인 목소리로 말했다.

"버거워 보이는군. 도저히 안 되겠다는 건가?"

"그래. 이대로는 안 되겠어."

단운룡은 순순히 인정했다.

신풍으로는 안 된다. 몇 명이나 더 상대해야 할지는 모르겠지만, 아껴둘 때가 아니었다.

"조금은 달라질 거다."

단운룡은 그렇게 말하고는 순속의 구결에 따라 내력을 도인했다.

하단전에서 끌어낸 진기다.

광신마체의 발동은 상단전이 아니라 중단전에서 시작된다. 마음의 밭, 단운룡의 의지가 더 강력한 힘을 부른다.

부름에 응하는 것은 상단전이었다. 두뇌에서 내려간 뇌기가 전신으로 퍼져 나갔다. 몸 주위에 몰아치던 신풍의 소용돌이가 일순간에 가라앉는다. 펄럭거리던 유삼 자락이 몸 주위에 달라붙듯 내려앉았다.

발동(發動). 순속이다.

단운룡의 발이 땅을 찬다. 소리는 없다. 파공음도 없다. 마치 모든 것이 멈춘 것처럼, 느려지는 시야 속에서 오직 단운룡의 쇄도만이 뚜렷한 궤적을 그린다. 웅현대협의 얼굴이 돌처럼 굳어졌다.

터엉!

격타음이 터져 나온 곳은 웅현대협의 곤봉이었다. 곤봉과 발끝이 부딪치는 소리다. 웅현대협이 충격에 흔들리는 곤봉을 고쳐 잡으며 뒤쪽으로 물러났다. 반격할 틈이 없다. 오른쪽, 단운룡의 발이 마신(魔神)의 칼날처럼 무시무시한 기세를 품고서 짓쳐들고 있었던 것이다.

꽝! 우직!

웅현대협은 꽉 잡은 손아귀 깊은 곳에서 곤봉의 균열을 느낄 수가 있었다. 방어 자체를 무시하는 위력이다. 게다가 몰아쳐 들어오는 공격은 그것으로 끝이 아니다. 한쪽 발을 막았다 싶었더니, 반대편 발이 휘어져 들어온다. 공중에서 이격, 반원을 그리며 내처 오는 각법 속에는 거대한 날개의 환상이 깃들어 있는 것 같았다.

빠악! 콰직!

반 토막 난 곤봉이 하늘을 날았다.

단운룡의 손이 웅현대협의 가슴에 얹어진 것은 공중으로 튀어 오른 곤봉이 땅바닥에 떨어지기도 전이었다.

끝난 승부다.

웅현대협의 얼굴에는 그저 불신의 표정만이 가득할 뿐이었다. 그의 입에서 신음과도 같은 한마디가 흘러나왔다.

"이… 이럴 수가……."

좁게 편 손바닥.

내치는 극광추 일격이면 생명까지도 빼앗을 수 있다.

"다음은 누구지?"

단운룡의 입에서 흘러나온 것은 간단한 질문이었다.

웅현대협이 자신의 가슴 위에 올려진 단운룡의 손을 내려다보고는 고개를 설레설레 저으며 말을 이었다.

"내가 지다니… 믿을 수가 없군……!"

졌다는 말이 나왔다.

패배 인정이다. 단운룡이 손을 거두고 한 발 물러났다.

손만 거둔 것이 아니다.

급하게 내력을 도인하여 순속의 발동을 멈추었다. 온몸의 근육에서 덜컥 하고 팽팽하던 진기가 풀리는 느낌이 들었다. 싸한 고통이 퍼져 나간 것은 바로 그 직후다. 마광각, 마왕익(魔王翼)을 펼친 두 다리에서 올라오는 고통이 특히 심했다.

"웅현대협이라는 이름은 오늘로 내려놔야겠어. 백송파 문규 오인비무법칙에 내 이름으로 패배의 전적을 올리게 될 줄은 몰랐네. 유훈, 자네에게까지 이 짐을 넘겨야 될 줄이야."

웅현대협 방걸이 포권을 취하며 뒤쪽으로 물러났다.

거침없는 말투를 보여주고 있었지만, 이 남자도 백송파 무인임엔 틀림이 없다. 낭패한 표정을 감추지는 못하나 패배를 인정하는 모습만은 깨끗했던 것이다.

"이번에는 내가 나서겠소. 설마설마 했는데 결국 이렇게 되고 마는군."

유훈이었다.

이자가 고수라는 사실은 의심의 여지가 없다. 갈수록 강한 상대가 나서고 있는 이 상황에서 이 유훈이란 자가 웅현대협 이상이라고 한다면 순속 발동은 피할 수 없는 선택일 것이다.

웅현대협 때처럼 속전속결을 택할 수밖에 없다. 유훈을 이긴 후, 그 다음까지도 염두에 두어야 하기 때문이었다.

"운기조식할 시간을 주겠소. 다소 힘들어 보이네만."

"필요없으니 그냥 하지."

단운룡의 대답은 단호했다.

그것은 어쩌면 쓸데없는 자존심일 것이다. 이전까지도 챙기지 않았는데, 이제 와서 주섬주섬 운기를 하겠다는 것도 우스운 일인 까닭이다.

두고 보면 현명하지 못한 짓일지 모른다. 사부가 이걸 보았다면 미련한 짓이라 틀림없이 몇 마디 걸고넘어졌을 게 틀림없다.

'그렇다고 넙죽 받아서 운기조식을 했어도 뭐라 했겠지.'

사실 사부 입장에선 어느 쪽이나 다를 것이 없다.

순속도 발동한 마당에 옳다구나 하면서 운기조식을 했다고 해도 핀잔을 듣기엔 마찬가지였을 것이다. 구경꾼들도 사방 천지인 마당에 쪽팔리게 무슨 놈의 운기냐, 그런 말을 하지 않는다면 그것은 사부가 아닐 터였다.

"백송곤법은 긴 세월 동안 이어져 내려온 절기라오. 하나 백송파에는 곤법만 있는 것이 아니오. 내 장기는 곤법뿐이 아니니 조심하는 것이 좋을 것이오."

청송대협 유훈은 푸른색으로 칠해진 청송곤(靑松棍)을 꺼내 들어 두 손으로 곤봉을 감싸고는 살짝 고개를 숙이며 포권을 취했다.

"선수는 이전까지처럼 소협에게 양보하겠소."

청송곤을 천천히 앞으로 겨눈 후 한 손을 옆으로 내리면서 선공을 양보하겠다는 몸짓을 보여주었다.

그야말로 고전적인 예법이었다. 너무나도 고풍스러운 모습임에도 그렇게 자연스러워 보일 수가 없었다.

사양하지 않고 앞으로 나서는 단운룡이다.

단운룡은 곧바로 순속을 발동하지 않았다. 일단은 신풍이다. 처음부터 순속으로 나섰다가 싸움이 길어지면 그때는 대책이 없기 때문이었다.

겨누어진 곤봉의 옆으로 파고들며 극광추를 찔러 넣었다. 곤봉이 움직였다. 아래쪽으로 가볍게 돌아 손목을 후려쳐 온다. 너무나도 단순하고, 효과적인 방어법이다. 백송곤의 투로를 가장 정석적으로 따르고 있다는 느낌을 받았다.

"합!"

낭랑한 기합성도 중년의 무인 같지 않다. 마치, 이제 막 무공을 익히기 시작한 청년의 기합성 같다.

순수한 무공이었다. 단운룡이 읽어냈던 백송곤법의 요체를 완벽하게 구현하고 있었다.

'훌륭해.'

어쩔 때는 답답할 정도로 틀에 짜인 움직임 같으면서도, 어쩔 때는 한없이 자유로워 보인다. 강한 무인임에 앞서 훌륭한 무인이란 생각이 들었다.

일가(一家)를 이루었다는 것이 무엇인지 알 수 있는 순간이었다. 넘치거나 모자람이 없는 무인이었다. 철곤객처럼 거칠지도 않았고, 웅현대협처럼 변칙적이지도 않았다. 그럼에도 껄끄

럽긴 훨씬 더 심했다. 눈에 뻔히 보이고 있음에도 막기가 힘들고, 다음 동작이 예측됨에도 피하기가 어려웠다.

'왼쪽, 측면이다. 옆구리가 비었어.'

보는 순간 발이 나간다. 철곤객을 쓰러뜨렸을 때와 같은 허점이다. 백송곤법의 투로 자체가 갖고 있는 문제점이었다.

그것은 다름 아닌 무공의 급소, 즉 조문과 같다. 제대로 들어가기만 하면 일격에 상대를 쓰러뜨릴 수 있는 곳이었다.

빠악!

들어갔다?

아니다. 단운룡의 공격은 통하지 않았다.

발끝에 걸린 것은 유훈의 옆구리가 아니었다. 단운룡의 그것과 똑같은 발이다.

각법끼리 부딪쳤다는 말이다.

놀라움은 순간일 뿐이다. 유훈의 왼발이 땅을 밟고 오른발이 휘돌아 들어온다. 곤법만을 생각했던 단운룡의 얼굴이 가볍게 굳어졌다. 몸을 숙이고 재빨리 옆으로 몸을 날린다. 돌려 찬 오른발로 땅을 찍고 어깨 위에서부터 곤봉을 휘둘러 오니 피할 수 없는 연환타다. 피할 수 없으면 부딪칠 수밖에. 단운룡이 허리를 돌리며 손을 내뻗었다.

퍼엉!

손바닥과 곤봉이 부딪치는데, 마치 가죽 북 터지는 소리와 같은 격타음이 터져 나왔다.

"큭!"

단운룡의 몸이 뒤쪽으로 튕겨 나왔다. 다급하게 쳐냈다고 는 하나, 힘에서 밀려 버린 것이다.

"오오! 목영퇴!"

"목영퇴다! 역시 대단해!"

계속하여 침묵에 휩싸여 있었던 백송파 무인들이다. 그랬 던 그들의 입에서 마침내 탄성들이 터져 나오고 있었다. 역시 나 청송대협 유훈이라는 것이다. 저토록 젊고도 건방진 자를 상대로 확실한 우위를 보여준 것이 처음이었던 까닭이다.

'각법이라……'

목영퇴, 퇴법(腿法). 발기술이다.

백송곤 곤법과의 조화가 실로 절묘하다. 백송곤법이 지닌 허점을 보완하기 위해 새로운 무공을 접목시킨 것이 틀림없었 다.

터엉! 쐐애액!

기세를 타고 들어오는 유훈이다.

각법을 피하면 곤봉이 찔러온다. 곤봉을 비껴내고 안쪽으 로 파고들라 치면, 백송파 무인들이 감탄해 마지않는 목영퇴 일격이 순식간에 접근을 차단하고 있었다.

'역시 어쩔 수 없나?'

또다시 쓸 수밖에 없다.

극광추 일식과 마광각 마왕익을 연이어 펼쳐 내고는 뒤쪽으로 몸을 날려 거리를 두었다. 내력을 끌어올린다. 중단전으로 치달아 오른 발동구결을 상단전으로 솟구쳐 올릴 때다.

쒜애액!

유훈의 몸이 무서운 속도로 쇄도해 온 것은 바로 그때였다. 위험하다.

단운룡의 얼굴이 크게 굳어졌다.

발동에 필요한 시간은 한 호흡이면 충분하다 했었다. 그러나 그 한순간이라도 빈틈은 빈틈이다. 유훈의 곤봉이 가슴팍으로 곧게 찔러 들어왔다. 굉장한 빠르기다. 이 순간을 노리고 들어왔음을 대번에 알 수 있는 일격이었다.

우우우웅!

순간을 순간으로 쪼개니 그야말로 찰나의 간격이다. 순속, 전광과도 같은 뇌기가 전신으로 퍼져 나갔다.

발동에서 움직임까지.

단운룡의 상체가 옆으로 돌아갔다. 곤봉 끝이 가슴을 스친다. 피해내는가. 실패다. 덜컥, 하고 오른쪽 어깨가 뒤로 튕겨진다. 곤봉 끝에 걸린 것이다.

콰악!

"크윽!"

치밀어 오르는 고통은 강렬했다. 옆으로 돌린 몸에 오른쪽 팔 전체가 축 처져서 따라왔다. 탈구다. 어깨 관절이 나가 버린 것이다.

아프다. 바늘로 찌르는 듯한 통증이 가슴 근육과 어깨 뒤편을 감싸듯 휘돌아갔다.

위이잉!

고통은 문제가 아니다. 유훈의 곤봉이 위쪽에서 떨어져 내리고 있었다. 연환되는 공격이 무자비할 정도로 빨랐다. 아픈 것을 신경 쓰다가는 그대로 끝장이 날 수 있는 것이다. 타격을 입힌 이상, 순식간에 결정짓겠다는 의지가 강하게 전해져 왔다.

"타합!"

순수한 의지 그대로다. 유훈이 터뜨리는 기합성은 무척이나 맑았다. 순속 발동으로도 쏟아지는 공격을 피하기가 쉽지 않다. 곤봉을 휘두르고 회전력을 이용하여 목영퇴를 차내는 데 반격의 여지를 찾을 수가 없었다.

쐐액! 쐐애액!

이대로 지는가. 그럴지도 모른다.

유훈의 강함은 그가 내지르는 기합성처럼 순수하고 맑다. 이 정도 상대라면 패배를 당한다 해도 납득할 수 있을 것 같았다.

'그렇다 해도 순순히 당해줄 수는 없지.'

반격은 어려울지 몰라도.

이미 순속의 영역으로 넘어온 단운룡이다.

조금씩 거리를 벌린다. 간발의 차이를 차곡차곡 모아서 시간을 벌었다. 피하는 틈새, 마침내 한 호흡의 여유가 생겼다.

"흡!"

급히 들이키는 공기다.

꿈틀, 어깨 주변 근육에 정신을 집중하니 빠져 있던 어깨 관절이 덜컥 움직이며 제자리를 찾아들었다.

광극진기의 공능이다. 미세한 근육까지 완벽하게 통제한다. 맞아 들어간 어깨 관절로 이어지는 근육 줄기들을 조금씩 움직여 보았다.

'제대로 맞춰졌어.'

묵직한 통증은 남아 있지만 움직이는 데 문제는 없다.

왼쪽에서 사선으로 내려오는 곤봉이다. 곤봉을 피하니 목영퇴가 오른쪽에서 들어왔다.

피하는 것은 이제 그만이다.

반보 앞으로 전진하며 오른손을 뻗어낸다. 목영퇴 발바닥과 극광추 손바닥이 공중에서 부딪치며 강렬한 격타음을 터뜨렸다.

퍼엉!

유훈의 눈에 놀라움의 빛이 스쳐 지나갔다.

어깨 관절이 빠져 버린 것을 분명히 확인했는데 어느새 자유롭게 움직이고 있다. 자유롭게 움직일 뿐 아니라 목영퇴의 일격을 정면으로 받아내기까지 했다. 장법보다는 금나추에 가까운 일격, 발바닥을 통해 올라오는 충격이 만만치 않았다.

'이자는 진짜다.'

지금 쳐낸 극광추. 유훈의 입장에서는 불의의 일격이 틀림없다 할 것이다. 하지만 유훈의 대응은 침착함 그 자체다. 목영퇴를 쳐냈던 발을 뒤로 빼고 곤봉을 휘두르면서 다리 전체를 타고 올라갔을 극광추의 여력을 흘어내고 있다.

뛰어난 실전 감각을 단적으로 보여주는 예다. 그 정도면 단순한 경험이 아니라 발군의 재능이라 봐야 한다. 풍신에서 순속으로 넘어가는 순간. 거기에서 생기는 찰나의 허점을 정확하게 포착한 것도 그러한 재능의 소산일 것이다. 그것은 어쩌면 웅현대협과의 싸움에서 그 허점을 이미 노출시켰던 단운룡의 실책이라 할 수도 있겠지만, 그렇다 해도 그 한순간을 이용해 이 정도까지 몰아친 것은 훌륭하다 아니 말할 수 없는 일이었다.

'서둘러야 해.'

반 다경, 아니, 반 다경도 남지 않았다. 그 안에 해결하지 못하고 시간을 넘겼다가는 수많은 백송파 무인들 앞에서 고통에 겨워 신음하는 모습을 보일 수밖에 없게 되리라.

유훈은 내력이 상당히 깊고 대응하는 감각도 무척이나 날카롭다.

이 정도면 벽해마왕 이상이다. 공력과 힘으로 보자면 벽해마왕을 더 높게 쳐주겠지만, 빈틈이 없고 정심한 것으로 치자면 벽해마왕보다 훨씬 더 높은 경지에 있다.

훌륭한 상대. 좋은 비무다.

할 만한 비무, 이 비무를 진짜 좋은 비무로 기억하고자 한다면 얻어내야 할 것은 다름 아닌 승리라는 두 글자다.

단운룡의 몸이 유훈에게 쇄도했다.

곤봉이 온다.

극광추로 받아내니, 두 사람 사이에서 강렬한 충격파가 생겨났다.

안개를 뚫고 들어가듯 충격파를 흩어놓으며 부딪치는 것은 두 사람의 각법이다. 마광각과 목영퇴가 부딪치며 두 번째 충격파를 터뜨렸다.

막강한 힘의 충돌에 두 사람의 자세가 무너졌다. 먼저 균형을 잡은 것은 광극진기를 운용하는 단운룡이다. 단운룡이 상체를 회전시키며 좁게 편 왼손을 뻗어냈다. 밀어내는 일격, 극광추가 유훈의 어깨를 때렸다.

쩌앙!

유훈의 상체가 뒤쪽으로 튕겨 나갔다.

맞히기는 했지만, 손에 남는 느낌이 깨끗하지 않다. 마치 단단한 벽을 친 것과 같다. 내력을 어깨에 모아 받아낸 유훈의 방어 때문이었다.

"하압!!"

아니나 다를까.

상체가 뒤쪽으로 밀리긴 했어도 순식간에 자세를 바로잡는다. 뒤쪽으로 굳건히 땅을 밟고는 곤봉을 휘둘러 왔다. 마치 칼을 휘두르듯 날카로운 횡격이다. 짓쳐들던 단운룡이 몸을 숙였다. 머리 위로 파공성이 흐르는 것을 느낀다. 이번에는 오른손이다. 팅겨내는 극광추가 유훈의 가슴 한복판을 노렸다.

터엉!

유훈의 방어는 견고했다. 들어가기 직전 갑작스럽게 올라온 것은 유훈의 무릎이었다. 유훈의 무릎이 나아가는 극광추, 아래쪽을 때렸다.

퇴법의 변형, 슬격(膝擊)이다.

조금도 예측하지 못했던 수법이었다. 단운룡의 팔이 위쪽으로 팅겨 나갔다. 무산된 공격 뒤에는 반드시 허점이 생기게 마련이다. 유훈의 곤봉이 기회를 놓치지 않고 뒤쪽으로부터 휘돌아 돌아왔다.

숨 가쁜 공방이다.

단운룡은 무너진 투로에 연연하지 않았다. 그대로 몸을 뒤쪽으로 떨구며 발끝을 올려 찼다. 마광각 마혼격의 일격이 곤봉과 부딪친다. 발바닥으로 곤봉을 막은 채 단운룡의 몸 전체가 급격한 회전을 시작했다.

초근접전. 그 좁은 공간에서 선보인 것은 독보적인 유연성이었다. 순속 발동의 흐름을 타고 믿기지 않는 속도를 보여준다. 손가락을 세운 단운룡의 수검(手劍), 광검결이 급박하게 휘둘러지는 곤봉에 정면으로 짓쳐들었다.

쫘자작!

광검결은 사람의 손을 신검(神劍)으로 만든다. 유훈의 두 눈이 경악으로 부릅떠졌다. 곤봉의 정중앙이 두 쪽으로 갈라지고 있었던 것이다.

파앙!

곤봉을 조각내며 내려간 손날이 뒤집힌다. 강철로 변한 손가락이 굽혀지며 극광추의 손바닥으로 변했다. 산산조각으로 비산하는 곤봉 조각 속에서 단운룡의 극광추가 유훈의 머리를 향하여 거침없이 뻗어나갔다.

"헛!!"

뚝!

멈춘다. 단운룡의 극광추가 멈춘 것은 유훈의 머리를 박살내기 직전이었다. 극광추의 손바닥이 정지한 곳은 유훈의 코에서 고작 두세 치 앞에 불과했다. 푸웃! 하고 유훈의 코에서 두 줄기의 핏물이 쏟아져 내렸다. 미처 흩어내지 못한 경파가 유훈의 콧대를 부러뜨리고 말았던 것이다.

"후우우우우……."

폭풍과도 같았던 공방이 끝났다. 목숨을 빼앗지 않고 공격을 그친 것은 곧 승리의 다른 모습이다.

단운룡은 급한 불부터 껐다. 승리를 확인하는 것보다 순속 발동을 중지하는 것이 먼저다. 더 유지하는 것이 어려워져 있었다. 한계에 이르러 있었던 것이다.

단운룡이 손을 거두고 한 발 뒤로 물러섰다.

"크읍……!"

유훈이 신음 소리를 내뱉으며 흘러내리는 코피를 닦아냈다. 다시 보니 콧대만 부러진 것이 아니다. 두 눈에서도 실핏줄이 터져 나간 듯, 찌푸려 뜨는 흰자위가 붉게 충혈되어 있었다.

처참지경에 가까운 얼굴이다? 단운룡도 무사하진 않았다. 뒤로 물러난 단운룡의 얼굴이 창백하게 굳어지고 있었다.

온 것이다. 파도처럼 퍼져 나가는 고통이다.

사납게 날뛰는 통증은 아까에 비할 바가 아니었다.

이를 악물고 참아보지만, 쉽지 않다. 이마와 얼굴에 땀이 배어 나온다. 등줄기를 따라서도 식은땀이 줄줄 흘러내리고 있었다.

"백송파 무공의 정수들이 소협에겐 전혀 통하지가 않는 모양이오. 아니, 더 이상 소협이라 부를 수도 없겠군."

유훈의 입에서 탄식성과 같은 목소리가 흘러나오기 시작했다.

하나 단운룡은 유훈의 말에 집중하지 않았다. 더 중요한 것이 있기 때문이다.

'다음은……?'

직면한 문제는 다음 상대였다.

유훈을 이겼으니 더 강한 놈이 나올 것이다. 통증을 가라앉히기 위해 신풍의 구결까지도 중단했다. 주변의 감각을 일

깨우며 또 어떤 상대가 나올 것인지 촉각을 곤두세웠다.

'안 되겠어. 더 싸우긴 어렵다.'

내력 소모가 너무 컸다.

순속은 더 이상 발동할 수 없다. 신풍 발동마저도 모험이
다.

유훈보다 더 강한 놈이 아니라 웅현대협 정도의 고수만 나
와도 필패다. 철곤객, 아니, 흑비곤 정도의 무인도 이길 수 있
으리란 보장이 없었다.

"통탄스러운 일이나… 패배를 인정할 수밖에 없겠소. 그
정도 무위라면 명가(名家)의 후예가 틀림없을 터, 어느 문파의
제자인지 가르쳐 줄 수는 없겠소?"

어느 문파인가.

단운룡은 대답하지 않았다. 아니, 입을 열기조차 힘들다.

더 싸우려면 조금이라도 운기를 해놓아야 한다. 더욱이 질
문에 대한 답 역시도 마땅하게 줄 만한 것이 없었다. 단운룡
은 소연신의 제자이되, 입정의협살문의 문인이라 말할 수도 없
었던 까닭이다.

"대답하기가 곤란한 모양이오."

단운룡에게서 응답이 없으니 이내 고개를 끄덕이며 그렇게
말하는 유훈이었다.

스스로 질문과 답을 전부 다 하고 있는 것이다.

어차피 대답할 여유도 없다.

차라리 고맙다고 할까.

단운룡의 머리 속에 있는 것은 오직 다음 상대에 관한 것뿐이다. 이 상태로는 누가 나선다 해도 이기기가 힘들겠지만, 그렇다고 물러설 생각은 없다.

또 다른 이름이 나오길 기다린다.

순숙, 광극진기 광신마체가 지닌 양날의 검을 그 어느 때보다 뼈저리게 느끼면서 투지를 불태우고 있는 것이다.

하지만.

유훈은 다음 사람의 이름을 호명하지 않았다. 그 자리에 그대로 선 채 이야기를 계속한다. 마치 더 싸울 의지가 없어지기라도 한 것 같았다.

"일찍이 본 경험이 없는 신비로운 무공이었소. 대체 어느 문파가 있어 그토록 대단한 절기를 지녔는지 알 수가 없소. 하지만 그 무공과 내력의 정심함을 보건대 결코 사마외도의 무인은 아닐지니! 이름이라도 가르쳐 주시오. 백송파의 무공을 깨뜨린 상대일진대 그 이름마저 몰라서야 안 될 일이지 않겠소?"

아무래도 이상했다.

뭐가 어떻게 돌아가는 것인가.

싸움의 기미가 보이지 않는다. 팽팽한 긴장감도 사라져 버렸다.

단운룡은 필사적으로 내력을 조절하며 싸움 준비를 하고

있었지만, 상대는 그럴 생각이 없는 듯하다. 유훈뿐 아니라 주변의 무인들까지도 어딘가 맥이 빠져 있는 느낌이었던 것이다.

"다음 상대는?"

단운룡은 물을 수밖에 없었다.

이것부터 확실히 하고 봐야 한다. 저쪽에선 이름을 물어오고 있었지만, 이름을 알려주고 말고는 나중 문제였다.

유훈의 눈이 커다랗게 뜨였다. 그가 다소 놀란 표정을 짓고는 천천히 말을 이었다.

"모르고 있었소? 백송파에는 비무오인(比武五人)의 문규가 있소. 비무로써 도전을 받게 되면 본 문에서는 다섯 명의 무인이 나서도록 하는 문규요. 합공은 절대 불허하며 상대를 배려치 않는 차륜전 역시도 엄격히 금지되어 있소. 다섯 명이 모두 질 경우, 그것은 백송파 전체의 패배로 간주되오."

"다음 상대가 없단 말인가?"

"그렇소. 비무는 끝났소."

단운룡은 순간적으로 자신의 귀를 의심했다.

흑비곤까지 다섯 명이 내리 패퇴당한 백송파다. 그런데도 그렇게 다섯 명이나 졌는데도 그저 패배를 인정하면서 물러나겠다는 소리인가.

단운룡이 미간을 좁히며 유훈의 얼굴을 바라보았다. 그러나 유훈의 눈에는 그 어떤 사심도 담겨 있지 않았다. 그저 진실함만이 깃들어 있을 뿐이었다.

'거짓말이 아니다? 대체……!'

놀랍고 신기할 따름이었다.

유훈은 단운룡의 무공을 신비롭다 말했지만, 단운룡으로서는 이들의 행태가 훨씬 더 신비롭게 생각되었다. 실력자들이 나섰다가 연이어 당했으니 다음은 백송파 문주라도 나올 줄 알았다.

문주가 나섰다가 문주마저 당했다? 그 다음 선택은 체면 불구한 총공세다. 상식적으로 생각하고 보자면 그럴 가능성이 가장 높다고 보았다.

하지만 결과는 이렇다.

완전히 틀렸다. 처음 백송파와 맞닥뜨리고서부터 맞힌 것이 하나도 없다. 모든 것이 단운룡의 예상을 뛰어넘고 있었던 것이다.

'문파… 문규… 문인……!'

단운룡은 백송파 문인들의 얼굴들을 한번 훑어보았다.

삭이지 못한 분노, 패배에 대한 안타까움, 단운룡에 대한 원망, 여러 가지 감정들이 그들의 눈 안에 있었다.

하지만 누구도 그 감정을 행동으로 옮기는 자는 없다. 문파라는 틀 안에서 들끓는 감정들을 마음속에 억누르고 있는 것이다.

정도문파라면 당연히 그래야 한다고들 하지만, 이 정도까지 자신들의 문규를 지키는 이들은 한 번도 본 적이 없다. 문파를 대표하는 고수들이 모조리 나가떨어진 이 마당에 그러한 문규를 투철하게 지키겠다는 것도 이해하기 어려운 일이었다.

더욱이 그들 중에서도 이 유훈이라는 자는 백미다.

패배라는 것을 전혀 수치스럽게 생각하지 않는 것 같다. 순수한 눈빛으로 다시금 물어오는 모습에서는 경외감마저 들어버릴 정도였다.

"이름은 끝까지 가르쳐 주지 않을 생각이오? 그저 이름 모를 신비인으로 기억하기엔 백송파로서도 잃은 것이 너무도 많소."

진실함으로 부딪쳐 오는 자다.

연배에 관계없이 공경한 말투를 유지하는 자다.

이런 자는 없었다. 다시 만나기도 힘들 것이다.

"단운룡."

어쩔 수 없다.

더 이상 숨기는 것도 우습다.

단운룡이 한 번 더 자신의 이름을 말했다.

"단운룡, 그것이 내 이름이다."

단운룡이 돌아섰다.

백송파.

잊지 못할 기억이다.

백송파의 기풍과 유훈의 인간됨은 평생토록 잊지 못할 것 같다.

뒤쪽, 유훈으로부터 패자의 목소리답지 않은 우렁찬 목소리가 울려 퍼지고 있었다.

"백송파의 패배다! 단 공자에게 길을 열라! 오늘의 패배는 커다란 교훈일지니, 이 개탄의 심정을 각고의 수련으로 대신한다. 전원 해산하여 각자 맡은 위치로 돌아가라!"

"존명(尊命)!!"

돌아오는 길.

그들이 보여준 문풍은 협의정도의 정점이라 할 수 있다.

하지만 단운룡은 긴장을 늦추지 않았다. 아무리 정명한 모습을 보여주었다 한들 그 그림자가 어느 정도로 어두울지는 알 수가 없다. 만에 하나, 그야말로 만에 하나, 암중에 추격대를 파견했을 수도 있기 때문이었다.

기우다.

쓸데없는 근심이었다는 말이다.

쫓아오는 자는 없었다. 못 느낀 것이 아니라 정말로 존재하질 않았다. 무엇보다 아무런 위험을 감지하지 않고 있는 육감이 그 사실을 가장 잘 알려주고 있었다.

백송파는 비무오인의 문규로 모든 것을 마무리 지은 것이다. 흑비곤의 처우와 관계없이, 그것만으로 은원을 종결한 것이 틀림없었다.

간단한 일로 생각하고 왔으나 그 과정은 놀라움의 연속이었던 송평행이다. 많은 것을 보았고, 많은 것을 배웠다.

천하로 나아가는 길, 아니, 이미 천하의 한가운데에 나와 있는 단운룡이다. 수많은 것을 집어삼키며 창천을 가로지르는 비룡의 길, 백송파라는 문파는 그러한 비룡의 길에 놓여졌던 또 하나 튼튼한 반석으로서의 배움이었을 따름이다.

天蠶飛龍袍
제12장 집결(集結)

전대(前代)의 고수들이라 함은 참으로 이해할 수 없는 존재들이다.

　죽었든 살았든 몇 년씩, 몇십 년씩 세상에 나타나지 않다가도, 어느 날 갑자기 돌출되어 커다란 사건을 일으키곤 한다.

　천하에 깔린 것이 은거한 기인이요, 전대의 마두다.

　고수의 출현이 이토록 과한 천하.

　문파의 개수를 헤아릴 수가 없다. 무공의 종류를 열거할 수가 없다.

　천리안의 모사와 일당백의 장수가 넘쳐났던 고대 삼국의 재림이라도 되는 것일까.

　위촉오 전설적인 삼국 시대에 비하여 천하 백성들의 숫자가 한도 끝도 없이 많아진 작금에 와서는 그처럼 수많은 인재의 출현이 당연하다 말할 수 있을지도 모른다.

　하지만 그때, 그 신화의 시대는 어떻게 끝을 맺었던가.

인간이 휘두르던 힘이 절정에 달하고 인간이 지니고 있었던 지모가 하늘에 닿았지만, 이어진 것은 삼국의 허망한 멸망뿐이었다.

　사람에게 넘치는 힘을 주고 다시 거두어가는 것이 하늘의 조화라면.

　혼란의 시대에 팔황을 내려 보낸 것도 어쩌면 하늘의 뜻이었을지.

　팔황을 땅 끝에 세움으로써 망자편(亡者篇)에 새겨질 이름들을 가득 채우고, 무림 성세에 종말을 고하고자 했던 것일지, 우매한 일개 서필의 눈으로는 하늘의 뜻을 헤아릴 도리가 없구나.

　　　　　　　　　　　　　　　　　한백무림서 미완
　　　　　　　　　　　　　　　　　한백의 일기 中에서.

"**문**파라 함은 참으로 신기한 것이더군요."

백송파에서 돌아와 사부를 만나고 처음으로 꺼내놓은 단운룡의 이야기는 그와 같았다. 고풍스러운 책자를 뒤적거리던 사부가 심드렁한 얼굴로 고개를 쳐들었다. 사부의 입에서 귀찮다는 듯 짤막한 한마디가 돌아왔다.

"뭐가 어쩐다고?"

"문파 말입니다. 백송파와 같은."

"백송파가 뭐가 신기해?"

"여러 가지가요."

"여러 가지는 뭔 놈의 여러 가지냐? 거긴 신기한 문파가 아니라 곰팡내만 잔뜩 나는 곳이야."

"곰팡내. 그 말 하실 줄 알았습니다."

"그래. 구리고 또 구리다. 문규가 엄격하다는 화산파도 그렇게는 안 하지. 말하자면 겉멋이야. 실력은 개뿔도 없고 별다른 걸 내세울 것도 없으니 그것밖에는 없겠지. 그러니까 흑비곤처럼 개차반 같은 놈이 나오는 거다."

"그렇게 평가절하할 곳으로 보이지는 않았습니다."

"평가절하가 아니다. 사실 백송파는 기본적으로는 좋은 문파야. 다만, 그 곰팡내가 문젠 거다. 문파의 냄새가 구리면 지저분한 놈이 나타날 수밖에 없어. 억눌리는 것이 많으니까."

"그럴 수도 있겠군요. 흑비곤 같은 자가 있다니, 아무래도 이상한 일이라 생각했습니다."

"제아무리 억눌렸다 해도 그놈은 심하긴 했다. 처음부터 뭔가 삐뚤어진 놈이었을 게야. 그 정도 악행을 저지른 것을 보면."

"분명 다르긴 했습니다. 다른 자들과는."

"그랬겠지. 그놈은 어떻더냐? 가볍게 상대할 수 있었지?"

"흑비곤은 애초부터 문제될 상대가 아니었죠. 이제 보니 다 알고 보낸 것 같군요. 혹시 직접 와서 보신 건 아닙니까?"

"안 갔어. 보아하니 흑비곤으로 끝낸 게 아닌 모양이군?"

"예. 그랬죠."

"하! 거긴 요상한 문규가 있지. 그럼 그 다섯 명인가 뭔가

하고 다 싸운 게냐?"

"비무오인의 문규라고 했습니다."

"쓸데없는 짓을 다 하고 왔군."

"순식간에 둘러싸여서 어쩔 수가 없었습니다."

"바보냐? 흑비곤이란 놈을 대체 어디서 아작냈길래? 백주 대낮 저잣거리에서라도 싸운 거냐?"

"예. 정확합니다. 마치 직접 본 것처럼 말씀하시네요."

"정확하긴 뭐가 정확해? 잘하는 짓이다. 그게 뭔 꼴이냐. 멋대가리없이. 어디 조용히 불러내서 그놈만 박살 내고 오면 되었을 것을, 뭐 하러 그렇게 크게 벌여?"

"어떻게 하다 보니까 그리되었습니다."

"마음을 제대로 다스렸어야지. 그렇게 사람들 주목을 받고 싶었냐?"

"주목이라뇨. 그런 건 아니었죠. 흑비곤 놈이 성질을 긁었을 뿐입니다."

사부의 눈썹이 꿈틀 위쪽으로 올라갔다. 사부가 엄지손가락으로 심장 부근을 찌르며 소리쳤다.

"고작 그런 것에 넘어가다니, 이게 조절이 안 되는 놈이구만!"

감정 조절에 더 신경을 쓰라는 이야기다. 앞뒤 가리지 못한 채 날뛰지 말란 이야기기도 하다. 일단은 새겨둘 수밖에 없다. 어쩌면 그것은 사부 본인에게 더 해당될 말인지도 모르겠지만 말이다.

"뭐, 그래, 알겠다. 그건 그렇다 치자. 그런데 말이다. 그 백송파란 데가 구리긴 하지만 쓸 만한 놈들 한두 놈은 있었을 텐데… 용케 멀쩡히 돌아왔다? 신풍만으로는 감당 안 될 놈들이 몇 놈은 있지 않았더냐?"

"예. 있었죠."

"순속을 함부로 쓰기도 그렇고. 그렇다고 신풍만으로 싸우자니 벅차고. 똥줄이 탔겠구만?"

"난감했죠. 그거 보십시오. 다 알고 보낸 거 아닙니까."

"그런 건 아니다. 거기 문규야 워낙 유명하니까 알고 있긴 했지만……뭐, 확률로 치자면 절반이라 생각했지."

"절반이요?"

"흑비곤만 아작내고 돌아올까. 아니면 네가 한 것처럼 있는 대로 들쑤시고 올까 말이다."

"사실 중간쯤엔 문주까지 쓰러뜨려야 되나 보다 했습니다."

"하! 백송파 문주? 문주는 코빼기도 안 보였지?"

"예. 바로 앞마당인데도 나타나지 않더군요."

"그랬을 거다. 백송파 문주는 정신이 제대로 박힌 녀석이니까. 무공은 형편없지만."

"정신이 제대로 박혔다니요? 그 정도면 나서야 되는 거 아닙니까?"

"문주가 그런 데 경동하면 안 되지. 문규가 있고 문풍이 있는데, 문주가 아무 데나 기웃거리면 문파의 격이 떨어진다. 백송파 문주는 군자(君子)다. 문규대로 떳떳이 처리한 일일 경우, 문주는 문인들의 패배에 책임을 묻지 않아. 사사로운 감정에 흔들리지 않는다. 그게 공동과 청성이라는 덩치 큰 놈들 사이에서도 문파를 유지할 수 있었던 비결인 거다."

사부. 소연신은 대수롭지 않게 말을 맺었다.

별반 대단할 것도 없다는 투다. 하지만 단운룡에겐 사부의 이야기가 그렇게 단순하게 들리지 않았다. 백송파란 문파가 남긴 인상은 그렇게 간단한 것이 아니었던 까닭이다.

"대체 그 문규란 건 뭡니까. 아직까지도 잘 이해가 안 됩니다. 다섯 명이 나섰는데 졌습니다. 그게 어떻게 문파 전체가 진 것이 되지요? '네가 이겼고, 우린 졌으니 끝이다. 잘 가라'. 이게 말이 됩니까. 자신들이 불리한 상태라면 또 모를 일입니다. 하지만 거긴 그들의 앞마당이었고, 전 더 싸우기가 어려운 상황이었습니다. 어떻게 그냥 보내줄 수가 있지요? 그래도 무공을 연마하는 무인들 아닙니까."

"그게 그 녀석들이 백송파 문인으로서 강호를 살아가는 법칙인 거다. 승리가 뻔히 눈앞에 보인다? 그걸 잡지 않는다 하여 그 녀석들이 틀린 건 아니다. 그들이 틀린 게 아니라 그들 생각이 다른 거야. 그게 문파의 규칙이다. 납득이 어려워도 그걸 지키고 있으니까 백송파 무인이란 말이다."

"비무오인……. 저는 다섯 명과 싸웠습니다. 아직도 이해할 수가 없습니다. 그 다섯 명이란 숫자도 그렇습니다. 애초부터 그 숫자가 다섯이 아니라 열 명이었으면 전 이길 수 없었습니다. 그들도 패배를 선언할 필요가 없었겠지요. 문규라는 것이 그들의 발목을 잡았다는 겁니다. 그런데 그런 문규가 대체 왜 필요한 겁니까?"

"우문(愚問)이다. 넌 아직도 생각을 더 열어야 해. 귓구멍 후비고 잘 들어라. 나는 네게 복수에 대하여 말한 적이 있다. 복수의 시작이 뭐라고 했었지? 복수의 시작은 선을 긋는 것이라 했다. 어디까지 복수할 것인가. 어느 놈까지 죽일 것인가. 기준을 잡고 보는 거다. 세상 모든 일은 그렇게 해결해야 해."

"그것과 이것은 다른 문제입니다."

"절대로 같은 문제다. 이 혼란스러운 강호를 흔들림없이 살아가기 위해서는 자신의 마음속에 탁류에 휩쓸리지 않을 분명한 규칙들을 세워야만 하지. 요컨대 이런 거다. 난 착한 놈은 절대로 죽이지 않겠다. 이런 것 말이다. 너무나도 단순한 일이다? 그렇지 않다. 이런 것은 생각보다 지키기 힘들다. 생각해 봐라. 절대로 착한 놈은 죽이지 않겠다고 했지만, 그 착한 놈이란 기준은 어떻게 잡을 거냐. 네가 보기에 착하면 다 착한가? 네가 보기 나쁜 놈이면 다 나쁜가? 나쁜 놈인 줄 알고 죽였는데 착한 놈이면 어떻게 할 거냐? 예를 들어보자. 그때 죽였던 벽해마왕이 겉보기엔 난폭해 보여도 사실은 보이지 않는 곳에서 협행을 하는 협객이었다면 넌 어떻게 할 거냔 말이다."

"……."

대답할 수 없는 질문이다.

사부의 말은 단순하면서도 심오한 진리를 담고 있었다.

그것은 하늘 아래 가슴을 펴고 살아가는 천도(天道)이자, 스스로 떳떳하게 살아갈 인도(人道)다. 문파, 문규, 문인. 백송파를 만나고 느꼈던 의문의 근원이 거기에 있다. 천하로 나아가는 삶의 방식이 그 안에 깃들어 있었던 것이다.

"생각해 보지 못한 자에게 있어 그것은 한없이 어려운 문제다. 그러나 마음의 선을 긋고, 마음속의 문규를 확립한 자에게 있어서는 그리 복잡한 문제가 아니겠지. 난 과거, 입정의 협살문의 문인으로 살인을 청부받고, 매국노와 탐관오리를 죽였다. 죽이고 또 죽이다 보니, 어느 순간 마음에 걸리는 것이 있었다. 우리에겐 악적인 매국노도 백성들을 괴롭히는 탐관오리도, 결국은 누군가의 아버지이며 또는 누군가의 절친한 친구라는 사실을 알게 된 것이다. 우리는 협행을 한다고 했지만, 누군가는 그들의 죽음에 슬퍼하고 있었다는 것이지. 청부의 대상으로만 보면 편했을 일, 그러나 한번 생겨난 번민은 쉽사리 지워지지 않았다. 그래서 난 결정했다. 청부금의 오 할은 소위 협행이라는 것에 쓰기로 말이다. 내가 온전히 써도 되는 돈의 절반이 누군가를 도와주는 일, 어려운 자에게 힘을 더해 주는 일에 쓰여지게 된 것이다. 물론 그것만으로 그러한 번민이 씻은 듯 사라질 수는 없었다. 그래도 마음은 어느 정도 편해지더군. 내가 하려는 일은 협행이나 살업이며 또한 누군가에게는 악행이 될 수 있다. 하지만 그 악행만큼의 선행을 함으로써 편법으로나마 천도(天道)를 지켜보려 했던 것이지. 결국 강호를 살아간다는 것은 그런 거다. 청부금의 오 할이면 어떻고 삼 할이면 어떨까. 십 할이면 더욱 좋았을 거다. 하지만 나는 오 할이라는 선을 그었고, 그 선에 따라 마음의 가책을 덜었다. 그 순간 난 마음속에 나만의 문규를, 나만의 문파를 만든 거다. 그걸로 난 가슴속에 또 하나의 문파를 품게 되었지. 그것은 '나'라는 문파다. 그곳에서는 나만이 그 문파의 문주이며, 나만이 그 문파의 문규다. 그것은 절대적이면서 또한 나란 사람의 변화에 따라 천변만화할 수 있는 자유로운 문파라고 할 수 있는 것이다."

사부가 그려낸 문파의 모습.

단운룡은 사부의 말을 통해 또다시 새로운 세상을 보았다.

한 글자 한 글자 빠짐없이 새겨지는 사부의 목소리다.

그 목소리를 들은 단운룡의 입에서 다시 처음과 같은 이야기가 흘러나왔다.

"문파라 함은… 과연… 신기한 것이로군요."

파삭!

마음속 깊은 곳에서.

그 순간 깨어지는 것이 있었다.

마음속에 세우는 문파, 피어나는 싹이다.

비룡의 의지로 만개할 날을 기다리며 마침내 단단히 닫혀 있었던 천명의 껍질 하나가 깨어져 부숴진 것이었다.

단운룡은 다시 한참 동안 무공을 다듬는 데 힘을 쏟았다. 문파라는 것에 대해 배우고 문파라는 것에 거대한 열망을 느꼈지만, 지금은 그것조차도 뒤로 미뤄둘 수밖에 없었다. 무공의 부족함을 보완하는 것이 시급하다 생각했기 때문이다.

신풍으로 이길 수 없는 상대가 많다는 것은 이미 명백해진 사실이다. 거기에 순속을 더한다 해도 불안하긴 마찬가지다. 일 대 일 단판 승부라면 어떻게든 괜찮을지 모른다. 하지만 이번 백송파와의 싸움에서도 드러났듯 싸움이라는 것은 언제 어떤 방식으로 이루어질지 알 수가 없는 법. 또다시 비슷한 상황이 처할 경우 그 결과는 달라질 가능성이 충분하고도 남았다.

백송파를 이긴 것은 냉정하게 말해서 행운이라고밖에 말할 수 없다. 한 명, 한 명만 더 나섰더라도 단운룡은 승자라는 이야기를 들을 수가 없었을 것이다. 적진 한가운데에서 큰 부상을 입은 채 꿈틀거리며 땅바닥을 기어다닐 수도 있었던 일이라는 이야기였다. 광극진기, 광신마체에는 그만큼이나 커다란 위험이 내재되어 있는 것이다.

'순속을 뛰어넘어야 한다.'

사부는 순속까지만 가르친 것이 아니다. 순속 이상, 광신마체의 발동구결들은 이미 전부 다 배워둔 상태였다.

발동할 엄두를 못 낼 뿐이다. 현재 상태의 몸, 현재 상태의
내력으로는 그 이상의 후유증을 감당할 자신이 없었다.

결국은 내공을 심후하게 축적하고 신체를 단련하는 수밖에
는 달리 방법이 없었다. 하루에 한 번 이상, 내력의 여유가 생
길 때마다 순속을 발동하면서 공력의 흐름과 근육 상태 전반
을 끌어올리는 것에 초점을 맞췄다.

달라진 수련법이다.

순속 극복이라는 확실한 목표가 생기고 나니 어디에 역점
을 두어야 할지도 명확하게 만들 수가 있었다. 전에는 그저
무공의 연마 그 자체에 전념했다면, 이번에는 그보다 하나 더
나아가 뚜렷한 목표를 세우게 된 것이다.

'마찬가지다. 이것도 결국은 선을 그어둔 것이라 할 수 있어.'

단운룡은 거기서도 사부의 가르침을 실감할 수가 있었다.

순속 초월에 선을 그어두고 그것을 넘기 위해 한발한발 차
근차근 밟아나간다. 어디까지인가, 확고한 길이 있으니 그 밖
으로 나가거나 헤매지 않게 된다. 무공의 비약으로 나가는 오
직 단 하나의 길이었다.

수련법이 달라진 후 무공의 성장에는 전에 없던 탄력이 붙
었다. 순속의 지속 시간이 길어짐은 물론, 순속 상태에서 광검
결이나 마광각, 극광추를 쓰는 것에도 숙련이란 두 글자가 따
라붙게 되었다.

그러는 동안.

달라진 것은 수련법뿐이 아니었다. 남는 시간을 쓰는 데에도 다소의 변화가 생겼다. 학문과 음예에 쏟던 시간을 줄이고, 그 시간을 다른 것에 투자하기 시작한 것이다.

강호 정세의 파악이 그것이다.

사부의 지하 서고에는 없는 책이 없었다.

사부와 단운룡 외에는 아무도 모르는 곳에 숨겨진 은닉처들.

단운룡이 무공을 연마하는 석실과 학문을 연마하는 서고들은 한곳에만 있는 것이 아니었다. 석실과 서고가 위치한 곳은 도강언, 금당현, 광안현 셋이다. 강호 정세에 관심을 두기 시작한 단운룡은 그들 중에서도 도강언의 서고에 주목했다. 책의 다양함에 있어서 도강언의 지하 서고가 으뜸이기도 했거니와, 도강언의 서고에는 현 무림의 정세가 정리된 장서들만도 수십 권이 넘었던 까닭이다.

단운룡은 사부를 설득하여 아예 도강언으로 터를 옮겼다. 금당현 감락당에서 한 달 가까이 희희낙락하던 사부를 꾀어내기란 그야말로 쉬운 일이 아니었으나, 도강언의 수상화 주루를 핑계로 어렵사리 자리를 옮기는 데 성공할 수 있었다.

단운룡은 도강언 서고에서 강호무림록이라는 삼십 권짜리 장서부터 펴 들었다.

강호무림록이 저술된 이래, 마지막으로 보완된 것이 십여 년

전이다. 근래의 상황하고는 맞아떨어지지 않는 부분들이 많았지만, 큰 그림을 그려놓기로는 그보다 잘 만들어진 책도 없었다. 세세한 정보들은 어차피 읽는 것만으로는 얻을 수가 없는 법이니, 대략적인 내용을 파악하는 것부터 시작한 것이다.

강호에 대한 단운룡의 지식 습득 속도는 실로 놀라운 데가 있었다. 글을 통해 천하를 살펴 나가는 신룡의 눈이다. 무공을 단련하며 틈틈이 읽어나갈 뿐임에도 보름 만에 수십 권 서책을 독파해 버렸다.

속도도 속도지만, 기억력의 순도도 그 속도 못지않았다. 구파일방, 육대세가는 물론이요, 어느 지방에 어떤 문파가 무엇으로 이름을 날리고 있는지, 어떤 자가 뛰어난 고수인지 정도는 순식간에 술술 뽑아낼 수 있을 만큼 머리 속에 담아둔 것도 만만치 않았던 것이다.

"무당파에서 눈여겨봐야 할 것은 진무각이란 곳에서 수련하는 제자라 하더군요. 십 년 내에 두각을 나타낼 것이 틀림없다 되어 있는데… 대체 어느 정도 강한 겁니까?"

"그건 어디 나와 있는 거냐? 강호무림록엔 그런 내용이 없을 텐데?"

"호광무림(湖廣武林)이요."

"강호무림록은 벌써 다 읽은 게냐?"

"예."

"뭐가 그리 빨라. 게다가 다음에 잡았다는 책이 왜 하필이면 호광무림이야?"

"허공 노사(虛空老師)가 무당에 있으니까요. 무신(武神)이라지 않습니까."

"무신? 무신 좋아하네. 삼풍 진인에 비하자면 반쪽짜리밖에 안 되는 놈이 뭔 놈의 신이야?"

"그건 사부 생각이고요. 중원 북부를 통틀어 그보다 강한 자는 없을 것이라는데요? 같은 반열로 꼽히는 화산의 옥허 진인도 허공 노사보다는 한 수 아래일 것이라 되어 있네요."

"허공이 옥허보다 강해? 둘이 언제 싸워봤대냐?"

"아뇨. 그런 이야기는 없는데요."

"호광 사람이 쓴 책이라서 그렇다. 허공도 자기 동네 사람이란 거야. 팔은 안으로 굽는 법이니까. 말이야 바로 해야지. 누가 이길지 지네들이 어떻게 알아?"

"그래도 현 무림의 최고수로는 대체로 허공 노사를 꼽고 있는데요? 어느 책을 봐도요."

"그것이야말로 웃기기 짝이 없는 이야기다. 누가 천하제일고수 간판이라도 달아줬대? 싸움이 장난이냐? 직접 덤비기는커녕, 싸움 붙여볼 배짱도 없는 주제에 누가 강하고 약하고 순위 매겨놓으면 퍽이나 재미있겠다."

"웬일로 그렇게 민감하십니까? 하기야, 사부 이름은 아무리 찾아보려 해도 찾기가 굉장히 힘드네요. 아, 여기 하나 있긴 합니다. '전설의 살수 소연신. 그에 대한 풍문들은 너무도 허무맹랑하여 실존했던 인물로 보기가 힘들다. 원나라 말기의 암흑기, 호사가들의 염원으로 만들어진 허구의 존재로 봐야 할 것이다' 라 되어 있네요. 희대의 허풍꾼처럼 쓰여져 있어요."

"여기서 내 성질을 긁어보았자 좋을 게 없을 텐데."

"다른 것도 있네요. 어디 보자… 무림을 사 등분하여 지배했다는 요사한 소문이 있었다… 이건 사패에 대한 거고. 아, 뒤에 있군요. 서패왕 소연신, 그에 관한 이야기는 괴이함의 절정이라 할 수 있다. 송옥 반안에 비견되는 미남이면서 수많은 절세가인들을 울렸고, 매국의 간자들과 재물을 탐하는 관리들을 척살한 의협의 화신이라 하였다. 하지만 우리는 그와 같은 영웅의 흔적을 어디에서도 찾아보기가 힘들다. 마치 이 세상에 없었던 사람과 같다는 말이다… 라 되어 있군요."

"네 녀석이 드디어 미쳤구나. 간만에 박살이 나고 싶은 모양이지?"

"박살까지야 나겠습니까?"

"오호라. 자신있다 이거냐? 고작 그 실력으로?"

"저번보다는 더 버티겠지요."

"네 이놈 잘 걸렸다. 삼 초 안에 끝내주마."

단운룡은 피하지 않고 자리에서 일어났다.

석실 연공만으로는 키울 수 없는 것.

실전 감각이 바로 그것이다.

단운룡은 사부가 시키는 대로만 따라가는 제자가 아니었
다. 무엇이 필요한지 스스로 느끼고, 그에 따라 능동적으로
행동한다.

지금은 실전이 필요한 때였다.

그것도 그냥 실전으로는 안 된다. 지난바 실력 이상의 상대
와 싸워봐야 하는 것이다. 순속의 벽을 넘기 위해서는 반드시
거쳐야만 하는 관문이다. 전설의 살수라는 사부, 소연신과의
실전이라면 그보다 좋은 것도 없을 일이었다.

단운룡과 소연신.

두 사람이 서고에서 나와 석실로 향했다.

사부와 제자건만 서로를 향한 포권도, 그 어떤 허례허식도
없다. 곧바로 부딪치는 두 사람이다. 꽝음과 파공성이 순식간
에 석실을 채웠다. 순수하기 짝이 없는 충돌의 순간이다. 영
원처럼 이어질 사람과 사람 사이의 교감이 있다. 도약을 위한
또 한 번의 도전이 거기에 있을 따름이었다.

"사부는… 정말 강하군요."

단운룡은 석실 바닥에 대 자로 뻗어 있었다.

도저히 일어날 수가 없었다. 입을 놀리고는 있지만 자신이
제대로 말하고 있는지도 제대로 분간되질 않을 정도였다.

"시끄럽다. 아, 아파. 젠장. 이게 대체 얼마 만에 맞아보는
일격이냐."

"고작 스쳤을 뿐 아닙니까."

"이거 봐라. 까졌잖아. 네놈이 감히 사부 몸에 상처를 냈다이거냐?"

사부가 단운룡의 옆에 털썩 주저앉더니 팔뚝을 내밀면서 말했다. 누워 있던 단운룡은 그걸 쳐다보지도 않은 채 심드렁한 목소리로 대답했다.

"까지긴 어디가 까졌습니까. 보이지도 않아요."

"광혼고랑 광뢰포는 왜 안 써? 기껏 가르쳐 줬더니."

"아직 미숙하니까요. 사부를 상대로 펼칠 만한 수준이 못됩니다."

"자꾸 펼쳐 봐야 늘 거 아니냐."

"기회나 줘보시고 그런 말을 하십시오. 도대체가, 저번엔 그래도 오 합을 버텼는데 어째서 이번엔 삼 합으로 끝난 겁니까?"

"이번엔 전력을 다했거든."

사부는 그렇게 말했다.

전력을 다한 사부. 소연신.

이길 수 없음은 당연한 것이겠지만 그래도 이 차이는 심하다. 이 강함은 분명 인간의 영역이 아니다. 궁극에 이른 무인, 무적(無敵)의 무위를 자랑하는 사부였다.

"아, 생각났다. 아까 무당파 진무각에 대한 이야기를 했었지?"

단운룡의 옆에 앉아 있던 사부가 갑자기 손뼉을 딱 치며 목소리를 높였다. 단운룡이 누워 있는 자세 그대로 고개를 끄덕이며 대답했다.

"예, 그랬죠. 무당파요. 얼마나 강할까 여쭤봤었죠."

"얼마나 강한가? 그게 아냐. 강한가는 쳐들어가 보면 알 수 있겠지."

"그럼 뭡니까."

"뭔가 빼먹은 느낌이었는데 갑자기 기억이 났다. 진무각 그곳엔 꽤나 흥미로운 놈이 하나 있지. 그래, 무당파 진무각, 거기였어."

"누구 말입니까."

"네가 아까 말한 허공 놈의 제자다."

"제자가… 있었습니까?"

"그래. 그게 언제였더라. 한참 전인데… 여하튼 몇 년 전에 무당파에 놀러 간 적이 한 번 있었지. 그때 슬쩍 본 놈이다. 검(劍)으로 쓰기엔 아주 그만인 놈이었지. 더욱이 그놈, 몸속에는 삼안마군의 피가 흐르고 있었어. 삼안마군의 혈육, 거기에 삼풍 진인의 무공, 내 장담한다. 그놈은 진짜로 무지막지한 놈이 될 거야."

단운룡의 눈에 기광이 스쳐 지나갔다.

삼 초.

사부가 말했었다. 삼 초 안에 끝내주겠다고.

사부는 자신이 한 말을 그대로 지켰다.

광검결, 극광추, 마광각. 그 어떤 것도 통하지 않는다.

패배를 통감하며 뻗어 있는 이 마당에, 사부로부터 다른 누군가에 대한 칭찬을 듣는 기분은 썩 좋은 것이 될 수 없었다.

무지막지한 놈이 될 것이라 장담한다?

사부의 입에서 나온 이상, 그것은 그야말로 극찬에 다름이 아니다. 듣자 하니 비슷한 연배 같은데, 그 정도 평가라면 실로 보통 놈이 아니라는 말이었다.

'어떤 놈이기에.'

너무나도 자연스럽게 타오르는 그 감정.

가슴속에서 치솟아오르는 것은 불길처럼 강렬한 호승심이었다. 사부 외엔 그 누구도 머리 위에 두지 않겠다는 패기가 그 마음속에 함께하고 있었다.

"그렇다면… 그 삼안마군이라는 자는 누굽니까?"

"삼안마군이 누구냐고?"

"예."

"삼안마군은 북뢰왕 진무혼의 가신이다. 가신이라기보다는 동료라고 봐야겠지. 그야말로 엄청난 놈이었어. 그놈과 부딪쳤을 땐 나조차도 목숨을 내놓고서 싸워야만 했다. 사실, 그놈만 아니었어도 승리는 우리 몫이었을 거다. 그놈이 나서기 전까지만 해도 우린 진가의 전력을 압도하고 있었으니까. 하지만 삼안마군이 나섬과 동시에 전세는 역전되어 버렸다. 우리 측에선 그놈과 맞대결할 수 있는 무인이 한 명도 없었으니 어쩔 수가 없는 일이었지."

과거의 기억을 끄집어낸 사부는 어딘지 모르게 즐거워 보였다.

삼안마군 때문에 승리를 놓쳤다고는 하나, 그에 대한 미움은 조금도 찾아볼 수 없다.

증오의 대상이 아니라는 말.

사패끼리의 싸움, 그 자체가 좋은 추억이라는 느낌이었다.

심지어 삼안마군이란 이름을 말하는 어투마저도 정겹기까지 할 정도다. 순수하게 힘을 겨루던 시절의 이야기라서일까.

결국은 무(武)다. 이제 와 풍류를 말하고는 있지만 사부 소연신이란 사람은 결국 천생 무인이 틀림없었다.

"그러면 무당에 있다는 그 허공 노사의 제자는 삼안마군의 아들인 겁니까?"

"아마도 그럴 거다. 그놈이 무림에 나오면 볼만할 거야. 삼안마군의 아들이 맞다면 일단 닥치는 대로 때려 부수고 보겠지. 이거 감당 못할 마인(魔人) 하나가 나오는 거 아닌가 모르겠다."

"무당이라는데 그러겠습니까."

"혹비곤은 백송파 제자 아니었냐? 어떤 놈이 튀어나올지는 아무도 모르는 거야. 그놈이 진짜 마인이 된다면… 그렇지, 그땐 네 녀석이 나서라. 눈여겨봐 놨다가 심하게 날뛰는 것 같으면 그냥 죽여 버려. 삼안마군을 살려둔 건 나였으니까 네 녀석이 마무리하면 대충 구색이 맞을 거다."

"기억해 두겠습니다. 한데… 그놈 이름은 뭡니까?"

"몰라. 그런 애송이 이름까지 어떻게 다 기억하냐?"

"그런 거 알아보는 신통력은 없습니까?"

"모른다니까 잔말이 많아."

"그렇습니까. 나중에 따로 알아보죠."

"당연히 그래야지."

사부의 대답을 들으며 주섬주섬 일어나는 단운룡이다.

마지막으로 허용한 일격에 아직까지도 몸 전체가 노곤했지만, 그래도 저번보다는 덜하다. 사부가 사정을 봐준 건지, 아니면 몸의 회복력이 증대된 건지는 모르겠지만 어찌 되었든 일어나 앉을 정도까진 기운을 차린 것이다.

"뭐, 그건 그렇고 말입니다. 사실 아까부터 묻고 싶었던 건데……."

"또 뭐?"

"사부와 허공 노사는 누가 더 강합니까?"

"그런 바보 같은 질문은 왜 자꾸 하는 거냐?"

"그것도 싸워봐야 아는 겁니까?"

"우습군. 네 눈에 보기엔 누가 이길 것 같냐?"

"사부요."

단운룡은 조금도 망설이지 않고 대답했다.

사부가 오만상을 찌푸리며 되물었다.

"처음부터 답이 나온 질문을 굳이 뭐 하러 해?"

"혹시나 사부 생각은 다를까 했죠."

"웃기는군. 허공 같은 놈과 비교하지 마라. 비교하려면 무식하기 짝이 없는 철가 놈 정도는 되어야지. 숭산에 웅크리고 앉아 요상한 걸 꾸미고 있는 공선을 대거나."

"결국은 사패… 라는 겁니까."

"어쩔 수 없지. 하지만 사패 중에 누가 가장 강하냐고는 묻지 말아라. 네 명에게 물어도 답은 똑같을 테니까. '지금은 내가 가장 강하다'. 그게 답이야. 예전에도 그랬고 지금도 그래. 지금까지도 모두가 같은 마음을 가지고 있겠지."

사부, 아니, 소연신은 웃었다.

그 어느 때보다도 진심이 깃들어 있는 웃음이다. 오직 소연신과 같은 영역에 이른 사람만이 이끌어낼 수 있는 웃음일지도 모르는 일이었다.

"아참, 그러고 보니 시킬 일이 하나 있다."

"또 뭡니까."

"불산(佛山)에 좀 다녀와라."

"불산이요? 어디 붙어 있는 불산 말입니까?"

"광동."

"광동이라… 엄청 멀군요. 대체 무슨 일이 있기에 거기까지 가는 겁니까?"

"창왕비전(槍王秘典)이란 게 세상에 나와서 말이다."

"창왕비전이요? 그건 뭡니까?"

"양홍산이라고, 우리 시대보다도 한 세대 전에 창 한 자루로 중원 최고를 논하던 고수가 있었다. 구주창왕(九州槍王)이라 불렸는데, 의협심이 대단하고 무공이 굉장하여 중원 전체에 모르는 자가 없었지. 물론 그때는 삼풍 진인이 건재했으니 만년 이인자의 멍에를 벗을 수는 없었지만 말이다."

"구주창왕 양홍산에 대한 것이라면 읽어본 적이 있습니다. 이곳저곳에 많이 나오니까요."

"이름이 많이 남았겠지. 실력도 실력이지만… 무엇보다 구파와 친분이 깊었으니까."

"사부랑은 달랐군요."

"그래, 나와는 달랐지."

"구주창왕… 양홍산에 대한 거라면 그의 죽음에 대한 이야기가 먼저 생각나네요. 그야말로 장렬한 최후였다고 쓰여 있었죠. 대도(大都:원제국 당시의 북경)에서 원나라 삼천 군사를 죽이고서 쓰러지지도 않은 몸엔 수백 대 화살이 꽂혀 있었다고 그러던데요."

"수백 대 화살이 몸에 꽂히면 걸레가 되지. 안 쓰러진다는게 말이 되나."

"이만 군사와 홀로 싸웠다는 이야기도 있었습니다만."

"구주창왕에 대한 것은 원래부터 말도 안 되는 거투성이였다. 이만 명은 별것도 아냐. 나 때는 더했지. 난 십만까지도 들어봤어. 오만 군사와 싸워서 삼만을 죽였다는 말까지 있었을 정도였다."

"그건 심하군요."

"심하지. 하지만 이러쿵저러쿵해도 구주창왕은 인정할 수밖에 없는 남자야. 삼천이든 십만이든, 혼자 대도에 쳐들어갔다는 것만으로도 대단한 거다. 구주창왕은 원제국의 탄압에 대항하는 것으로 평생을 다 바쳤고, 거기에 목숨까지도 내놓았어. 숭고한 천명이었지. 아무리 뻥튀기가 심해도 그러려니 해야 해."

"그럼 그 창왕비전이라는 건 구주창왕의 무공이 담긴 비급인 겁니까?"

"비전이라면 당연히 그런 게지."

"구주창왕의 비급이라……. 구주창왕 이후 양가창법의 명맥은 끊긴 지 오래라고 하던데요. 사부보다도 한 세대 전 사람이니 백 년은 되었잖습니까."

"양가창법? 양가창법이 아냐. 구주창왕은 양씨이긴 해도 그 양가창의 후예인지 어쩐지는 아무도 모른다. 양가창의 전성기는 당송 시대까지였다는 것이 정설이니까. 구주창왕도 양씨였는지라 다들 양가창의 후예였을 거라고 생각은 했지만, 사실 구주창왕의 창법은 양가창의 특징과 일치하지 않는 면이 많았어. 게다가 구주창왕이 구사하던 창법은 한 가지가 아니었다."

"한 가지가 아니었다고요?"

"그래. 철심무혼창, 통천벽력창, 무쌍금표창. 내가 알고 있는 것만도 세 가지가 된다. 더욱이 그 어디에서도 양가창의 흔적은 발견되지 않는다 했었고. 보법의 활용 일부에서만큼은 양가창의 투로가 엿보인다 했었는데, 그렇다고 양가창법의 후예였다고는 말할 수 없어. 당시 중원의 창법이란 것은 모든 창법을 통틀어서도 양가창의 영향을 받지 않은 창법이 없었다 해도 과언이 아니었으니까."

"잘 아시는군요."

"구주창왕은 당대 최고수 중 하나였다. 네 녀석이 허공을 들먹이는 것처럼, 우리 때엔 관심을 쏟을 수밖에 없었던 일이야."

"설마하니… 그 비급이 탐나시는 것은 아니겠죠?"

"하! 당연하지. 그럴 리가 있겠냐? 고리짝 냄새 나는 물건을 이제 와서 어디에 쓰려고?"

"그럼 불산에 갔다 오라는 건 어째서입니까?"

"도와줘야 할 녀석이 있어."

"도와줘야 할 사람이요?"

"운거모사(雲車謀士)라고 몇 년 전에 알게 된 녀석이 있다. 아주아주 재미있는 놈이지. 머리가 비상해. 서화의 재주가 보통이 아니라기에 몇 번 만나봤는데, 서화나 학문이 뛰어남은 물론이요, 지략과 지모라는 군재(軍才)까지도 지녔더군. 앞으로 불상사만 없다면 몇 년 내에 천하를 논할 수 있는 인재야."

"이름은요?"

"양무의."

"양씨군요."

"그래. 양씨다."

양무의라는 이름. 단운룡의 머리 속에서 그동안 담아두었던 방대한 인명록이 빠르게 훑어졌다. 단운룡이 미간을 좁히며 입을 열었다.

"젊은 사람인 모양인데요. 가장 최근 기록에서도 읽은 기억이 없어요."

"그렇겠지. 네가 읽은 책들에 실리기엔 아직 젊다. 이립도 안 되었으니까. 그래도 요즘 광서와 광동 쪽에서는 어느 정도 이름이 나 있는 상태야. 함께 다니는 철혈신녀, 그 꼬맹이가 또 장난이 아니거든."

"철혈신녀? 철혈신녀 백가화(白嘉花) 말입니까?"

"그래. 양무의도 모르면서 백가화는 아는군! 그 꼬맹이가 귀엽게는 생겼지. 하지만 벌써부터 그렇게 밝히면 곤란해."

"그 나이에 밤낮으로 기녀들과 노닥거리는 것도 곤란하기로는 마찬가집니다."

"자꾸 그런다. 한 번 더 박살이 나고 싶은 게냐?"

"그냥 그렇다는 겁니다. 그보다… 그 창왕비전이라는 것이 어쨌다는 겁니까? 양무의는 무엇 때문에 도와주어야 한다는 거죠?"

"교활하게 말을 돌리다니!"

"하루 이틀입니까. 넘어가십쇼."

"갈수록 말재주만 늘어가는구나. 좋다. 하던 이야기나 계속하자. 창왕비전에 대한 이야기는 양홍산이 죽은 직후부터 지금까지 쭉 이어져 내려왔던 일종의 미신 같은 것이었다. 그런데 양무의가 그것을 찾았지. 문제는 다른 것이 아니다. 그 녀석이 창왕비전을 입수했다는 게 세상에 퍼져 버렸다는 사실이야."

"소문이 났다면, 엉뚱한 놈들이 꼬여들었겠군요."

"그렇지. 생각해 보면 참으로 우스운 일이다. 비급을 얻는다는 건 무공이 강해진다는 것과 결코 같은 뜻이 아니야. 하지만 많은 사람들이 그렇게 생각하고들 있지."

"다른 누구도 아닌 구주창왕의 비급이라니까요."

"뭘 모르니까 그러는 것이겠지. 비급만 보면서 익힌 무공 따위, 구주창왕에겐 발끝에도 못 미칠 거다. 그런데 그 비급만 얻으면 자신이 구주창왕이라도 될 수 있을 것처럼 생각하는 모양이야."

"양무의란 자는 그 비급을 어떻게 얻은 겁니까?"

"모르지. 그게 중요하냐?"

"중요하죠."

"왜?"

"아까 말씀하시길, 양무의란 자는 굉장히 머리가 좋다고 하지 않았습니까?"

"그랬지."

"머리가 좋고, 군략에도 능하다. 그런 자라면 필시 일을 행함에 있어서도 주도면밀한 면을 충분하게 갖추고 있겠지요. 비급의 존재를 그렇게 쉽게 노출시켰을 것이라고는 생각되지 않습니다만."

"아, 그건 말이다. 아마도 그 녀석 몸 상태 때문일 거다."

"몸 상태라니요?"

"그놈, 멀쩡하지 않거든."

"멀쩡하지 않다니, 그건 또 무슨 이야깁니까?"

"만나보면 알 거다. 스스로 제 몸 건사하기도 힘든 놈이야."

"몸조차 건사하지 못할 정도지만 지략은 넘친다. 창왕비급을 얻었고, 소문이 났다. 간단한 일 같지만 전혀 간단한 일이 아니겠군요."

"간단할 리가 없지. 게다가 불산에 가면 네 녀석으로서는 반가운 얼굴들이 많이 있을 거다."

"반가운 얼굴들이요?"

"운거모사 양무의. 그 녀석이 창왕비급을 얻은 곳은 호광의 천자산(天子山)이라 알려져 있다. 거기에서 광동의 불산까지. 보통 먼 거리가 아니야. 그런데도 양무의는 그 누구에게도 잡히지 않았어. 철혈신녀라는 조력자가 있었다고는 해도 그 녀석을 쫓던 문파들의 면면을 보자면 그건 그야말로 불가

능에 가까운 일이다. 이름이 알려지지 않고서야 못 배길 일이
란 말이야."

"그래서 대체 불산에서는 누굴 만난다는 겁니까."

"양무의는 그 어떤 문파에도 소속되어 있지 않다. 뛰어난
지략을 지녔지만 천하에 기댈 곳이 없는 몸이야. 그런 이는
세상에 드물지. 그 정도 능력이라면 어떤 문파에라도 일찌감
치 등용되었어야 마땅한 일이니까."

"설마……!"

"그래. 인재를 구하는 자에게는 더할 나위 없는 목표다. 창
왕비급이 문제가 아냐. 재주가 넘치지만, 그 어떤 곳에도 몸을
담지 아니한 자. 그런 자만 골라서 섭외해 온 사람이 하나 있
었지, 아마?"

"참룡방(斬龍幫)이… 갔군요!"

"그래. 참룡방. 구룡회를 참(斬)하겠다. 이름 한번 노골적으
로 지었지. 오기룡 그 녀석, 진즉부터 양무의에게 눈독을 들였
던 것 같다. 애송이 주제에 인재 보는 안목은 있는 모양이야."

"그러고 보니 얼마 전에도 허저재림(許?再臨) 위왕호장(魏王
虎將)이라는 왕호저(王虎?)까지 영입했다고 그랬죠."

"왕호저는 하북에 있던 놈이다. 사천에서 보기엔 세상 끝
만큼 멀지. 거긴 쓰는 말도 한참 달라. 말이나 제대로 통할지
모르는 놈을 여기까지 데려올 정도면 아주 눈에 불을 켰다는
것이나 다름이 없다. 거기에 양무의까지… 욕심을 제대로 내

고 있어."

"그렇군요. 이미 흑산군사까지 있는 마당인데요."

"과하지. 흑산군사 선찬, 그 녀석도 만만치 않는 놈인데 양무의까지 데려가면 전쟁이라도 치를 수 있는 전력이 될 거다. 그런 만큼 참룡방에서도 상당히 적극적으로 나오겠지."

"그렇다면……."

"그래. 내가 본 양무의란 녀석은 넓은 바다에서 자유롭게 살아야 하는 해어(海魚)와 같은 놈이었다. 그 어디에도 억지로 끌려가서는 안 돼. 불산에 고립된 그 녀석을 풀어주려고 한다면… 네 녀석으로서는 최악의 상황까지도 생각해야 할 거다."

단운룡의 눈에 기광이 스쳐 지나갔다.

사부가 말하는 최악의 상황이란 다른 것이 아니다.

아저씨. 오기륭이 이끄는 참룡방과 부딪칠 수도 있다는 이야기였다.

"제가 나서서 참룡방과 이어주는 것은 안 됩니까?"

"부(否)! 그건 네 녀석이 결정할 일이 아냐. 양무의 그 녀석이 결정할 일이다. 그 결정을 아무런 외압도 없이 스스로 내릴 수 있도록 안전한 곳까지 끌고 나와라. 그때 가서 양무의 그놈이 참룡방에 가겠다고 한다면, 그것도 나쁘진 않겠지. 네 녀석이 할 일이 바로 그거다. 양무의에게 자유를 찾아주는 것."

"알겠습니다. 다른 건 없습니까."

"다른 거? 물론 더 있지. 이번에는 간단치 않을 거라고 말했잖느냐."

"뭐가 더 있죠?"

"참룡방도 참룡방이지만, 그건 사실 두 번째야. 이번에는 네 녀석이 그토록 보고 싶어하던 걸 보게 될 거다."

"……?"

"사패의 후예."

"……!!"

"불산은 오양성, 광주와 지척에 있지. 여기야 조용하지만, 광동을 비롯한 남부 지역 전체에서 양무의와 창왕비급이 일으킨 파란은 결코 작지가 않아. 그리고 광주에는… 그 무식했던 철위강의 전인이 있다."

"철위강의……!"

"듣기로는 그 꼬맹이도 반쪽짜리라는 것 같았는데… 그렇다 해도 보통은 아닐 거다. 보통일 리가 없지. 붙잡고 가르친지가 십 년은 되었을 테니까. 네 녀석이 보고 싶어할 정도는 충분히 보여주고도 남을 거다."

"드디어 사패로군요……."

"모처럼 재미있겠다는 얼굴이로군. 하지만 글쎄다. 과연 재미있는 일일까. 호광에서부터 따라붙은 형산파(衡山派)는 집요하기 이를 데 없을 것이고, 광동 칠성암의 북두검문은 제 앞마당이나 다름없는지라 상대하기 쉽지 않을 것이다. 게다가 해남파(海南派)까지도 배를 띄웠다는 이야기가 있어. 어울리지 않게도 말이다."

"해남파까지 말입니까?"

"그래. 구파다. 백송파하고는 격이 달라."

"보통 큰일이 아니겠는데요."

"더욱더 재미있겠다는 표정을 짓고 앉았군. 개박살이 나봐야 정신을 차릴 거냐?"

"박살이라면 사부에게 나고 있으니 괜찮습니다. 다른 데서까지 그럴 수야 없죠."

"난 이번에도 안 따라간다. 바라건대, 죽을 거면 시체라도 찾을 수 있게 죽어라. 장례는 치러줘야 되니까."

"그게 사부가 할 말입니까."

"닥치고 운기나 해. 양무의가 뛰어난 놈이긴 해도 한두 달 더 버티는 건 무리다."

"당장이라도 출발해야 한다는 말로 들리는군요."

"알았으면 서둘러. 사실 며칠 정도는 여유가 있지만 이야기 나온 김에 그냥 일찍 가라. 그만한 인재가 꽃도 못 피우고 아깝게 지는 것은 눈 뜨고 못 본다."

"정 그러시다면 직접 나서시면 되는 거 아닙니까."

"직접 가라고? 나보고?"

"예."

"귀찮아."

귀찮다.

단운룡은 간단히 고개를 끄덕였다.

틀린 말은 아니기 때문이었다. 여기에서 거기까지 가는 것이 귀찮다는, 액면 그대로만 받아들일 수 있는 말이 아닌 것이다.

사부는 이미 반쯤은 강호를 떠난 사람이었다. 예악과 학문, 기예에 관한 모든 재능을 아끼면서도, 무력에 관한 일에서는 완전히 손을 떼었다고 해도 과언이 아니었다.

사부가 무공을 내비치는 상대는 오직 단운룡 하나뿐이었다. 그 이외에는 어떤 일에도 무공을 사용하지 않는다는 말이었다.

"알겠습니다. 운기만 끝나면 바로 움직이도록 하죠."

나타난 창왕비전과 양무의란 모사.

몇 개의 문파가 얽힌 일이었다.

그런 일에 사부가 나서기는 분명 쉬운 일이 아닐 게다.

사부는 잊혀진 사패의 수장, 그 정체가 알려져서는 안 된다. 자칫 그런 것이 세상에 퍼져 나갔다가는, 지금 같은 유유자적한 삶도 끝이 날 것이다. 귀찮은 분란 따위 만들고 싶지 않아 하는 사부의 마음을 단운룡은 충분히 헤아릴 수가 있었던 것이다.

*　　　　*　　　　*

불산까지는 그야말로 엄청나게 멀었다. 금당현에서 송평까지와는 감히 상대도 안 되는 거리였다.

단운룡은 서둘렀다.

잘 뚫린 관도에서는 준마를 달리고, 인적 드문 길에서는 경공까지 펼쳐 가면서 속도를 빨리했다. 그토록 아름답다던 귀주성, 귀양의 갑수루(甲秀樓)를 곁눈질로 넘기고, 천하제일의 산수를 뽐낸다는 광서성의 계림(桂林)마저도 한눈에 스쳐 보낼 수밖에 없었다.

그러고도 광동까지 보름이란 시간을 넘겼을 정도다. 천하라는 것은 실로 넓고도 넓어, 감히 측량치 못할 정도의 광대함을 자랑하고 있었던 것이다.

"이제 광동……."

단운룡의 몰골은 말이 아니었다. 산중의 노숙으로 잠을 깨운 새벽녘, 개울가에서 목을 축이던 단운룡은 물에 비친 모습이 지저분하기 짝이 없음을 깨닫고 입고 있는 옷자락과 바지춤을 다시 한 번 내려다보았다.

"이건 좀 심한데……."

먼지를 뒤집어쓴 것이야 신풍의 내력으로 털어내면 그만이다. 하지만 워낙 급하게 말을 몰아서 뜯어져 버린 바지춤과 숲길을 헤치다 찢어진 옷소매는 어찌할 도리가 없다. 벗어서 펼쳐 본 유삼 자락 뒤쪽도 도저히 못쓸 만큼 지저분해져 있었다.

"할 수 없군."

단운룡은 서두르는 와중에서도 새 옷을 구해야겠다는 생각을 했다.

예전 같으면 상상도 못했을 일.

그것은 어쩌면, 소연신과 함께 지내면서 가장 많이 변한 부분일지도 모른다. 홀로 산천을 주파하고 있었을 때야 다른 사람 볼 일이 없으니 신경 쓸 필요가 없겠지만, 이제 곧 양무의의 일에 관여하게 되면 필연적으로 수많은 사람들과 얽히게 될 것이었다.

그렇다면 옷매무새도 달리해야 한다.

소연신의 제자라면 겉모습부터 거기에 맞는 품격을 갖춰라. 그것이 사부가 했던 말이다. 제자와 주고받는 언변을 보자면 사부 본인도 과연 얼마만큼의 품격을 갖추고 있는지 알 수가 없을 정도였지만, 사실 겉모습으로는 사부 역시도 보통 사람은 아니라 할 수 있었다. 흐트러진 매무새일지언정 어느 옷 하나 최고급 비단이 아닌 것이 없고, 어느 하나 최고급 직인에게 만들어지지 않은 옷이 없다. 드러나는 외모만큼은 가히 최고라 해도 과언이 아니었던 것이다.

'광주. 불산은 광주와 지척이다. 돌아가는 상황도 알아볼 겸, 들러봐도 괜찮겠지.'

겸사겸사였다.

단운룡은 오양성, 행로를 광주로 잡았다. 정곤산을 넘고 바다로 흘러가는 주강(珠江) 줄기를 건넜다. 그 다음은 광주로 직통된 길이다. 완벽하게 다져진 관도, 마차 다섯 대는 족히 지나다닐 수 있을 만큼 넓다. 도시로 향하는 길에서부터 풍요로움이 느껴지고 있었다.

"대단하군!"

막상 광주에 들어선 단운룡은 감탄을 금할 수가 없었다.

사천 땅, 어떤 도시도 색이 각별하기로는 부러울 곳이 없다. 그처럼 뚜렷한 색깔은 풍족한 땅이 아니고서는 나타나기가 불가능한 법이다. 그런데 이곳 광주는 그들 이상으로 색깔이 화려하고 깊은 느낌이 든다. 사천성의 도시들보다 더 풍족하다는 뜻이다. 농경과 상업, 문화와 문물이 무척이나 아름답게 조화된 도시였다.

'광주… 그랬지. 여긴 원래부터 그랬을 거다.'

단운룡은 고개를 끄덕였다.

그렇다.

여긴 그런 곳이다.

단운룡은 광주에 처음 와봤다. 하지만 광주는 단운룡에게 있어 그저 와본 적도 없는 외지(外地)일 수만은 없는 곳이었다.

이미 알고 있었던 곳이라는 뜻이다. 광주, 강씨금상. 어린 시절 오원, 모든 것이 부족했던 그들에게 풍요의 대명사로 각인되었던 이름이었기 때문이다.

강씨금상에서는 필요가 없는 물건이라며 커다란 수레에 한

가득 실려왔던 옷가지들.

까칠까칠했던 마의와 달리 어린 토끼의 솜털처럼 부드러웠던 기억이 난다.

소마군으로서는 언감생심, 얻어 입기도 힘든 옷이었지만 몇 번이고 강씨금상에서 물건들이 올 때마다 하루 종일 그 이야기만 했었던 일도 있었음이니.

모든 것이 넘쳐나는 도시.

광주다.

대체 어떤 곳일까, 특히나 소봉이 궁금해했던 곳.

새삼스럽게 생각이 난다.

벌써 몇 년 전인가.

팔 년 전? 구 년 전? 단운룡은 지금이 아니라 이미 그전에 여기에 서 있을 수도 있었다. 강씨금상을 따라왔었더라면, 일찌감치 이토록 풍부한 문물을 당연하게 생각하고 있었을지도 모르는 일이라는 것이다.

'옛 기억을 떠올릴 때가 아니지.'

단운룡은 상념을 털어버리고 거대한 위용으로 펼쳐진 도시를 향해 발을 옮겼다. 어느 포목점을 가봐도 좋은 옷들이 지천이다. 단운룡은 가장 먼저 발길이 닿는 곳으로 들어가 황록색의 유삼을 골랐다. 입에 침이 마르도록 옷태가 어떻다느니 잘생긴 얼굴이 어떻다느니 떠드는 주인장의 목소리를 귓전으로 흘려버리며, 깔끔한 문양이 돋보이는 백색의 상의와 백색의 바지를 사 입고 지저분해진 옷가지는 그냥 그 포목점에서 처리하도록 맡겨 버렸다.

그 다음은 일사천리다.

객잔에 들어가 주린 배를 채우면서 사람들의 이야기를 듣는다. 그렇지 않아도 온통 불산과 창왕비급에 관한 이야기, 가만히 앉아서 듣기만 해도 무슨 일이 벌어지고 있는지 모두 다 알 수 있을 정도였다.

"형산파에서 온 무인들만도 오십 명이 넘는다더군."

"오십? 난 백이라 들었는데?"

"여하튼 엄청 왔나벼."

"그게 뭔 꼴이여? 비급 하나에……. 형산파면 체통있는 문파 아니었나?"

"이미 형산파에선 비급이 문제가 아니라던데?"

"비급이 문제가 아니라고?"

"그렇단 말이지. 호남 땅 제집 안마당에서 손도 못 쓰고 놓쳐 버렸으니, 체면을 구겼다 이거 아녀."

"그도 그렇겠구만."

"암, 그렇고말고."

"칠성암하고도 벌써 한판 했다는데? 그건 뭔 말인감?"

"그건 나도 잘 모르겠네."

"아, 그건 내가 듣기론 운거모사 그 친구가 싸움을 붙인 거라던데?"

"싸움을 붙였다고?"

"그래. 그 운거모사 양 머시기가 그렇게 꾀가 많다며. 두 문파를 확 이간질을 시켜 버려가지고 대판 싸우게 만들었대."

"오호라, 그 양가 녀석도 보통내기가 아니구먼."

"보통내기가 아니라도 이젠 별수없겠지. 글쎄, 해남파가 나왔다는 말은 다들 들었겠지?"

"암요. 듣고말고."

"그거야 한참 전에 퍼진 이야기잖여."

"해남파에서 누가 나왔다는지 알어?"

"해남파에서? 뭐여? 해남육검이라도 나온 거여?"

"이 사람아, 그 이상이라네."

"그 이상이라고? 설마하니, 남위가 나왔을 리는 없잖여?"

"설마가 설마가 아닌 거라. 남위 위원홍이 나왔다는 것이지."

"뭐, 뭣이여?"

"원, 나 이 사람, 농담도……. 엉뚱한 소리 하질 말어. 헛소리를 지껄이고 다니다간 천벌을 받을 거여."

"농담이 아니야! 지금 그것 땜시 강씨금상에서도 난리가 났어."

"그, 그랴?"

"강씨금상에서도 한참 동안 말이 많았잖아! 금상의 소상주를 보필할 인재를 찾는다고. 광동천노가 운거모사와 철혈신녀를 점찍어놓았다던데 위원홍이 나타났으니 비상이 걸린 게지!"

"그, 그렇다면 위원홍이 나타났다는 게, 그게 참말이여?"

"그렇다니까!"

앉은 자리마다 난리다. 특히나 남북쌍위 중 남위 위원홍이 나타났다는 데에는 객잔 전체의 귀와 눈이 쏠릴 정도였다.

'그 남위가⋯⋯!'

놀란 것은 단운룡이라고 하여 예외일 수는 없었다.

남북쌍위라 함은 대강 남북, 중원천하 방방곡곡에 다 알려진 초절정고수 두 사람을 일컫는 말이다.

남쪽의 위씨와 북쪽의 위씨. 그래서 남북쌍위.

둘 중 남쪽의 위씨, 위원홍이 바로 이들이 이야기하는 남위이며, 남해 일절, 해남파의 문주 위에 있는 남자다. 남해, 복건과 광동, 광서를 아우르는 남쪽 지역 전체에서 무적을 일컫는 고수로서 그 강력한 검기(劍技)에는 누구도 당해낼 수 없다는 평가다.

북쪽의 위씨. 북위 위금화는 이 지역과는 전혀 관계가 없을 인물이나, 한때 하북에서는 또한 절대의 성망을 구가했던 고수로 현재는 황실에 몸담아 영락제의 측근으로 활동한다 알려져 있었다.

드넓은 중원천하. 이 지역에선 최고를 자처하는 고수일지라도 저 지역에 가면 이름을 모르는 일이 허다한 이 시대에, 중원 전체에 이름이 알려졌다는 것은 그야말로 보통 고수가 아니라는 이야기다. 더욱이 이 남북쌍위는 남쪽과 북쪽의 강자를 칭함으로써 그 명성이 천하오대고수에 비견될 정도였다.

'광주에 들르기를 잘했다. 좋은 정보를 얻었어.'

남위 위원홍은 강자다. 강자라는 명성뿐 아니라, 실제로도 천하구대문파 중 하나인 해남파의 장문인 자리를 맡고 있다.

구파일방의 장문인들.

그들은 달리 십대고수라고도 칭할 수 있는 무인들이라 이야기된다. 그런 만큼 그 강함은 불산에 오는 자들 중에서는 가히 절대라 해도 과언이 아닐 게다. 모르고 움직이다가 혹 부딪치기라도 했다면, 모르긴 몰라도 결과가 가히 좋지는 않았으리라. 남위 위원홍의 이름이 두렵지는 않으나 지금 당장 싸워보기엔 역시나 부담스러운 상대일 수밖에 없었던 것이다.

'그리고 강씨금상……'

남위도 남위지만 강씨금상에 대한 이야기를 들은 것도 또 하나의 수확이라 할 수 있었다. 양무의를 노리는 자들에 대한 것들은 하나라도 더 들어둬야 한다. 아는 것이 곧 힘이다. 정보라 함은 많을수록 좋은 법. 무공이 강해지면서 한동안 잊고 지냈던, 아니, 신경 쓸 필요도 없었던 진리가 거기에 있었다.

'지금까지 끼어든 세력이라 한다면, 먼저 해남파와 형산파, 그리고 칠성검문을 들 수 있다. 거기에 사패 중 철위강의 제 자라는 놈과 아저씨가 이끄는 참룡방, 그리고 강씨금상을 더하면 여섯 곳 정도가 된다.'

여섯.

단운룡은 여섯이라 생각했다. 오류가 있는 판단이었지만, 단운룡으로서도 그 시점에서는 그 오류를 알아챌 수가 없었다.

단운룡은 소연신이 아니기 때문이었다. 듣지 못한 것, 추측이 닿지 못할 사실에 대해서는 미리 알 수가 없었을 뿐이었다.

'여섯이라는 것은 일단 최소화된 숫자야. 자잘한 문파들, 드러나지 않은 세력들까지 생각하면 얼마가 될지 모른다.'

사소한 오류가 있어도 전체를 보는 눈은 정확했다. 빠르게 돌아가는 두뇌, 그 속에서 단운룡의 분석이 실타래처럼 풀어져 나왔다.

'눈에 보이는 자들, 미리 알고 있는 자들은 문제될 것이 없어. 대비하면 그만이다. 문제는 눈에 보이지 않는 자들이다.'

아직 사람들의 입에 오르내리지 않을 정도로 은밀한 자들을 뜻함이었다. 은밀한 것이 아니라 그런 놈들이 실제로도 없는 것이라면 다행이겠지만, 만일 있다면, 어디선가 소리없이 존재하는 적들이 숨어서 다가오고 있다면, 그런 놈들이야말로 가장 위험한 상대가 될 것이 틀림없었다.

'양무의를 만나는 것이 먼저다. 싸움은 안 하는 것이 좋아. 백송파 때처럼 무모하게 부딪칠 수는 없다. 참룡방… 아저씨하고도 일단은 만나지 않는다. 자칫 목표가 흐려질 수도 있어. 그중에서도 최후까지 부딪치지 말아야 할 곳은 해남파다. 남위와의 싸움은 무조건 피해야 돼. 혹시나 싸워야 한다면, 가장 마지막에 한다. 전력을 다해야 상대할 수 있을 텐데. 그

리되면 그 다음 싸움을 할 수가 없다. 내 쪽이 먼저 행동불능
이 되어서야 안 되는 일이니…….'

여기서도 문제가 되는 것은 결국 역시나 광신마체가 지닌
반대쪽 칼날이다.

초전(初戰)에는 무슨 일이 있어도 힘을 아껴야만 한다. 상대
가 누가 되었든, 전력을 다하는 것만큼은 최후의 최후까지 미
뤄둬야만 하는 것이다.

한정된 힘.

상황은 생각보다 더 어렵다.

단운룡의 두 눈에, 강렬한 갈망의 빛이 스쳐 지나갔다.

'오랜만이다. 이 공기. 모처럼의 전장이란 건가……!'

단운룡은 시끄러운 객잔을 나서며 가슴 가득 광주 하늘의
바람을 들이마셔 보았다.

불산에서 불어오는 바람.

이것이야말로 싸움의 공기다.

남위를 떠올리면 느껴지는 불길함도.

아저씨의 참룡방을 떠올리면 기억나는 유대감도.

강씨금상을 떠올리면 생각나는 반가웠던 옛 기억도.

철웅강의 후예를 떠올리면 시작되는 두근거림까지도.

결국 뜻하는 것은 하나다.

전장이다. 싸움터란 말이다.

오원을 떠나와 마침내 전장다운 전장에 섰다는 것. 그때와

다른 단운룡이 비로소 진정한 강자들과 어깨를 겨루는 전장
에 도착했다는 사실이었다.

＊　　　　＊　　　　＊

불산(佛山).

불산은 달리 불산이 아니다. 산의 전경 자체가 마치 가부
좌를 틀고 있는 불상과도 같다. 부처님의 은덕을 입고 이 세
상에 우뚝 솟은 산이라 하여 사시사철 향화객들의 발길이 끊
이질 않는다.

불산에는 동굴이 많다. 계곡마다 뻥뻥 뚫린 동굴에는 전국
각지에서 몰려든 수행승(修行僧)들의 자취가 가득하다. 불공을
드리는 자들이 많고 불심을 닦는 수행자들이 많으니 사찰도
많을 수밖에 없다. 불산사, 대불사, 암굴원 등 높지도 않은 산
자락에 수많은 사찰들이 세워진 곳이기도 했다.

'숨기에 좋은 곳이다. 하지만 그렇다곤 해도 두 달이나 버
티다니……'

감탄을 아니 할 수 없다.

단운룡은 불산에서 볼 수 있었다.

불산은 이미 무림인들 천지다. 향화객이 향화객이 아니요,
불전(佛殿)에 드는 불자(佛者)들이 불자들이 아니다. 하나같이
병장기를 소지하고, 하나같이 삼엄한 기세를 풍긴다. 창왕비

급이란 보물에 눈이 벌겋게 변한 승냥이 떼들만이 불산 전체를 가득 메우고 있는 것 같았다.

그런데도.

그렇게 헤아릴 수 없는 추격자들이 있는데도.

운거모사 양무의와 철혈신녀 백가화는 두 달 동안이나 잡히질 않았다고 했다. 불산 바깥으로 나가지도 않았으면서, 넓다면 넓지만 또한 좁다면 좁다고 할 수 있는 산 하나에 틀어박힌 채 그 누구에게도 제압되지 않았던 것이다.

'어떻게 그것이 가능했을까.'

단운룡은 불상의 머리처럼 높게 솟은 봉우리를 바라보면서 산속에서의 움직임을 상상해 보았다. 내리뻗은 산세, 가운데에 드러난 바위 등성이는 마치 수인을 맺은 불상의 손처럼 보인다. 동굴이 지천이라는 골짜기, 불상의 허벅지는 완만한 능선으로 이어져 있었다.

'어렵겠는데……! 숨자고 마음만 먹으면 어떻게든 숨을 수 있겠지만, 빠져나가기는 확실히 쉽지 않겠어.'

밖으로 나갈 수는 없다. 그저 산자락을 이동하면서 간간이 반격을 가할 뿐이다. 숨통을 조여오는 적들에게 날카로운 비수를 날려보지만, 틀어막힌 입구는 열리지 않는다. 그저 그 안에서 틀어막은 채 방어 위주의 싸움을 할 수밖에 없는 형국이었다.

단운룡은 그렇게 산세를 살펴보면서 산자락마다 보이는 무림인들 틈새로 자연스럽게 섞여들었다. 영웅건으로 묶지도 않은 채 귀밑에서 짧게 흔들리는 머리카락 정도나 눈에 띨까, 다른 것을 보자면 그저 키가 큰 강호유협의 모습이다. 찬찬히 뜯어보면 비범해 보일 수도 있겠지만, 워낙에 무림인들이 많은지라 단운룡 정도는 눈길을 끌 만한 외모라고 할 수도 없었다.

"철혈신녀다! 철혈신녀가 나타났다!"

"철운거(鐵雲車)도 함께다! 운거모사가 마침내 모습을 드러냈다!"

"어, 어디냐?"

"오른손이다!"

"동쪽 골짜기!!"

"오른손을 벗어나기 직전이다! 허벅지로 내려가고 있다!"

주변을 가득 메우는 고함 소리다. 단운룡이 불산에 들어온 지 삼 일째 되는 날이었다.

불산에 죽치고 앉아 있는 무인들은 산등성이의 위치를 말할 때 오른손과 허벅지란 표현을 썼다. 산 전체를 하나의 불상으로 놓은 채 목표가 어디에 있는가를 각 신체 부위에 빗대어 쓰는 말인 모양이었다.

달리 누구에게 설명을 듣지 않고도 단운룡은 대번에 그 뜻을 알아들을 수가 있었다.

단운룡의 눈이 불산의 동쪽 능선을 훑었다.

대체 어떤 문파들에서 신호를 보내는 것인지는 알 수 없지만, 색색의 깃발 대여섯 개가 그쪽 능선에 솟아올라 있었다.
철혈신녀와 운거모사가 그곳에 나타났으니 각파의 무인들은
당장 그쪽으로 달려오라는 뜻인 것 같았다.

'저쪽인가……!'

그다지 멀지 않은 곳이다.

숲 속으로 몸을 날려 빠르게 질주한다.

우거진 숲, 숲은 곧 단운룡의 고향이나 다름이 없었다. 나
무와 나무 사이를 무서운 속도로 돌파하며 순식간에 동쪽 골
짜기 입구로 진입했다.

망설임없이 움직이는 단운룡이다.

마치 제집에라도 들어온 듯 거침이 없었다. 삼 일 동안 불
산 전체의 지형을 머리 속에 완벽히 새겨놓은 덕분이었다. 가
파르고 미끄러워 길이 없는 바위 계곡을 단숨에 뛰어넘는다.
골짜기 위쪽으로 향하는 길, 병장기 소리가 들려오고 있었다.

챙! 채채챙! 채챙!

'이 소리… 숫자가 많다. 싸움의 규모가 작지 않아.'

몸을 솟구쳐 튼튼하게 뻗은 나뭇가지 위에 올라갔다. 시야
가 탁 트인다. 두 눈 가득 비쳐드는 광경이 있다. 난마로 얽히
고설키는 수십 명의 무인들이 그것이었다.

챙! 채챙!

"으악!"

"막아라!"

"남곤문 따위가 날뛸 수 있을 줄 아느냐!"

"오문방 촌놈들이 여기까지는 웬일이냐!!"

단운룡의 두 눈에 이채가 감돌았다.

철혈신녀는 없다. 적어도 이 싸움터에는.

철혈신녀를 쫓다가 자기들끼리 싸움이 붙은 것이다.

손이 얽히고 병장기를 휘두르면 상황이 악화되는 것은 순간이다. 이미 이 싸움터의 무인들은 자신들의 목적을 잃어버린 상태다. 그저 분풀이를 하려는 듯, 미친 듯 난장을 벌이는 것이 이 싸움의 모든 것이라 할 수 있었다.

"이러고 있을 때가 아니다! 철혈신녀는 벌써 저쪽이다!"

"시끄러워! 이 칼이나 받아라!"

"이익! 보자 보자 하니까. 이 우라질 것들이!!"

단운룡은 더 이상 그 싸움을 지켜볼 그 어떤 가치도 느끼질 못했다.

나뭇가지를 박차고 뛰어올라 옆에 선 나무로 몸을 날린다. 그 탄력, 그 움직임, 마치 하늘을 나는 새와 같다. 순식간에 나무 몇 개를 뛰어넘으며 싸움터 전체를 등 뒤로 했다.

'저쪽이로군!'

골짜기 내리막.

단운룡은 땅으로 착지하여 다시 한 번 숲 속으로 뛰어들었다.

아래쪽 산길의 전경이 보이기 시작한다. 달려드는 무인들을 물리치며 전진하는 한 여인의 춤사위가 거기에 있었다.

'철혈신녀 백가화!!'

처음 보는 여인이다. 하지만 그녀가 철혈신녀 백가화임은 너무나도 분명하게 알아볼 수 있었다.

엄청난 힘으로 몰아친다. 사방에서 달려드는 적들의 기세는 자못 사나운 데가 있었지만, 그것을 뚫고 나가는 백룡창(白龍槍)의 위력은 발군, 그 자체였다.

백색의 장포 자락. 적들의 피로 불꽃처럼 물들었다.

흰색 금속으로 주조된 백룡의 아가리. 날카롭게 세워진 창날에는 부나방처럼 달려드는 적들의 목숨이 꿰어진다.

쩡! 쩌엉!

양쪽에서 달려드는 두 무인의 도검을 단숨에 분지르고는 앞으로 뛰쳐나가 가로막는 무인의 가슴에 백룡창 창날을 꽂아버렸다.

망설임이라고는 눈을 씻고 찾아봐도 없다. 꽂아버린 창날을 단숨에 뽑아내니, 쏟아지는 핏물을 피하지도 않는다.

그래서 철혈이다.

남의 것을 탐하여 창칼을 휘두르는 적들에게 무자비한 징벌을 가하는 것이다.

'굉장하군!!'

단운룡은 진심으로 감탄했다. 앞으로 나아가는 철혈신녀의 등 뒤쪽으로 쓰러져 나뒹구는 적들이 또 하나의 길을 만들어내고 있을 정도다. 무섭도록 강한 여인이었다.

드르륵! 드르르륵!

그리고 또 하나.

굴러가는 바퀴 소리가 있다.

단운룡의 시선이 철혈신녀의 바로 뒤쪽에 이르렀다.

'저건가? 철운거라는 것이?'

그것은 한 조각 구름이 그려진 조그만 철수레였다.

어른의 허리 높이를 조금 넘는 크기다. 바퀴는 네 개. 위쪽에는 뚜껑까지 덮여 있었다. 한눈에 보기에도 튼튼함이 엿보이는 철수레다. 위를 덮은 뚜껑은 물론이요, 바퀴까지 온통 강철로 만들어진 수레였다.

드륵! 콰드득!

무엇보다 놀라운 것은 철운거의 움직임에 있었다.

마치 스스로 움직이는 것으로 보였던 것이다.

단운룡은 철혈신녀 쪽을 다시 한 번 돌아보았다.

철혈신녀는 분명 적들이 달려드는 와중에도 철운거 주변에서 멀리 벗어날 줄을 몰랐으나, 그렇다고 철혈신녀와 철운거가 연결되어 있지도 않았다.

철혈신녀는 철운거를 끌고 있지 않다는 말이다. 그런데도 철운거는 움직인다. 굴러가는 바퀴 네 개. 좁은 길을 벗어나지도 않은 채 철혈신녀를 따라 앞쪽으로 움직이고 있는 것이다.

'게다가 그냥 앞으로만 가는 것이 아니다!'

멈췄다가 나가고, 속도를 빨리했다 줄인다.

저절로 움직이니 살아 있는 동물과 같다?

하지만 철운거는 강철 수레다. 살아서 움직일 수 있는 물건이 아니었다. 단운룡의 두 눈에 기광이 스쳐 지나갔다.

'설마하니 저 안쪽에……?'

누군가 조종하고 있다고밖에 볼 수 없다.

단운룡의 시선이 다시금 철운거로 돌아왔다.

독특한 모양이 눈에 들어온다. 길쭉하고 좁다. 뚜껑까지 덮여 있기 때문에 얼핏 보면 시체를 싣는 관처럼 생각될 정도다.

시체를 싣는 관.

사람 하나가 누울 수 있는 공간만큼은 충분하다는 이야기다. 게다가 바닥에서 뚜껑까지 저 높이라면 누워 있는 것뿐 아니라 앉아 있기에도 어렵지 않아 보였다.

'그래서 운거모사였었군!!'

그 모양, 그 크기. 추측이 확신이 되는 순간이다.

운거모사.

운거모사는 이름자 그대로의 별호란 것이다.

철운거에 탄 모사란 말이다. 양무의가 그 안에 있다. 기관을 움직이든 뭘 하든, 그 안쪽에서 철운거의 이동을 조종하고 있다는 뜻이었다.

쩡! 째애앵!

달려들던 적도들 중 하나는 철혈신녀를 노리는 것이 도저히 역부족이라 생각했는지 철운거에 직접 칼을 휘둘러 가고 있었다.

그러고 보면 적들의 눈은 대부분 철혈신녀보다는 그 철운거에 집중되어 있는 듯한 느낌이었다. 범상치 않은 수레. 마치 그 안에는 운거모사 양무의뿐 아니라 특별한 보물이라도 감춰져 있을 것만 같은 생김새다. 특별한 보물, 예를 들자면 창왕비전과 같은 물건 말이었다.

'어디까지 가는 거지?'

골짜기 위쪽에서 철혈신녀와 철운거가 있는 아래쪽 길을 내려다본다. 그들이 움직이는 것을 따라 단운룡도 발길을 재촉한다. 눈 아래에 그들을 두고서 앞으로 나아가고 있자니, 골짜기의 경사가 가팔라지고, 이내 절벽처럼 변해 버렸다.

'협곡인가……?'

계속하여 나아가는 철혈신녀와 철운거다.

그들 앞에 나타난 것은 깊게 패인 협곡. 좁디좁은 외길이었다. 가부좌를 튼 불상의 가사 자락 틈새라고 할까.

한쪽 옆은 아래쪽에 급류를 둔 깎아지른 절벽이요, 다른 쪽 옆은 그 위에서 단운룡이 내려다보는 또 하나의 절벽이다. 좁은 길, 내려다보는 단운룡의 시선이 일순간 가볍게 흔들렸다.

'이런, 엄청 몰려오는데……?'

철혈신녀의 앞쪽과 뒤쪽이다.

또 한 무리의 무인들이 까마득하게 몰려오는 것이 보였다.

시야에 들어오는 것만 해도 족히 오륙십 명은 되지 않나 싶다.

그들이 가는 길. 퇴로는 없다.

왼쪽은 밑으로 떨어지는 절벽이니 길이 없고, 오른쪽은 하늘로 솟은 석벽 때문에 길이 없다는 말이다. 그 석벽 위에 단운룡이 있으니, 단운룡이 보는 철혈신녀는 그야말로 진퇴양난에 다름이 아니었다.

단운룡의 눈이 협곡 맞은편 절벽에 이르렀다.

철혈신녀의 왼쪽.

아래로 꺼진 협곡을 사이에 두고 맞은편에 길이 없는 것은 아니다. 하지만 협곡의 넓이는 만만치 않다. 절정의 경신술이 있다 해도 뛰어넘기 힘든 거리일뿐더러, 철혈신녀 쪽에는 철운거까지 있다. 협곡을 뛰어넘어 도망친다는 것은 불가능하다는 이야기였다.

'도주는 불가능하다. 어떻게 할 거지? 그걸 다 뚫을 건가?'

아래를 내려보는 단운룡의 얼굴에 떠올라 있는 것은 억제할 수 없는 호기심에 다름이 아니었다.

궁금하다.

어떻게 할 것인가.

당장 내려가서 도와줘야 할 상황 같지만 철혈신녀의 태연함을 보고 있자면 그런 생각도 단숨에 사라져 버릴 정도다. 앞에서 달려오는 적들, 뒤쪽에서 조여오는 적들을 두고도 아무런 감흥을 느끼지 못하는 것처럼 보였다.

"저기다!"

"막다른 길에 몰렸어!"

"계집부터 잡아라!"

"네 이년! 도망칠 곳은 없다!!"

마침내 시작이다.

선공은 전면이었다. 두 명, 앞서거니 뒤서거니 창과 검을 찔러온다. 철혈신녀 백가화의 백룡창이 정면으로 휘둘러졌다. 사선으로 한 번 흔드는 경력에 적도들의 창과 검이 멀찍하게 튕겨 나갔다.

챙! 채챙!

뒤쪽에서 쳐들어온 것도 두 명이었다. 백가화의 몸이 빠르게 회전했다. 석벽, 좁은 길에서 장병을 휘두르는 것은 심리적으로 상당한 부담일 텐데도 백가화는 전혀 그런 것을 개의치 않는 것 같았다. 그야말로 거침없이 나아가는 일격이었다.

두 명, 세 명.

순식간에 쓰러졌다. 실로 대단한 무공이다.

창을 찔러오는 적. 마주 부딪쳐 상대의 창대를 꺾어버렸다.

쐐액!

창과 검을 막는 동안 기습적으로 짓쳐들어온 한 자루 목봉이 있었다. 급하게 막아내고는 몸을 돌려 거칠게 반격을 가한다. 목봉을 다루는 자는 제법 실력이 있는 듯 종횡으로 목봉을 내리그으며 백가화의 반격을 가볍게 차단해 놓았다.

수염난 무인의 얼굴에 회심의 표정이 깃들 때다. 분노한 철혈신녀, 백가화의 백룡창이 무서운 속도로 움직였다. 목봉의 방어를 단숨에 파훼하고는 허리 옆으로 창대를 밀어 넣는다.

그대로 옆으로 밀어내는 백가화.

괴력이다. 무인의 몸이 그대로 공중에 떴다.

"으아아아아악!"

공중에 뜬 몸.

깎아지른 절벽 밑으로 내던져지고 만다. 협곡으로 떨어지는 적도의 비명 소리가 길게도 울려 퍼졌다.

'가차없군! 이 정도라면 돌파도 가능하겠어!'

무공의 위력은 둘째다.

철혈신녀의 진정한 힘은 그 별호대로의 철혈심(鐵血心)이다. 사람 몸을 창대로 휘감아 절벽 밑으로 던져 버리는 과감함. 검날을 분지르고 목덜미에 창날을 꽂아 넣는 무자비함. 그것이야말로 철혈신녀의 가장 강력한 무기라고 할 수 있다.

쾌직!

"끄아악!"

쓰러지거나 절벽 밑으로 떨어진 적들이 벌써 열 명을 넘어가고 있었다.

여인이라고는 도무지 믿어지지 않는다. 아름답게 선회하는 머릿결과 제대로 보이지 않는 각도에서도 오뚝하게 솟아 보이는 콧날은 분명 여인의 것이었지만, 그 싸우는 모습에서만큼은 전쟁터의 장수를 먼저 떠올릴 수밖에 없었다.

'또 온다……?'

오십여 명 무인들 중 열두 명을 쓰러뜨렸다. 한데 저 밑의 길을 따라 달려오는 한 무리의 무인들이 더 있었다.

더욱이 이번에 나타난 무인들은 지금 그녀가 싸우는 무인들보다 훨씬 더 삼엄한 기세를 풍겨내고 있다. 정체를 알아채기까지는 촌각의 시간으로도 충분했다. 무인들 사이에서 발해지는 외침 소리가 그들의 정체를 직접 가르쳐 주고 있었기 때문이다.

"형산파다! 형산파 무인들이다!"

회색과 흑색이 주가 된 무복들이다.

달려오는 방향은 철혈신녀의 정면이고 숫자는 이십여 명 정도다. 가슴에 형산(衡山), 두 글자의 문양을 달고 있으니 굳이 그 외침 소리를 듣지 않아도 쉽게 알아볼 수 있을 무인들이었다.

'형산파는 만만치 않겠지. 이십 명일지라도 어려울 거다. 이제 어떻게 할 거냐?'

단운룡은 흥미진진하게 아래쪽의 싸움을 바라보았다.

흥미진진. 그렇다. 흥미진진이다.

철혈신녀에게는 미안한 말이겠지만 그보다 적절한 표현도 없다.

놀라운 창술, 과격한 손속. 너무도 인상적인 모습이기에 내려가 도와주고 싶지 않을 정도다. 그만큼 철혈신녀의 무공은 뛰어난 데가 있었다.

쾌악! 채챙!

몸을 돌리며 창을 뻗더니 적의 검배를 쳐내고는 곧바로 몸을 띄워 올린다. 박차고 달리는 길은 평지 산길이 아니라 수직으로 서 있는 석벽이다. 석벽을 밟고 뛰어나가 종횡으로 창을 휘두르고 있었다.

대단한 경공, 무서운 괴력이었다. 힘껏 휘두르는 창격으로 달려들던 무인 두 명을 한꺼번에 절벽 밑으로 밀어내 버렸다.

"으악!"

"으아아아악!"

길게 이어지는 비명 소리는 이제 새롭지도 않다. 들려오는 욕지거리와 고함 소리는 그저 속절없는 울림이다. 절벽 밑으로 떨어지며 터뜨리는 비명성과 하나도 다를 바가 없었다.

"잔인한 년!!"

"용서할 수 없다!"

소리치며 달려들어도 보답으로 돌아오는 것은 백룡창의 일격일 뿐.

무인들의 숫자가 무색하다. 뿌리없는 자들, 뚜렷한 목표도 없이 일확천금을 노리듯 중구난방 모여든 무인들만으로는 전혀 상대가 되질 않았다.

"비켜라!!"

웅혼한 목소리가 사위를 울린 것은 바로 그때였다.

늘어선 무인들을 헤치며 달려오는 자들. 마침내 지척까지 당도한 형산파 무인들이다. 몸놀림 자체가 다른 자들이었다.

"그 잔인한 손속! 하늘 높은 줄 모르는 오만한 심성에 이제는 악독함까지 깃들었구나! 그토록 영명하던 후기지수가 이 지경에 이르다니!! 지금이라도 늦지 않았다! 참회하고 항복하거라. 백가화! 스스로 저지르고 있는 끔찍한 살업이 보이지 않는 것인가?"

정심한 내력이 담긴 목소리였다.

형산파 무인들 사이에서도 특히 돋보이는 자였다. 불혹에서 지천명 정도로 생각되는 중년인이다. 머리에는 검은색 묵관을 썼고 가슴까지 기른 수염을 완벽하게 다듬었다. 빈틈이라고는 애초부터 찾아보기가 힘들 것 같은 부류의 인간이었다.

"기어코 여기까지 오다니. 월성신장(越城神掌)이란 명예로운 이름도 탐욕 앞에서는 대단한 것이 못 되는군요."

대답하는 백가화의 목소리는 예상외로 부드러웠다. 목소리만 듣고는 그녀가 보여준 엄청난 무위를 전혀 떠올릴 수가 없을 정도다. 무척이나 듣기 좋은 음성이었다.

"감히, 그 방자한 말투! 도저히 그냥 듣고 넘길 수가 없다! 내 반드시 너를 잡아 형산 문인들의 원한을 갚고야 말리라!"

월성신장이라 했다. 단운룡은 기억 속 한구석에서 형산파 월성신장 형동(邢動)의 이름을 끄집어낼 수가 있었다.

월성신장 형동.

형산파가 배출한 수많은 무인들 중에서 실력이 확실하게 검증된, 몇 안 되는 진짜 고수 중 하나다. 형산 월성령, 월성각주의 직책을 맡고 있으며 문파에 변고가 생겼을 때 가장 먼저 나서는 선봉장의 역할을 한다고 했었다.

"나를 잡는 것은 대수로울 것이 못 되겠지요. 진짜 목적이 따로 있다는 것을 모르는 사람은 아무도 없어요."

"그 요사스러운 언변! 이 이상의 대화는 무용할지니! 각오하거라, 여인의 몸이라 하여 사정을 봐주는 일은 없을 것이야!"

말이 끝나기 무섭게 땅을 박차는 월성신장이다.

쇄도하는 속도가 대단하다. 순식간에 거리를 압축하고 다가와 일장을 쳐낸다. 창대를 잡은 손목을 노리는 일격이었다.

따아앙!

가볍게 손을 뒤로 빼고는 창봉을 튕겨 장력을 방어한다. 한 발 물러나며 여력을 흩어내고 곧바로 반격에 들어갔다. 백룡창 백철의 창날이 무서운 파공음을 터뜨렸다.

쐐애애액! 따당!

백가화의 창술도 대단했지만 월성신장의 장법도 만만치 않았다. 역시나 이름값을 한다는 느낌이다. 빠른 몸놀림과 정심한 내공으로 창법과 장법이라는 거리의 차이를 효과적으로 극복하고 있던 것이다.

그렇게 싸움을 내려다보던 단운룡의 눈에 또 다른 움직임이 비쳐들었다. 예상치 못한 움직임이다. 단운룡의 두 눈에 이채가 떠올랐다.

'이것 봐라……? 형산파라면 그래도 정도를 걷는 명문이 아니었나?'

백가화와 월성신장의 부딪침은 대단했다.

일 대 일. 월성신장 일 인이 혼자 나설 때까지만 해도, 과연 형산파라는 생각을 했었다.

하지만 정정당당함은 거기까지 뿐이었다.

뒤쪽에 있는 형산파 무인들이 움직이기 시작한 것이다.

두 사람의 싸움에 끼어들기 위해서는 아니다. 백가화가 월성신장에 발이 묶인 틈을 타 철운거를 노리기 위해 몸을 날린 것이었다.

백가화가 막아선 좁은 길.

형산파 무인들이 공중으로 뛰어오른다. 먼저 나선 자들만도 다섯 명이다. 높이 솟구쳐 석벽을 두세 번 박찼다. 백가화와 월성신장이 싸우는 길목을 순식간에 뛰어넘고 있었다.

'지금 나서야 하나?'

그들의 목표는 철운거다.

단운룡이 앞으로 몸을 숙이며 석벽의 높이를 쟀다. 광극신법이 있는 이상, 내려가는 것 자체는 문제될 것이 없다. 만 장의 단애라도 걱정없을 것이다.

높이를 잰 것은 거리를 재기 위해서다. 내려가 공격해 들어갈 거리, 형산파 무인들을 물리칠 거리를 보았다.

하지만 다음 순간.

단운룡은 막 아래로 향하려던 발을 멈출 수밖에 없었다.

'당황하지 않는다?'

백가화의 반응 때문이었다.

백가화는 비겁하다는 흔한 외침조차 터뜨리지 않았다. 아주 잠깐 철운거 쪽으로 시선을 주고는 그저 차근차근 월성신장의 장법을 방어해 내고 있을 뿐이었다. 철운거가 어떻게 되든지 전혀 걱정할 것 없다는 느낌이었다.

드르르르륵!

의문의 해답이 나온 것은 금방이었다.

철운거가 뒤쪽으로 쭉 미끄러지는가 싶더니 갑자기 방향을 바꾼다. 위험한 방향이다. 깎아지른 절벽 쪽으로 움직이기 시작한 것이다.

"어, 어엇!"

"저, 저거!!"

당황한 것은 오히려 형산파 무인들이었다.

절벽 끝, 철운거가 아슬아슬하게 멈추었다.

형산파 무인들도 얼굴을 굳힌 채 달려들던 발을 멈추었다. 흔들흔들.

당장이라도 떨어질 것만 같다. 철운거가 절벽 쪽으로 조금씩 흔들릴 때마다 형산파 무인들의 표정이 급변한다. 형산파 무인들뿐 아니라, 이곳에 있는 모든 무인들의 표정이 그렇다. 행여나 함부로 달려들었다가는 통째로 떨어져 버릴까, 전전긍긍 꼼짝도 못하게 된 것이다.

'기가 막힌 한 수군! 실로 보통이 아냐!'

놀란 것은 단운룡도 마찬가지였다.

놀라움. 진심 어린 감탄이다.

더 이상 흥미롭다는 수준이 아니다. 상상조차 하지 못했던 뭔가가 저 철운거 안에 있는 것이다. 아래쪽에서 아우성치는 무인들의 목소리가 그 감탄의 크기를 더욱더 크게 만들어주고 있었다.

"다가가지 마!"

"허세다! 정말로 떨어질 리는 없어!"

"아니야! 운거모사는 그러고도 남을 놈이다!"

"멈춰! 더 이상은 위험해!"

끼리릭. 흔들.

철운거가 조금 더 절벽 쪽으로 다가간다.

그것은 그야말로 협박과 같다. 접근했다가는 그대로 떨어져 버리겠다는 협박. 창왕비전이든 운거모사든 전부 끝이라는 협박이었다.

그것을 하나의 계책으로 보자면 너무도 무모하여 도저히 상책이라고는 말해줄 수가 없다. 하지만 그 효과만큼은 절대적이다. 이쪽은 이미 목숨을 내놓았다는 느낌, 그것으로 적들

의 생각까지 지배해 버린다. 스스로 절벽으로 뛰어내리는 것
을 서슴지 않을 것이라는 판단까지 완벽하게 유도해 내고 있
는 것이다.

따앙! 쐐애애액!

또 하나 놀라운 것.

그것은 역시나 백가화다.

철운거가 땅 끝에 걸렸든 말든 전혀 신경 쓰지 않는다.

그녀가 보는 것은 오직 월성신장의 장력뿐이다. 앞으로 찌
르고, 위로 돌린다. 한 발 내딛고 내려친다. 횡으로 휘둘러 거
리를 벌리고 뒤쪽으로 힘을 모아 다시금 튕겨낸다.

물이 흐르듯 자연스러운 창술이다.

마음의 동요, 흔들림이라고는 그 어디에서도 찾을 수 없다.

견고하기 짝이 없다. 마음도, 기술도. 철운거, 철운거의 움직
임에 대한 절대적인 믿음을 엿볼 수 있는 대목이었다.

콰앙! 후두둑!

휘두른 창이 석벽을 때리니 부서진 돌가루가 쏟아져 내린
다. 점점 더 거세질 뿐인 공격에 결국 당황한 것은 월성신장이
다. 난공불락의 요새, 철혈의 여인. 실로 어울리는 별호임을
다시 한 번 느낀다.

"헙!"

머리 바로 옆을 스쳐 가는 백룡창에 월성신장의 입에서 헛
바람 소리가 흘러나왔다. 흔들린 마음에 흐트러진 것은 안정

되었던 투로다. 디디는 발에 충분한 힘이 실리지 못하니, 휘두르는 장력에도 혼신의 힘이 담기질 못했다. 몰아치는 백룡창은 더욱더 강해지고 눌러오는 압력은 초수를 거듭할수록 무지막지해지고 있었다.

"타합!"

파앙! 따아아앙!

도저히 버틸 수가 없다. 월성신장이 있는 힘을 다해 장력을 내치고는 그 반탄력을 이용하여 뒤쪽으로 몸을 날렸다.

텅! 터텅!

물러나고도 다시 두 발짝 더.

한참이나 거리를 벌리고는 힘겹게 숨을 들이킨다. 월성신장의 입에서 흘러나오는 목소리엔 이와 같은 열세를 믿을 수 없다는 불신의 기색이 한껏 담겨 있었다.

"도저히 믿을 수가 없다. 침주(郴州)와 의장(宜場)에서 싸웠을 때와는 완전히 딴판이로군! 어떻게 이렇게 강해질 수가 있는가!"

"욕심에 물든 악적들이 끊임없이 괴롭혀 준 덕분이지요."

백가화의 대답에는 뼈가 있었다.

탐욕을 부리는 악적. 백가화의 말에 따르자면 월성신장도 예외일 수 없다. 빈틈이라고는 찾을 수가 없을 것 같던 월성신장의 신색이 한순간에 무너진다. 그의 얼굴이 새빨갛게 달아올랐다.

"갈!! 네가 끝까지 화를 자초하는구나!!"

월성신장이 고함을 지르는 순간.

바로 그때였다. 위에서 지켜보던 단운룡의 안색이 크게 변한 것은.

'이, 이것은……?'

월성신장의 고함 때문이 아니었다.

몸을 낮추고 흥미롭게 아래를 내려다보던 단운룡이 급하게 상체를 곧추세웠다. 단운룡의 고개가 골짜기 저편으로 돌아갔다.

'뭔가가 온다……! 엄청난 것이!!'

접근하는 것이 있다.

무서운 속도다. 접근하는 속도는 둘째다.

찌릿찌릿하게 전해오는 느낌.

산 전체를 덮어오는 것 같다. 흘러오는 바람이, 골짜기의 나무들이 숨을 죽인다. 불산 부처의 가사 자락이 있다면, 그 가사 자락 전체가 펄럭이며 들썩거리는 기분이다.

고수다.

그것도 말도 안 되는.

사부? 사부는 인간의 범주를 예전에 벗어난 사람이니 예외로 두자.

지금껏 더 강한 사람을 본 적이 없다. 사부를 제외한 무인들 중 최강의 고수. 그런 고수의 출현이었다.

'벌써부터 등장이신가!'

단운룡의 입가에 한줄기 미소가 깃들었다. 그것은 그저 단순한 미소가 아니다. 긴장감과 기대감이 한꺼번에 얽혀 있는 복잡한 미소였다.

무시무시한 존재의 접근을 온몸으로 느끼며 다시금 아래쪽에 시선을 주었다.

이것이, 이 놀라운 기세를 느끼지 못하는가, 땅을 박찬 월성신장과 철혈신녀 백가화가 공방을 주고받는 모습이 보였다.

'그러고 있을 때가 아닐 텐데?'

일 합, 이 합.

백가화의 창이 경쾌하게 휘돌아 들어간다. 대적하는 월성신장은 한번 마음이 무너져 버렸기 때문인지 공격에 대한 대응이 빠르질 못하다. 조금 전보다 몸놀림이 무거워 보였다.

그렇게 부딪치고 있는 이때에도.

시시각각 그 존재는 이쪽을 향해 다가오고 있는 중이다.

이 정도라면 순식간에 당도하겠다. 뭉클거리는 기세를 흩뿌리며 골짜기 아래쪽을 돌고 있다. 올라오는 움직임이 실로 위협적이었다.

드르륵! 드르르륵!

월성신장 같은 자와 싸울 때가 아니다.

다급한 이때.

먼저 반응을 보인 것은 놀랍게도 철운거 쪽이었다.

절벽 끝에서 흔들리던 철운거가 반 장 정도 길 안쪽으로 굴러 들어온다. 강철로 된 뚜껑 안쪽에서 요란한 금속성이 터져 나왔다.

따다다다당!

쇠조각을 두드리는 소리 같기도, 톱니바퀴가 어긋나는 소리 같기도 하다. 소리가 어떠하든, 뭔가를 경고하는 경종이라는 것만큼은 누구라도 알 수가 있겠다. 월성신장과 손속을 나누던 백가화가 창대를 크게 휘둘러 거리를 벌려놓고는 철운거 쪽을 돌아보았다.

"⋯⋯!!"

문제가 무엇인지 알아채는 것은 금방이다.

바다 저편에서 해일이 몰려오는 것을 보는 것처럼.

기세조차 감추지 않은 채 그 위용을 한껏 자랑하며 다가오는 자.

백가화의 시선이 골짜기 저편으로 돌아갔다.

굳이 무공을 익히지 않은 사람일지라도 간단하게 감지할 수 있을 것 같은 존재감이다. 철운거가 절벽 끝으로 움직일 때까지도 태연하기만 했던 그녀의 움직임이 처음으로 다급하게 변했다.

타탓!

철운거 쪽으로 달려가는 백가화다. 월성신장의 입에서 또 한 번의 고함 소리가 터져 나왔다.

"멈춰라!"

통할 리가 없는 외침이다. 철운거 옆에 있던 형산파 무인들이 백가화의 앞을 가로막았다. 월성신장과의 일 대 일 비무에는 끼어들지 않겠지만 도망치려는 시도는 좌시하지 않겠다는 뜻이었다.

위이잉! 파팡!

백룡창이 휘둘러지고 형산파 무인들의 장력이 난무한다. 파고드는 백가화는 굉장히 빨랐지만, 형산파 무인들은 쉽사리 뚫릴 줄을 몰랐다. 이전까지의 잡졸들과는 다른 무인들이기 때문이었다.

다급하고도 답답한 상황.

돌파구를 만든 것은 이번에도 철운거 쪽이었다. 사람이 몸을 돌리듯, 가볍게 돌아가는 철운거다. 철운거가 전면을 형산파 무인들에게 향했다. 한줄기 금속성과 함께 전면의 철판 일부가 열린다. 이어지는 것은 수십 줄기의 파공성이다. 철운거 전면에서 짧은 화살 수십 개가 연이어 발사된 것이다.

피핑! 쐐새새새새새색!

좁은 길을 가득 메우며 날아가는 화살이다.

약속이라도 한 듯, 백가화가 하늘 높이 몸을 띄운다. 난데없이 날아드는 화살에 크게 놀란 형산파 무인들이 황급히 손을 휘둘러 보지만 수십 줄기 화살을 모조리 막아내기엔 역부족이었다.

피할 곳은 오직 위쪽밖에 없다. 그러나 그것도 어려웠다. 공중에는 백가화가 있었기 때문이다. 몸을 날린 순간부터 이미 아래쪽을 향해 백룡창을 휘두르고 있다. 아래에는 사납게 쏟아지는 화살들, 위쪽에는 백룡창이 있는 것이다.

형산파 무인들로서는 방도가 없었다. 형산비전 팔교수법(八橋袖法)을 익힌 무인들이 앞쪽으로 나서면서 무복 소매를 휘두른다. 역시나 다 막아내기엔 많은 숫자다. 무인들의 다리와 옆구리에 짧고도 뾰족한 화살들이 하나둘 연이어서 박혀들고 있었다.

"크윽!"

"으윽!"

급소를 방어한 것으로 만족할 수밖에 없다.

그나마 치명상들을 피할 수 있었던 것은 한발한발에 담겨 있는 위력이 그리 크지 않았던 덕분이다. 철운거 앞쪽의 기관이 제아무리 정교하고 대단했을지라도 그만큼이나 많은 숫자, 짧기도 짧은 화살에 강력한 힘을 싣는 것은 애초부터 불가능한 일이었던 것이다.

휘리릭! 터엉!

형산파 무인들이 그렇게 화살들을 맞거나 또는 피하면서 주춤주춤 물러서는 동안, 공중으로 몸을 띄웠던 백가화의 몸은 바로 그 철운거 뚜껑 위에 내려서고 있었다.

백가화와 철운거.

완벽한 호흡이다.

철운거 위에 올라선 백가화는 지체없이 움직였다. 백룡창 창대를 들어 입에 물고는 두 손으로 철운거의 뚜껑 한쪽을 잡았다.

철컹! 차르르르륵!

뚜껑 옆에서 튀어나온 것은 그 끝에 두껍고 뾰족한 철추가 달린 얇은 쇠사슬이었다.

기름까지 칠해져 있는 듯 검게 번들거리는 쇠사슬이다.

백가화가 그 쇠사슬을 잡아당겨 재빠르게 한 번 휘돌리더니 길옆의 석벽을 향해 있는 힘껏 손을 떨쳐 냈다. 무서운 속도로 날아간 철추가 석벽을 뚫고 들어가며 굉음을 터뜨렸다.

콰아앙! 후두두둑!

철추와 함께 파고든 쇠사슬이 석 자는 될 것 같다. 내려다보던 단운룡의 눈에 기광이 감돈다. 놀라움과 의아함이 함께 깃든 눈빛이었다.

'뭘 하려는 거지?'

백가화의 행동을 이해하지 못한 것은 단운룡만이 아니었다.

철운거와 연결된 쇠사슬을 철추와 함께 통째로 석벽에 박았다. 벽에 박아놓은 못에 밧줄을 걸어 개를 묶어둔 형세다. 당장 도망을 쳐도 시원찮을 마당에 스스로 발을 묶은 것과 다름이 없었다.

'저래서야 절벽으로 떨어진다는 위협도 먹히지 않을 터!'

그렇다.

쇠사슬은 그만큼이나 깊이 박혀 있었다. 철운거가 절벽 끝으로 나가서 흔들거린다 해도 벽에 박힌 쇠사슬이 철운거를 지탱해 줄 것 같다.

알 수 없다. 스스로에게 유리한 점을 포기해 버린 것 같은 상황이다.

차르르륵!

백가화가 철운거 뚜껑 한쪽에서 또 한줄기의 쇠사슬을 집어 들었을 때에도.

위잉! 위잉! 후웅! 홍! 홍! 홍!

창대를 입에 문 채 몸을 일으켜 머리 위로 그 쇠사슬을 힘껏 돌리고 있을 때에도.

형산파 무인들이 멈칫거리며 미처 달려들지 못했던 것은 그와 같은 백가화의 행동이 도무지 이해할 수 없었던 까닭이었다.

너무나도 기이한 행동이기 때문에.

형산파 무인들은 미처 대응하지 못했다. 백가화가 있는 힘을, 그야말로 있는 힘을 다해 팔을 휘둘러 쇠사슬을 날렸을 때까지도 형산파 무인들이 취한 행동은 그것이 자신들에게 날아올까 방어 자세를 굳힌 것이 전부였던 것이다.

쐐애애애애액! 차르르르르륵!

철추가 공중을 난다. 그 뒤에 쇠사슬을 달고서 엄청난 속도로 쭉쭉 뻗어나갔다.

'설마!!'

단운룡의 눈이 커다랗게 뜨였다.

쇠사슬.

철운거 안에 있던 쇠사슬의 길이가 그토록 길었던가.

그것이 날아가는 방향은 석벽 쪽이 아니다.

형산파 무인들 쪽은 더 더욱 아니었다.

깎아지른 협곡 저편이다.

철추는 하늘을 나는 검은색 새가 되고, 쇠사슬은 허공을 가로지르는 검은 선이 된다. 백가화의 내력이 한껏 담긴 철추가 물 흐르는 협곡을 건너 저편의 절벽에 박혀들었다. 절벽의 평지에서 반 장 정도 아래쪽 벽이다. 부서져 터져 나오는 돌가루, 폭음과도 같은 강렬한 파쇄음이 협곡 전체를 울렸다.

콰아아아앙!

쇠사슬을 힘껏 잡아당겨 보는 백가화다.

이쪽 석벽과 저쪽 절벽.

튼튼하게 연결되었다. 무엇이라도 지탱할 수 있을 정도로.

백가화가 철운거에서 내린 것은 순간이다.

그녀가 하려는 일을 깨달은 사람들.

형산파 무인들이 몸을 날리기 시작한 것도 순간이었고, 위쪽의 단운룡이 놀란 것도 순간이었다.

그 순간보다 다시 또 한발 빠른 순간이다.

백가화가 철운거를 들어올린다. 엄청난 괴력이었다.

백가화가 달린다. 넓지도 않은 어깨로 철운거를 통째로 들쳐 메고는 절벽 쪽으로 달려가더니 기합성을 내지른다. 휘둘러지는 어깨와 팔, 철운거를 통째로 던져 버린 것이다.

"이얍!"

차르르르르르르르륵!

쇠사슬을 타고.

철운거가 하늘을 난다.

그렇다.

백가화가 이쪽 벽과 저쪽 벽에 박아놓은 쇠사슬은 처음부터 한줄기였다. 백가화는 그것을 뚜껑 쪽에서 꺼낸 것으로 보였지만, 그것은 사실 철운거 양쪽 옆면을 관통하여 이어져 있었던 것이다.

쭉 나아가는 철운거다. 쇠사슬에 본격적으로 철운거의 무게가 실렸다.

팽팽해지는 쇠사슬, 석벽 쪽에서 퍼석, 하고 돌가루가 튀었지만 철추와 쇠사슬이 뽑히지는 않았다. 반대편 절벽 쪽도 마찬가지다. 석벽 쪽에서처럼 돌 부스러기가 먼지처럼 피어올랐을 뿐이었다.

'이럴 수가……!!'

단운룡의 주먹이 불끈 쥐어졌다.

다 건넜다.

그렇게 쇠사슬을 따라 협곡을 건넌 철운거다. 절벽 저편에 꽈앙 하고 부딪치지만, 그런 충격에도 철추와 쇠사슬은 튼튼하다. 절벽에 기대어 매달린 철운거를 완벽하게 지탱해 주고 있었다.

'믿을 수가 없군!'

대단하다.

황홀할 정도로 멋졌다. 저편에서 다가오고 있었던 고수의 존재조차 잊어버리게 만드는 광경이다.

흥분을 감추지 못한 채 지켜보는 단운룡.

아래쪽의 백가화는 백룡창을 몇 번 휘둘러 형산파 무인들을 떨쳐 내고는 그대로 몸을 날려 협곡 위, 쇠사슬 위로 내려선다.

흔들흔들, 쇠사슬 밑은 까마득한 단애(斷崖)다.

쇠사슬 위에서 부드럽게 발을 움직이니, 마치 외줄을 타며 곡예를 부리는 마희단과 같다. 순식간에 협곡 한가운데까지 이른 백가화다. 월성신장이 이를 갈며 옆을 향해 물었다.

"다리는? 협곡을 건널 다리는 없는가?"

"이쪽 길로 산등성이 하나를 넘어야 한 개가 있을 뿐입니다!"

"다른 길은?"

"어, 없습니다."

길이 없다.

말 그대로다. 두 눈을 훤하게 뜨고도 잡을 길이 없었다.

이대로 지켜볼 수밖에 없는가.

형산파 무인들, 뒤에 늘어선 각파의 무인들의 얼굴에 당혹감과 놀라움, 그리고 분노가 묻어나고 있었다. 분기를 못 참은 무인 하나가 큰 소리로 외치며 칼을 뽑아 들었다.

"저 쇠사슬 따위, 끊어버리면 그만이다!"

연결된 쇠사슬을 끊어버릴 기세다. 하나 무인은 자신의 칼을 다 휘두르지 못했다. 월성신장의 호통 소리 때문이었다.

"경동하지 마시오! 철운거도 함께 떨어질 수가 있소!"

맞는 말이다.

쇠사슬을 건들면 안 된다. 벽에 박힌 쇠사슬이 뽑혀 버리면 백가화와 철운거는 만장단애 아래로 떨어지고 마는 것이다.

"그냥 죽여 버리고 아래쪽에서 찾으면 될 것 아니오!"

"창왕비전이 철운거 안에 있으리란 보장은 그 어디에도 없소!!"

옳은 판단이었다.

이대로 떨궈놓고 아래쪽에서 찾아본다?

창왕비전이 철운거 안에 없으면 모든 것이 끝이다.

다른 어딘가에 숨겨놓았다면 그 위치는 양무의와 백가화, 두 사람밖에 모르는 것이다.

둘 다 죽어버리면 그것을 어디에서 찾을까. 지금 당장 놓칠 것 같은 조급함에 일을 완전히 그르칠 수는 없을 따름이었다.

"어쩔 수 없군요. 이 길로라도 쫓아가겠습니다!"

쇠사슬을 끊을 수 없다.

쇠사슬밖에는 길이 없다.

휙! 휘익!

형산파 무인들 세 명이 몸을 날렸다. 백가화를 따라 쇠사슬을 건너기 시작한 것이다. 불안불안해 보였지만, 어렵지 않게 균형을 잡으며 앞으로 나아가고 있었다. 그것을 보던 월성신장. 처음에는 그대로 지켜보던 그가 이내 다급한 목소리로 추격 중지 명령을 내렸다.

"아니다! 쫓지 마!"

"예?"

"위험하다! 돌아와!"

"하, 하지만!"

"명령이다! 불복은 불가한다!"

"존명!!"

형산파 무인들이 어쩔 수 없다는 듯 쇠사슬에서 내려왔다. 그러자 뒤쪽에 몰려들어 있던 무인들 중 한 명이 나서며 호기로운 목소리로 소리쳤다.

"광녕에서 온 비천편이오! 협곡과 외줄, 천하의 형산파도 겁이 나는 모양이군! 그렇다면 내가 가겠소!"

제법 경공에 자신이 있는 듯, 재빨리 몸을 날려 쇠사슬에 올라탄다. 큰소리를 쳤던 것처럼, 한발한발 나아가는 속도가 상당히 빠르다.

그것으로 시작이다.

비천편을 필두로 신법에 자신있다는 무인들이 하나둘 쇠사슬 위로 몸을 날린다.

다섯 명. 외줄에 목숨을 걸고 백가화와 철운거를 쫓는 자들이 다섯 명에 이르렀다. 하지만 백가화는 이미 쇠사슬을 다 건너 절벽 저편에 이른 상태였다.

절벽에 기대어져 멈춰 있는 철운거다. 철운거 앞에서 위쪽을 올려본다. 평지까지는 높지 않다. 한 번의 도약으로 뛰어올라 가면 그만이었다.

문제는 철운거.

반 장을 조금 넘는 높이.

위쪽으로 끌어 올려야 한다.

백가화가 쇠사슬 위에서 몸을 돌렸다. 쇠사슬을 따라 건너오는 무인들이 보였다. 추악하고도 불쌍한 자들이다. 백가화가 다시 한 번 창대를 입에 물고 두 손으로 쇠사슬을 잡았다.

손등은 섬섬옥수 하얗기만 하나, 손가락은 굳은살로 매끄럽지 못하다. 그녀의 손아귀에 내력이 모여든다. 한줄기 기합성과 함께 두 손을 힘껏 잡아당기니 팽팽해지는 쇠사슬이 번쩍 위쪽으로 튕겨져 올랐다.

"으앗!"

"아아아아아아악!"

그 한 번의 움직임으로 두 사람이 떨어졌다. 흔들리는 쇠사슬에 매달린 세 사람의 입에서 누가 먼저랄 것도 없는 욕지거리가 한꺼번에 터져 나왔다.

"이런 악독한 년!"

"죽을 뻔했잖아! 이런 개 같은!"

"죽일 년이!!"

욕을 내뱉어도 소용없다.

백가화가 다시 한 번 힘을 다해 쇠사슬을 잡아당긴다.

"제기랄!"

가장 뒤쪽에 있던 놈이 도저히 안 되겠다는 듯 다급하게 몸을 날렸다. 더 뒤쪽, 흔들리는 쇠사슬이 아닌 발 디딜 곳 충분한 산길 쪽을 향해서였다.

"이 마녀! 굳이 우리를 죽여야만 직성이 풀리겠느냐!!"

선두에 선 비천편이 고래고래 소리를 질렀다.

그러나 백가화는 비천편에게 눈길조차 주지 않았다. 다시 한 번 몸을 낮추고 쇠사슬을 잡을 뿐이다.

"피도 눈물도 없는 여자로군요. 어떻게 저럴 수가!"

"속수무책이겠습니다. 따라갔었다면 큰일이 났겠군요."

"그래. 진실로 무서운 성정이다. 이미 마도(魔道)에 발을 들인 게야."

아래쪽 산길.

형산파 무인들의 목소리다. 월성신장은 백가화에게 들으라는 듯 목소리를 높이고 있었다. 그들의 대화를 들은 단운룡이 코웃음을 치며 중얼거렸다.

"그런 게 아니겠지."

백가화가 하려는 것.

단운룡은 알고 있었다. 쇠사슬을 잡아 팅기는 진짜 이유를.

쫓는 자를 절벽 밑으로 떨어뜨리기 위해서가 아니다. 떨어져 죽는 것은 그야말로 거기까지 따라온 놈 잘못이다.

내력을 실어서 잡아당긴다.

목적은 하나다.

단운룡이 다시 한 번 감탄한 이유가 거기에 있다. 한 번 잡아당길 때마다 이쪽 석벽에 꽂혀진 사슬에서 돌가루가 터져 나오고 있었다.

뽑겠다는 뜻이다. 철추를 뽑기 위해 쇠사슬을 잡아당기고 있는 것이었다.

'과연……! 그 방법밖에 없겠지……!'

뽑아서 어쩌려는가?

간단하다.

세 번째; 힘껏 잡아당기는 손길에 석벽의 철추가 굉음을 울리며 통째로 뽑혀 나왔다. 팽팽하던 쇠사슬이 제멋대로 팅겨졌다. 산길을 휩쓸며 절벽으로 빨려 들어가는 기세가 무섭다.

꿈틀거리는 쇠사슬에 월성신장과 무인들이 급하게 양쪽으로 몸을 피했다.

"저, 저 무슨!!"

석벽 한쪽에서 지탱하던 힘이 없어져 버렸다. 빨려들 듯 협곡 밑으로 떨어지는 쇠사슬이다. 균형을 잡기 위해 애쓰던 비천편과 또 한 명 이름 모를 무인의 얼굴이 창백하게 변했다.

"으엇!"

"으아아아악!"

추락하는 두 사람이다.

어쩔 수가 없다. 비천편이 손을 휘둘러 쇠사슬을 잡으려 했지만, 불규칙하게 흔들린 쇠사슬은 그의 손을 외면하고 말았다.

그렇게 떨어진 두 사람.

백가화는 그들과 반대로 움직였다. 쇠사슬을 꽉 쥔 채 위쪽으로 몸을 솟구친다. 가뿐하다. 평지에 내려서는 두 발엔 안정감만이 가득했다.

좌르르르륵!

석벽에 박혀 있던 철추 쪽은 그렇게 절벽 밑으로 떨어지고 있었지만, 철운거에 걸려 있는 쪽은 백가화의 양손에 꽉 잡혀 있었다.

평지 위쪽에서 굳게 버텨선 백가화다. 쇠사슬을 잡아 지탱하니 철운거는 떨어지지 않은 채 그대로 절벽에 붙어 있을 수가 있었던 것이다.

"고정시켜요!"

백가화가 한 손으로 입에 물고 있던 백룡창을 잡아 들어 땅에 꽂아놓고는 절벽 아래쪽을 향해 외쳤다.

'그렇군!'

그것으로 확실해진다. 철운거 안에 사람이 들어 있음을 확인시켜 주는 순간이었다.

철컹!

철운거 쪽으로부터 백가화의 목소리에 화답하는 금속성이 들려왔다. 철운거 안쪽에서 쇠사슬을 고정하는 소리였다.

"합!"

그렇게 되면 잡아 올리는 것은 어렵지 않다. 백가화가 기합성을 내지르며 양손으로 쇠사슬을 잡아당겼다. 단숨에 끌어 올리는 백가화다. 절벽에 박혀 있던 철추로부터 폭음과도 같은 소리가 터져 나왔다.

퍼어엉!

한 번에 뽑히는 소리다. 철운거가 절벽 위로 올라왔다.

평지에 올라온 철운거. 그 다음은 쇠사슬이다. 차르르르륵! 하는 소리와 함께 철운거 안으로 쇠사슬이 빨려 들어간다.

협곡을 사이에 두고 이쪽에서 저쪽까지.

숨 돌릴 틈 없이.

놀라움의 연속으로.

감탄을 자아내는 활극을 보여줬다. 박수라도 치고 싶을 지경이다.

닭 쫓던 개라는 표현이 있다. 산길로 쫓아온 수십 명 무인들, 형산파 무인들 이십 명도 예외는 없다. 그들 모두를 닭 쫓던 개로 만들고, 절벽 저편에서 고개 한 번 돌리지 않은 채 숲 속으로 사라져 버렸다.

대단했다.

아직도 다 감겨 들어가지 않은 쇠사슬만이 차르륵, 하는 금속성을 내면서 긴 뱀의 꼬리처럼 흔적을 남기고 있었을 따름이다.

'최고다! 진심으로 감탄했어.'

협곡 저편으로 사라져 버린 백가화다. 쫓아갈 방법이 막막해진 상황이지만 워낙에나 보기 드문 구경을 한 까닭에 별반 아쉬운 생각도 들질 않는다.

더욱이.

보기 드문 구경이라 함은 그것으로 끝이 아니었다.

또 있다. 아까부터 단운룡을 긴장케 했던 자다.

존재감부터가 무지막지했던 자. 그가 비로소 이 좁은 산길에 당도한 것이다.

"저, 저 사람은……!"

"가, 각주님! 뒤쪽에……!"

한 걸음. 한 걸음.

웅성거리는 소리가 협곡에 울려 퍼진다.

사람들의 시선이 한쪽으로 집중되고 이내 충격과 경악의 표정들이 그들의 얼굴로 이어졌다. 누군가의 목소리가 떨리는 세 글자를 뱉어내고 있었다.

"해남파……!"

위에서 내려다보는 단운룡.

해남파라고 했었던가.

걸어오는 자는 바로 그 해남파 그 자체다.

단 한 명의 수행원도 없이 여유로운 태도로 발을 옮긴다.

은은한 하늘색. 쪽빛의 무복이다.

긴 머리엔 단 하나의 백선(白線)도 보이지 않는다. 중년의 나이를 훌쩍 넘겼을 텐데도 흑단같이 윤기있는 머리카락을 자랑하고 있다.

얼굴도 마찬가지다. 이 각도에서는 얼굴이 제대로 보이지 않았지만, 구릿빛 피부와 뚜렷한 윤곽선만큼은 충분히 확인할 수 있었다.

'굉장한 눈빛을 하고 있겠지.'

짐작할 수 있다. 여기선 보이지 않아도 충분히 상상할 수 있는 것이다.

절대의 위엄이었다.

무복의 짧은 소매가 제아무리 편해 보인다 해도, 그 타고난 위엄은 결코 줄어들 수 없었다. 허리춤에 걸려 있는 검, 남해의 전설이 된 해왕(海王)의 화려한 보석 장식도 그 진중한 위엄은 조금도 해칠 수가 없었을 따름이다.

저벅, 저벅.

'걷는 것이 곧 길이라는 것인가.'

산길에 흩어진 무인들 사이로 말 없는 길이 생긴다.

그것은 차라리 경외심이라 할 수 있을 것이다.

누구도 감히 그에게 말을 거는 이가 없다. 눈조차 마주치지 못하고 그 그림자조차 밟질 못한다. 그저 그 어떤 것도 방해되지 않도록 길을 비켜줄 따름이었다.

"역시나……!"

격이 다른 자였다.

모습을 드러낸 것만으로 충분하다.

누군가 나서서 그의 이름을 밝혀주지 않더라도, 그 존재감만 가지고도 그가 누구인지 알 수 있다.

해남파 장문인. 남위 위원홍.

그것이 그의 이름이었다.

"해남파 장문인을 뵙습니다!"

경이의 정적 속에서 그 압박감을 뚫고 처음으로 입을 연 자는 다름 아닌 월성신장 형동이었다. 극도의 공경심을 보이며 포권을 취하고는 고개를 숙인다. 해남 장문 위원홍이 그를 돌아보며 물었다.

"누구……?"

월성신장 따위는 모른다. 아무런 감흥도, 감정도 담겨 있지 않은 목소리였다. 월성신장의 얼굴이 다시 한 번 붉어졌다.

"형산파의 월성각주를 맡고 있는 형동이라 합니다."

"그런가……."

위원홍의 목소리는 변하지 않았다. 형산파, 월성신장의 이름을 듣고도 특별한 반응이 없다. 그저 주변을 돌아보고는 무감각한 목소리로 물어올 뿐이었다.

"…철운거는?"

웃음이 나올 것만 같다.

단운룡은 그런 위원홍을 내려다보며 사부 소연신을 떠올렸다.

형산파든 월성각주든 관심을 보이질 않는다. 호광 남부에서 가장 세력이 강하다는 형산파도, 강호에 이름난 월성신장의 명성도, 위원홍에게는 아무것도 아니라는 뜻이다.

남해를 제패한 남자, 일대종사의 위치에 올라 있는 위원홍.

그의 눈에는 이 월성신장이라는 고수조차도 대수로울 것이 없으리라. 발밑의 잡초들을 내려다볼 때 어느 풀줄기가 조금 길게 자라 있다 하여 특별함을 느끼지는 못하는 것처럼, 월성신장의 뛰어난 기도도 주변에 있는 다른 무인들과 별다를 것이 없게 느껴질 것이다. 그저 잡초들 중 하나다. 산꼭대기에 올라선 자에게 있어 산 밑으로 보이는 나무들의 높이란 결국, 거기서 거기라는 이야기였다.

"처, 철운거는… 협곡 저편으로……."

무시당한 월성신장.

특별히 무시하려고 무시한 것이 아니기에 더 굴욕적이다. 월성신장이 일그러진 표정으로 협곡 저편을 가리켰다. 그 누구도 한 번에 뛰어넘을 수 없는 협곡이다. 자신들은 물론, 위원홍으로서도 어쩔 수가 없으리란 것을 보여주려는 것 같았다.

"이 협곡을 잘도 건넜군."

위원홍이 천천히 발을 옮겨 깎아지른 협곡 앞에 이르렀다.

아래쪽에서 불어오는 바람이 상당했다. 밑으로 보이는 물줄기는 얼마나 까마득한지 그저 한줄기 실타래처럼 보일 정도였다.

"그럼 어디 한번 쫓아가 볼까."

위원홍이 절벽 저쪽을 바라보며 혼잣말처럼 나직한 목소리로 말했다. 그가 허리춤에서 보검 해왕을 꺼내 들었다. 해남파 장문지병 해왕. 그 검집에는 온갖 해수(海獸), 해어(海魚)의 문양이 푸른색 벽철(碧鐵)로 아름답게 세공되어 있으며, 검병에는 깊은 바다 푸른색의 보석이 박혀 있다. 천하 장인들 중 신장(神匠) 도철의 실력에 유일하게 근접해 있었다고 전해지는 병왕(兵王) 염 노사가 만든 신병이다.

그가 그 해왕검을 검집째 들어올려 그 끝으로 가볍게 땅을 찍었다. 아무런 힘도 들이지 않았다는 듯 툭 찍어 내리는 것 같았지만, 그 여파는 그처럼 간단치 않았다.

꾸웅! 쫘아아악!

무릎 높이까지 흙먼지가 치솟는다. 해왕검 검집 끝을 중심으로 단단한 땅바닥에 거북의 등딱지 같은 균열이 생겨났다.

검 다음은 진각(震脚)이다.

위원홍의 발이 땅을 굴렀다. 터엉! 하는 소리, 갈라진 땅바닥에서 어른의 손바닥만 한 돌 조각 몇 개가 하늘로 솟구쳐 올랐다.

눈높이까지 올라오는 돌 조각들.

마치 몇 개만 골라서 하늘로 올려낸 것 같다. 돌 조각들이 머리 높이까지 올라왔다 다시 가슴 높이쯤으로 떨어지고 있을 때다. 위원홍이 가볍게 손을 내저었다. 장력으로 쳐낸다기보다는 앞으로 향하라 명령을 내리는 느낌이었다.

쐐액! 쐐애액!

앞으로 쭈욱 뻗어나가는 돌 조각들이다. 어떤 것은 빠르게, 또한 어떤 것은 느리게 날고 있다. 단 한 번 손짓으로 어떻게 그런 조화를 부리는지 알 수가 없다. 이어지는 것은 위원홍의 도약이다. 날아가는 돌 조각을 따라 한순간에 날아오른다. 무서운 속도, 빠르기 이를 데 없는 신법이었다.

'저런 방법이 있었군!'

경험이 충만한 종사들은 다르다.

협곡이 깊고 넓어도 문제될 것이 없다. 하늘을 날아 함께 날아가는 돌 조각을 박찬다. 손바닥만 한 돌 조각에 얼마만큼의 힘이 걸리겠는가? 그런 상식 따위 통하지 않는다. 마치 평지에서 몸을 날릴 때처럼 하늘 위로 몇 장이나 뛰어오른다.

"오오오오오!"

"저럴 수가!!"

무인들 사이에서 커다란 탄성이 터져 나왔다.

일보 도약에 몇 장씩 날아가는 신법도 대단했지만, 더욱더 대단한 것은 절묘하게 날아오는 돌 조각의 속도였다. 위에서 내려오는 위원홍의 발밑에 두 번째 돌 조각이 약속이라도 한 듯 날아오고 있었던 것이다.

파앙!

세 개, 세 개다.

먼저 날린 돌 조각 세 개를 공중에서 차례로 밟고 뛰어올라 저쪽 협곡까지 이르렀다.

그가 땅바닥을 내려본다. 철운거에 이어졌던 쇠사슬 자국이 땅바닥에 새겨져 숲 속까지 이어지고 있었다.

뒤도 돌아보지 않고 움직인다?

그것이 위원홍에게는 가장 어울릴 것 같다. 하지만 위원홍은 다시 이편으로 고개를 돌렸다. 정확히는 이쪽 절벽을 향해서가 아니라 더 위쪽을 향해서다.

그것은 다름 아닌 단운룡이 있는 곳.

그렇게나 먼 거리를 두고 단운룡과 위원홍의 시선이 맞부딪친 것이다.

"네놈은 뭐냐?"

그렇게 묻는다. 똑바로 쏘아오는 눈빛에 그와 같은 목소리
가 담겨 있었다.

"글쎄, 뭘까……."

무엇인가.

단운룡은 대답을 보류했다.

위원홍이 물어보는 것, 그것에 담긴 의미는 단순한 것이 아
니었던 까닭이다.

그것은 단운룡의 본질을 묻는 질문이다.

이글거리며 끓어오르는 마음의 기운. 위원홍을 향한 단운
룡의 기파는 그가 보여준 신기에 대한 감탄만이 아니다. 도전
을 청하는 자의 들끓는 기세와도 같다.

불산에 왔으면서도 창왕비전에 대한 흥미는 없다. 산길에
있는 무인들과는 근본적으로 다르다. 위원홍은 그 때문에, 그
것을 읽었던 까닭에 그와 같은 시선을 던졌던 것이다.

"그냥 구경꾼은 아닐 터. 죽고 싶지 않다면 돌아가라. 엉뚱
한 수작 따윈 꾸미지 않는 편이 좋을 것이다."

위원홍의 시선에 한순간 비친 것은 위험한 살기에 다름이
아니다.

협박과도 같은 안광을 남기고 몸을 돌린다. 백가화와 철운
거가 사라진 숲 속을 향해서다.

그런 위원홍의 등을 바라보는 단운룡이다.

단운룡의 입가에 한줄기 미소가 깃들었다.

'해남파 장문인이라. 이런 살기는 또 처음이다. 구파의 장문인이라면 호호백발에 신선 같은 인간들만 있는 줄 알았더니, 저렇게 사납고 위험한 놈도 있었군.'

단운룡이 고개를 끄덕였다.

역시나 천하의 뜻은 오묘하다. 오묘하여 흥미롭고, 신비하여 재미가 있다.

벼는 익을수록 고개를 숙인다지만 사람은 그렇지 않다. 그러한 사람을 겸손하다 칭송하지만, 그렇지 않다 하여 잘못된 것은 아니다.

오연하고 오만한 기상이다. 주변을 두려워하지 않는다.

몰아치는 물살과 파도처럼 자신의 능력을 드러내는 것을 주저하지 않으니, 말 그대로 남해 최강, 무적의 남해검제다.

'그렇다고, 꼬리를 뺄 수야 없지. 돌아가라? 웃기는군. 얼마든지 쫓아가 주마.'

해남 장문의 명성과 실력이 어떠하든.

거침이 없기로는 단운룡도 마찬가지다.

그만한 거인의 시선을 직접 받고도 두려움을 느끼지 못한다.

곧이곧대로 말을 들을 단운룡이 아니다.

당장 따라간다. 함부로 따라갔다가는 위원홍이 경고한 것처럼 죽을 수도 있다?

그렇지 않다.

이길 수 있으리란 생각은 들지 않지만, 그렇다고 처참하게 죽을 것 같지도 않았다. 그런 죽음이 가능하다고 한다면 그 상대는 오직 소연신 한 사람밖에 없다는 생각이었다.

'일단 이것부터 건너자.'

단운룡은 가슴을 펴고 주변을 둘러보았다.

먼 길을 돌아갈 생각은 없다. 위원홍이 저렇게 뛰어넘는 것을 본 마당에 다른 길을 찾겠다며 꼴사납게 굴 수는 없는 일이었다.

'저거면 되겠군.'

단운룡의 눈이 옆에 선 한 그루 아름드리 나무에 이르렀다. 손날을 세우고 광검결의 내력을 일으켰다.

쫘악! 쩌억! 후두두두둑!

밑둥을 자르고, 위쪽을 가른다. 뻗어 있는 가지가 통째로 잘려 나가니, 아름드리 나무는 하나의 커다란 통나무로 변했다.

"이엿차!"

통나무를 어깨에 메고 내공을 끌어올렸다.

광극진기는 그저 몸을 빠르게만 만드는 것이 아니다. 속도라 함은 결국 순간적인 힘에서 비롯되는 것. 광극진기는 곧 괴력의 다른 말이었다.

"하압!"

꿈틀, 어깨에서 시작된 힘이 통나무로 이어진다. 힘을 다해 던져 내는 통나무. 절벽 위에서 협곡 저편으로, 날아가는 통나무가 묵직한 사선을 그렸다.

텅! 쐐애애액!

말하자면 위원홍의 흉내다.

절벽을 박차고 날아올라 먼저 날린 통나무 위에 올라섰다.

위원홍처럼 세 번이나 뛰어오를 필요도 없다. 통나무 위에서 몸을 세우고 여유롭게 팔짱을 꼈다. 연녹색 비단 유삼이 시원한 바람을 받았다.

파라라라락!

절벽 위, 위쪽에서 던졌기에 가능한 일이다. 통나무의 무게가 있고 단운룡의 무게가 있으니, 수평으로 던졌더라면 그와 같은 신기는 불가능한 일이었으리라.

"저, 저것!"

"위다! 위쪽이다!"

밑에서 하늘 위로 손가락질을 하며 웅성거리는 무인들이 있다.

절벽 위에서부터 사선으로.

통나무를 탄 채 협곡을 건넌다. 공중을 날아 무서운 속도로 내리 꽂히니, 그곳은 위원홍이 착지했던 그 부근이다. 통나무 끝에서부터 굉음이 터져 나왔다.

꽈아아아아아앙!

흙먼지 치솟는 땅바닥에 아름드리 통나무가 비스듬히 꽂혀 있다.

충돌 직전 몸을 날렸던 단운룡이 다시 통나무 위에 가뿐히 내려섰다. 상상을 초월한 발상, 신기에 이른 경신술이었다.

"저, 저건 누구지?"

"어디서 나타난 거냐?"

"어디의 누구냐?"

사람들의 웅성거림이 협곡 너머까지 들려오고 있었다. 단운룡은 위원홍처럼 뒤를 돌아보지 않았다. 흙먼지가 채 걷히기도 전에, 곧바로 철운거가 사라진 그 숲 속으로 뛰어들었다. 앞에 무엇이 있더라도 문제될 것 없다는 강인한 마음가짐이 그 등 전체에 깃들어 있었다.

제13장 양무의(楊武義)

양무의(楊武義).

하남 출생. 자(字), 봉효(鳳梟). 부(父), 정오품 관리 양회(楊檜). 태조(太祖) 말, 남옥의 변에 휩쓸려 옥사(獄死)함. 모(母), 순 부인. 가문이 무너진 직후 병사(病死).

십대에는 양씨 성을 감추고 관아의 추격을 피해 자취를 감춤.

당시 봉효(鳳梟)라는 소년이 무평(武平)에서 두각을 나타냈다는 이야기가 있으나 그 봉효가 양무의와 동일 인물인지는 명확치 않음.

십대 후반, 다시 양무의라는 이름을 쓰기 시작하여 시서화 문필로 명성을 날리기 시작함. 이때 이미 하반신을 쓸 수 없었으나, 어떤 연유에 의해 그리되었는지는 알 수가 없음. 두 다리 근육의 퇴축이 현저하지 않았고, 길이도 정상인 것으로 보아 장성한 이후에 불구가 되었던 것으로 추정됨.

…(중략)…….

마장(魔匠) 당철민과 친분이 있는 것으로 알려졌으며, 그 철운거 역시 마장의 손을 거친 것으로 사료됨. 철운거는 마지막 시점까지 개조와 개조를 거쳐 의협비룡회(義俠飛龍會)의 개회 시기에는 일종의 병기화(兵機化)가 이루어졌다고 알려짐.

난세의 절정에서 의협비룡회의 군사(軍師)로 활동하며 보여주었던 군략들에는 양무의 이외에는 실현 불가능했다는 평가가 언제나 따라붙고 있음. 신화대전(神話大戰), 옥황과의 일전은 무림지략의 백미로 손꼽힘. 드넓은 중원 천하 무당파의 비천신협 석조경이나, 소림의 병나한(病羅漢)과 같은 지모의 달인들이 있으나, 중원 남서 방면에서 양무의의 명성은 여타 지략가들의 범접을 허용치 못할 만큼 절대적인 데가 있음. 수로맹 군사 수로육손 류백언은 그를 두고 "비룡의 여의주(如意珠)"라는 표현을 썼다고 전해짐…(중략)…….

한백무림서 인물편 제이십이장
주요강호인물 中에서.

철혈신녀 백가화는 자취를 감추었다. 철운거도 마찬가지
다.

땅에 새겨졌던 쇠사슬 자국은 그리 길게 이어지지 않았다.
철운거 안에서 뽑혀 나왔던 것처럼 다시 그 안으로 감겨들어
간 모양이었다.

없어진 것은 쇠사슬 자국뿐이 아니었다.

쇠사슬의 흔적이 없어진 곳에서 얼마 가지 않아 철운거의
바퀴 자국까지도 한순간에 사라져 버린 것이다.

'들고 갔다?'

그렇게밖에 생각할 수 없었다.

호리호리한 여인의 몸으로 철운거를 지고 움직이는 광경은 쉽게 상상하기 어려운 것이겠지만, 그러지 않고서야 이렇게 끊어진 흔적을 설명할 길이 없었다.

실제로도 보지 않았던가.

철운거를 들어올리고 던져 냈으며, 절벽에 매달렸던 철운거를 사슬 줄기 하나로 다시 끌어 올리기까지 했었던 그녀의 괴력을 말이다.

'멀리 가지는 못했을 텐데.'

숲을 벗어나 다른 골짜기로 접어드는 갈림길이다. 철운거의 바퀴 자국은 거기에서 끊겨 있었다. 단운룡의 눈이 주변 지형을 훑었다. 갈림길은 세 방향이었지만, 그 세 개의 산길만을 생각할 수는 없다. 절벽에 막혀 있는 한 면을 제외하고 우거진 숲이나 바윗돌로 뒤덮인 오르막까지도 전부 다 움직일 수 있는 '길'이라 봐야 했다.

'남위는?'

단운룡은 감각을 열고 위원홍의 기도를 쫓았다.

가파른 오르막길.

역시나 위원홍이다. 기척을 감출 생각조차 안 하고 있다. 오르막 위쪽에 위원홍의 기파가 일렁이고 있었다. 상대가 그것을 먼저 느끼고 도망을 치든 말든 상관하지 않는 오만함이 절로 전해져 왔다.

'자신감이 지나치시군.'

위원홍이 오르막으로 올라갔다 하여 백가화와 철운거가 그쪽으로 갔다고 생각할 수는 없다. 단적인 증거라면 위원홍의 이동 속도가 그리 빠르지 않다는 사실일 것이다. 지대가 높은 곳에서 감각의 거미줄을 드리운 채 다른 움직임을 찾고 있다는 느낌이 들었다.

'그래서 놓친 거다. 그들의 움직임은 계획적이었어. 이쪽을 다 드러내 놓고 잡을 수 있는 자들이 아니야.'

속도나 거리는 문제가 아니다.

그리 길지 않았던 시간 차.

백가화와 철운거는 감쪽같이 사라졌고, 어떻게 사라졌는지는 그들만이 알고 있을 것이다. 위원홍 정도의 괴물이 다가온다는 것을 알고서, 아니, 그의 출현 이전부터 이미 확실한 계획하에 움직인 것이 틀림없었다.

'추격자가 협곡을 쉽게 건널 가능성. 그것까지도 염두에 두었겠지. 절벽 이쪽에도 다른 추격자가 있을 수 있었어. 이 동선, 이 도주. 이건 애초부터 도주가 아니다. 이들은 추격자들에게 몰려서 움직이는 것이 아냐.'

갑작스럽게 나타나서 추격을 당하고, 협곡이 있는 산길로 추격자들을 모았다.

싸우면서 충분히 시간을 끌고, 다른 지역의 추격자들까지 전부 다 그쪽으로 오게 만든 다음, 그들을 농락이라도 하는 것처럼 협곡을 건너 버렸다. 어쩔 수 없이 쫓기는 것이 아니라 스스로 쫓기는 상황을 만들고 그것을 돌파하는 방식이라는 것이다.

'일반적인 추격전과는 본질적으로 다르다. 마치 일부러 사람들을 끌어 모으는 느낌이야.'

그것은 예감이나 직감과는 다르다.

경험이었다.

위험천만의 추격전. 어쩔 수 없이 살기 위해 적에게 쫓기는 경험이라면 단운룡만큼 많이 해본 자도 온 천하에 드물다 할 것이다.

그 경험에 비추어볼 때.

이들의 추격전은 일반적인 추격전이라 도저히 말할 수가 없었다.

그들의 움직임엔 애초부터 절박함이란 것이 없다.

살기 위해, 목숨을 구하기 위해 도망치는 자들이 아니라는 말이다. 도리어 계략을 꾸미고 함정으로 끌어들이듯, 추격자들을 유도하려는 의도가 엿보이고 있었던 것이다.

'처음부터 다시 생각해야 한다. 다분히 의도적인 움직임! 모두가 철운거를 노리고 있지만, 실상은 그 반대다. 양무의. 사람들이 그를 노리는 것이 아니라 운거모사 양무의가 뭔가를 노리고 있는 것이다.'

운거모사 양무의.

쫓기고 있는 것이 아니라 쫓고 있다. 모든 것을 새롭게 생각해야 한다. 그 진의를 알고자 한다면 근본부터. 애초에 이런 일이 생겼던 발단부터 다시 한 번 짚어봐야 할 것이다.

'창왕비전. 그것은 어쩌면 처음부터 없었던 물건일지 도……!'

단운룡의 생각은 거기까지였다.

어디까지나 비약은 금물.

그것을 밝히고자 한다면 먼저 그들을 만나야 한다.

모든 것을 계획하고 움직였으니 쫓을 방법도 없다?

아니다. 포기라는 것은 단운룡과 어울리지 않는 단어다.

위원홍이 골짜기 위에서 산 전체에 감각을 열어두고 있다면, 단운룡은 단운룡 나름대로 길을 찾아야만 했다.

'허를 찌르는 움직임. 예상대로 흘러가지 않는 의외성이라 한다면……!'

단운룡은 갈림길에 선 채 바퀴 자국이 끊겨 버린 땅을 다시 한 번 내려다보았다.

없어진 바퀴 자국.

가장 먼저 생각나는 말이 있다.

하늘로 솟았나.

땅으로 꺼졌는가.

단운룡의 눈이 다시 한 번 주변을 둘러보았다.

산길 세 갈래, 우거진 숲, 덥고 습한 남부 산지의 전형이다.

단운룡의 눈이 번쩍 빛났다.

사부는 양무의를 재미있는 자라고 말했다. 단운룡이 직접 본 철운거 역시도 재미와 흥미를 두루 갖춘 물건이었다.

양무의는 따분한 자가 아니다. 필시 범상한 책략보다는 신선한 발상과 재기 넘치는 계책을 좋아하는 자일 것이다.

'하늘인가, 땅인가라……!'

철운거는 협곡을 날아서 건넜다. 하늘로 솟았다는 말이다. 그렇다면 그 다음은 어딜까. 허를 찌르는 것, 상상을 벗어나는 것. 가까이에 있어서 보지 못하는 것. 장난처럼 생각나는 것이 있다. 생각과 동시에 직감으로 다가오는 발상이었다.

'땅으로 꺼졌다?'

단운룡의 눈이 막혀 있는 절벽에 이르렀다. 긴 거리를 움직이지 않고 자취를 감추려면 보통 길로는 불가능하다. 주변 거리가 얼마나 넓든, 위원홍이 감지할 수 없다고 한다면 시야에서 완전히 벗어난 곳일 가능성이 높았다.

사사사삭!

단운룡은 절벽으로 달려가 그 밑의 수풀을 살폈다. 그 어떤 흔적조차 남아 있지 않았지만 그 정도 철저함은 당연한 일이다. 스스로의 판단에 의심이 깃들면 그 순간 무너지는 법, 단운룡은 확신을 가지고서 절벽 밑을 샅샅이 훑어나갔다.

'동굴!!'

단운룡은 우거진 수풀 한쪽에서 하나의 동굴을 찾아낼 수 있었다. 풀에 가려 보이질 않지만, 그런 만큼 누가 들어가도 감쪽같이 사라질 수 있는 동굴이었다.

'여기다!'

안으로 들어간 단운룡은 이내 확신할 수가 있었다.

어두운 동굴에서 안력을 돋우니, 과연 축축한 땅 위에 네 줄기 바퀴 자국이 보인다. 머나먼 동굴 저편으로부터 드르륵! 하고 아련한 바퀴 소리까지 들려오고 있었다.

'이쪽으로 들어온 것은 분명하나……'

하지만.

단운룡은 동굴 안으로 얼마 들어가지 않아 난관에 봉착하고 말았다. 구멍이 사방으로 뚫린 동굴들, 다시 한 번 바퀴 자국이 사라져 버린 것이다.

미로(迷路)였다. 더욱이 이곳은 천연 동굴로 보이지도 않는다. 곳곳에 사람의 흔적이 남아 있다. 사람이 머물렀던 흔적, 무너진 돌무더기에, 심지어는 버려진 곡괭이들까지 눈에 들어오고 있었다.

'이래서는……!'

동굴과 숲은 다르다. 잠시 동안 멈춰 선 것은 그래서였다.

바퀴 소리를 따라가면 그만이다?

아니다. 바퀴 소리를 온전히 따라갈 수 있으리란 보장은 어디에도 없다.

단운룡은 석실에서 무공을 연마했다. 도강언의 석실은 완전한 인공 석실로 네모 반듯한 구조를 지니고 있었지만, 금당현과 광안현의 석실은 천연 동굴을 기반으로 만들어진 곳이기에 석벽의 벽면이 균일하지 않았다.

그렇기에 단운룡은 알고 있었다. 동굴이 내는 소리의 반향이 얼마나 불규칙한 것인지 말이다. 이와 같은 미로라면 그 반향은 그야말로 예측 불가능한 것이 된다. 무턱대고 들어갔다가 길을 잃어버렸다가는 다시 나가는 것도 쉽지 않을 일이었다.

'게다가… 저 바퀴 소리가 철운거의 그것이 맞는가도 문제겠지.'

멀리서 들려오는 바퀴 소리도 믿을 수 없다.

그것이 철운거의 바퀴 소리인지, 또 다른 함정일지 알 수가 없다. 발 앞에서 끊어진 이 바퀴 자국은 철운거의 그것이 틀림없었지만, 저 멀리서 들려오는 것이 똑같은 바퀴의 바퀴 소리라고는 말할 수가 없는 것이다.

'그래도 간다.'

결심하기까지 걸린 시간은 길지 않았다.

길을 잃는다?

찾으면 그만이다.

길이 없다?

만들면 그만이다.

스스로의 능력에 대한 과신이 아니라 지금 능력에 그 정도는 해줘야 한다는 편이 맞다. 단운룡은 칠흑 같은 어둠 속으로 거침없이 발을 옮겼다. 추호의 망설임도 없는 움직임이다. 석벽을 돌아가는 발길, 광극진기를 휘돌린 단운룡의 눈과 귀가, 피부가, 온몸의 근육이 동굴 속 공기의 흐름을 쫓는다. 몸을 날리는 단운룡, 그것은 철운거를 잡기 위해서가 아니다. 양무의를 만나기 위한, 그래서 그의 진의를 알고 그에게 자유를 찾아주기 위한 비룡의 내달림이었다.

          *   *   *

"지금 불산에 누가 왔는지 아십니까?"

"뭐가 그리 급해? 먼지까지 뒤집어쓰고 말이다. 대체 누가 나타났기에 그런 호들갑이야?"

도강, 도협 형제.

형제에 얽힌 사연은 그닥 복잡하지 않았다.

호남 회화현에서 고리의 대금을 일삼던 부덕한 상인을 혼내준 것을 계기로 관가의 수배자가 된 이래, 소위 의적(義賊)과도 같은 협행을 계속해 오던 중, 강남제일포쾌라 불리는 궁왕(弓王)의 추격을 받게 되어 궁지에 몰리게 되었던 고수들이다.

오랜 추격전으로 기진해 있던 귀주 북단, 적수(赤水)의 나루터.

오기룡은 궁왕의 천왕칠섬 일곱 발을 폭풍과도 같은 각법으로 막아낸다. 궁왕의 뒤에 있다는 영덕부(英德府) 영양군과

담판을 지어 도강, 도협의 죄를 사면받은 것은 흑산군사 선찬의 지모 덕분이었다.

형제는 그렇게 참룡방에 들어왔다.

은혜를 갚기 위해서, 아니, 그보다는 오기륭의 인물됨에 반하여 그들은 오기륭과 참룡방에 목숨을 바치기로 했다. 머나먼 광동성, 불산까지 와서 발로 뛰고 있는 것 역시도 바로 그런 이유에서였다.

"남북쌍위 중 남위 위원홍이 왔습니다."

"누가 왔다고?"

놀란 목소리로 되물은 것은 흑산군사 선찬이었다. 한 자루 청룡언월도를 매만지고 있던 운장대도 관승 역시도 두꺼운 두 눈썹을 치뜨며 커다란 호안을 빛냈다.

"해남 장문인, 위원홍 말입니다."

"끄응. 그 소문이 사실이었단 말인가……?"

동생, 의분협도 도협의 대답에 형, 의분중도 도강이 신음성을 내며 말했다. 고개를 한 번 내저은 흑산군사 선찬이 잠시 동안 하늘을 올려다보고는 이내 평정심을 되찾은 목소리로 물었다.

"나타난 것은 어디쯤이었지?"

"처음 나타난 곳은 오른쪽 발바닥 부근이었다 하는데 일단 사람들 앞에 확실히 모습을 드러낸 곳은 동쪽의 퇴협(腿峽)이었답니다. 불상 사타구니쯤에 있는 거요."

"아까부터 깃발이 들리고 난리던데… 철운거 때문이 아니었었나?"

"철운거가 먼저 나타났던 것은 맞습니다. 위원홍은 이 불산에 나타나자마자 그쪽으로 직행했던 것이지요."

"성급하군. 제아무리 위원홍일지라도 그런 식으로 잡을 수 있는 녀석들이 아닌데."

"그렇죠. 아시다시피 그쪽 퇴협은 아주 지세가 험하지 않습니까. 철운거와 철혈신녀는 협곡 길로 들어간 후 길이 막히자 그 협곡을 단숨에 건너서 도망쳤다고 하죠. 그 퇴협을요."

"거기, 뛰어넘을 만한 거리가 아닐 텐데?"

"철운거에 또 무슨 장치가 있었던 모양입니다. 줄을 놓고 건넜다고들 하고, 하늘에 다리가 생겼다고도 하고… 말이 많아요. 그것보다… 철운거야 그렇다지만… 그 위원홍은 좀 달랐던 모양입니다. 위원홍이 나타났던 것이 철운거가 협곡을 건넌 직후였다 해요. 철운거가 사라지는 것을 다 함께 넋 놓고 보고 있는 사이, 그냥 그걸 날아서 건너 버렸다더군요."

"그 퇴협을?"

"예."

"경공으로?"

"그렇겠죠."

"괴물이로군."

"문제는… 그런 괴물이 하나 더 있었다는 데 있죠."

"하나 더라고?"

"예. 위원홍이 그걸 건너고 얼마 지나자, 또 한 명이 그 협곡을 건넜답니다."

"그거… 동쪽 퇴협 맞아? 어디 좁은 협곡 아니고?"

"그 퇴협이 확실합니다. 그리고 이놈에 대한 이야기는 좀 더 특이하더군요. 통나무를 타고 하늘을 날아서 협곡을 건넜다고 해요."

"통나무을 타?"

"예. 통나무 하나가 하늘을 날아서 땅에 꽂혔답니다. 그 위에 그놈이 있었고요. 더욱이… 엄청나게 젊답니다. 약관 나이를 이야기하고 있던데요?"

"약관? 또 어떤 놈이 나타난 거냐?"

흑산군사 선찬이 어이가 없다는 표정으로 운장대도 관승을 돌아보았다.

무인 관승의 붉은 얼굴이 꿈틀, 더 붉은빛을 띤다.

퇴협을 단숨에 건넜다는 위원홍, 그리고 정체불명의 젊은 고수. 무를 숭상하는 무인으로서 피가 끓지 않을 도리가 없는 것이다.

"좋아. 그건 그렇다 치자. 그게 언제지?"

"얼마 안 되었습니다. 차 두 잔 마실 시간 정도 될까요. 소식을 듣자마자 전속력으로 달려왔으니까 말입니다."

전속력으로 뛰어왔다는 도협이다.

참룡방이 똬리를 틀고 있는 곳은 불산의 왼쪽 등허리라 할 수 있었다. 철운거가 나타났다는 오른쪽 허벅지 부근과는 그 야말로 완전 반대편이라는 말이었다.

산 능선이 시끌시끌했고, 위쪽에서는 아직까지도 흔들리고 있는 깃발들투성이인만큼 또 무슨 일이 터졌다는 것 정도는 알고 있었지만, 선찬은 경거망동하지 않았다.

어차피 산 반대편의 일이다. 일이 터졌다는 곳까지 열심히 달려가 보았자 도착하면 이미 그 일은 끝나 있을 것이 뻔했던 까닭이었다.

"정말 수고했다. 퇴협, 퇴협이라……. 동선 예측이 참으로 어렵다만, 다음으로 나타날 곳은 여기서 그다지 멀지 않을 거다. 아마 상당 확률로 이 근처가 될 거야."

"드디어 움직이는 겁니까?"

"그래."

"좋군요. 할 일은 뭡니까."

"도협 자네는 다시 저편으로 가서 위원홍의 움직임과 그 정체 모를 젊은 놈에 대한 것을 좀 알아봐. 도강, 자네는 가서 형님을 불러오도록 해. 우린 그 인간이 없으면 뭉쳐서 행동하는 것이 어려우니."

"알겠습니다. 그리고… 왕 형님과 진달 형님은요?"

"왕 의제는 지금 형님과 함께 있어. 진달 녀석은 지금 한참 찾고 있는 것이 있지. 그 녀석이 합류하는 대로 행동을 개시

할 거다. 그 녀석이 그것만 제대로 찾아오면 철운거의 움직임을 분명하게 예상할 수가 있을 거야."

*　　　　*　　　　*

밤하늘, 별빛이 두 사람 위로 쏟아진다.

어디쯤일까.

백가화는 그녀의 앞쪽으로 뚜껑이 열린 철운거를 끌고 있었다.

찰박찰박, 얕기도 얕은 개울물 물방울이 굴러가는 바퀴살을 따라 부서진다.

철운거에 앉아 있는 남자.

굵은 눈썹에 커다란 눈을 지녔다. 하늘 별빛이 그 눈동자에 내려온 듯하다.

양무의가 입을 열었다. 진중하고 차분한 목소리가 그 입에서 흘러나왔다.

"거기서 남위가 나타날 줄은 몰랐어."

"의랑도 모르는 것이 있었나요?"

"해남파가 움직일 줄은 알았지만, 남해의 검제가 직접 행차하실 것이라고는 미처 생각하지 못했지."

"저도 굉장히 놀랐어요. 그 기파는 정말 평생토록 잊을 수가 없을 것 같아요."

"부딪쳐서는 안 돼. 남위의 출현은 정말 예상 밖이야."

"그 협곡까지 간단히 건너왔죠. 정말 놀랐어요."

"그 영역의 고수에겐 그리 어려운 일도 아니었겠지."

"앞으로는 좀 더 힘들어지겠군요."

"그래."

"정 여의치 않다면… 해남은…… 해남도는 어때요?"

"해남도… 살기 좋은 섬이야. 거긴 또 하나의 왕국(王國)이나 다름이 없으니까."

"살기는 좋다 하면서도 어딘지 싫다는 말로 들리네요."

"그런가. 해남도라… 살기는 나쁘지 않겠지만… 일단 들어가 버리면 다시는 나올 수가 없겠지."

"그럼 거기는 안 되겠네요. 의랑은 장성에서 오악을, 바다에서 사막을, 구주천하를 전부 다 구경하고 싶다 했잖아요."

"그런 걸 다 기억하고 있어? 그런 것은 그저 꿈일 뿐이야."

"좋은 꿈이죠. 해남도가 안 된다면 더 긴장해야겠어요."

"그러지 마. 이미 충분히 고생하고 있어."

"고생이라뇨. 고생은 의랑이 더 하고 있죠. 이 답답하고 불편한 철운거에서……."

"그다지 불편하지 않아. 내가 불편한 것보다는 가화가 걱정이지. 더 가볍게 만들어야 했어. 이 무거운 걸 하루에도 몇 번이나 들고 다니게 되었으니……."

"걱정 말아요. 하나도 무겁지 않으니까요."

두 사람의 얼굴에 서로를 향한 애틋한 미소가 떠올랐다.

고생스러운 상황에서도 웃음을 잃지 않는다. 깨뜨릴 수 없는 결속이 그 두 사람의 미소 속에 있었다.

"잠깐 멈춰봐."

"예?"

"몸을 좀 일으켜 주겠어?"

"왜요?"

"손님이 온 모양이야."

양무의의 말에 백가화의 얼굴이 굳어졌다. 그녀가 등 뒤에서 백룡창을 비껴들고 철운거의 뚜껑을 잡았다. 그러자 양무의가 손을 들어 그녀의 행동을 제지했다. 그가 수풀 속의 어둠을 응시하며 나직한 목소리로 말했다.

"덮을 필요는 없어. 그렇게 위험하지 않아."

"하지만……!"

"괜찮아. 정말로."

"…알았어요."

양무의의 말에 백가화가 미간을 좁혔지만 그녀는 더 이상 고집을 부리지 않았다. 뚜껑을 잡은 손을 놓고 앞으로 나서며 내력을 끌어올렸다. 괜찮다고 하니 믿어야 되겠지만, 그렇다 해도 방비를 아니 할 수는 없었던 것이다.

"그만 나오시는 것이 어떻겠소. 보아하니 아까부터 따라오고 있으셨던 모양인데."

양무의가 한쪽 수풀을 향해 소리쳤다.

아무런 기척도 없는 곳.

이내 수풀 한쪽의 그림자 속에서 한 사람이 걸어나왔다.

"끼어들기가 힘든 분위기라서."

가벼운 어투로 말하는 이.

연녹색 유삼 자락이 흔들린다. 단운룡이었다.

"우리를 어떻게 찾으셨지? 잘 피해 다니고 있다고 생각했소만."

"그건 내가 물어볼 말이야. 어떻게 안 거야? 숨는 것이라면 자신있었는데."

단운룡의 두 눈에는 놀랍다는 빛이 떠올라 있었다.

기척을 숨기고 어둠 속에 녹아들었던 단운룡.

스스로의 말처럼, 숨어 있는 것이라면 단운룡만큼의 실력자도 드물다. 실제로 철혈신녀 백가화는 단운룡의 존재를 전혀 알아채지 못하고 있지 않았던가. 이렇게 쉽게 간파당한 적은 지금까지 한 번도 없었대도 과언이 아니었다.

"보시오. 나는 다른 사람들과는 다르지. 난 내 두 다리로 걸을 수가 없소."

어떻게 단운룡을 찾아냈는가.

양무의는 자신의 다리를 가리키며 말문을 열었다.

다리가 없는 것도 아니요, 언뜻 보기에는 멀쩡해 보이는 다리다. 하지만 세 치 폭 가죽 끈으로 철운거에 고정되어 있는 것을 보면 분명 문제가 있기는 있는 것 같다. 양무의가 씁쓸한 미소를 지으며 말을 이었다.

"걷지 못하는 대신 나는 특별한 재주를 얻었소. 남들보다 훨씬 더 예민한 감각을 지니게 된 것이오. 당신이 나타난 어느 순간부터 뭔가 다른 냄새가 난다고 생각했소. 당신의 존재를 느낀 것은 그 덕분이오."

"냄새라……? 산 지 얼마 되지 않은 옷인데?"

단운룡이 자신의 옷자락을 들어올리며 킁킁 냄새를 맡아보았다.

냄새.

확실히 가능할지도 모르겠다. 새로 산 옷이라고 한들, 아니, 새로 산 옷이기 때문에 도리어 옷 냄새가 진하다. 포목점 특유의 염료 냄새가 나고 있는 것이다. 또 있다. 방금 전까지 한참을 헤매었던 동굴 속 냄새, 특유의 습한 흙 냄새도 분명하게 남아 있었다.

"이제 당신 차례요. 어떻게 우리를 쫓아왔는지 말해주시오."

양무의의 목소리는 차분했다. 친구에게 묻듯이 태연한 얼굴이다.

그러나 단운룡은 그 목소리 안에서 거의 드러나지 않는 일말의 긴장감을 읽을 수가 있었다.

어떻게 따라왔는가. 양무의처럼 사람들의 눈을 피해 다니는 입장에서는 그보다 더 중요한 문제도 없기 때문이었다. 조급함을 드러내지 않고, 태연하게 평정심을 유지하고 있는 것만으로도 대단하다. 역시나 보통 남자가 아니었다.

"이곳의 폐광(廢鑛)은 그야말로 복잡하기 짝이 없더군. 예전에도 어떻게 작업을 했었는지 모를 지경이었어. 깜깜하기 짝이 없는 데다가… 축축하니 물이 흐르는 곳도 한두 곳이 아니었지. 제멋대로 뚫어대다가 스스로 감당이 안 되었던 모양이야."

"그렇소. 폐광은 틀림없는 미로요. 나조차도 헷갈릴 때가 있을 정도이니까. 한데 그런 곳에서 어떻게 우리를 쫓아왔는지, 나로서는 도저히 알 수가 없구려."

"감(感)이었어."

"감?"

"당신이 말한 냄새랄 수도 있겠고."

감(感). 단운룡은 감을 말했다.

그렇다. 단운룡은 뭔가 특별한 증거나 흔적에 따라 움직인 것이 아니었다.

오원의 전쟁터에서처럼 직감과 육감에 따라 길을 택했다. 조금 나아가다가 이 길이 아니다 싶으면 곧바로 돌아 나왔고, 이쪽이다 싶으면 도저히 길답지 않은 길이라도 무작정 전진했다. 철운거가 건널 수 없을 것같이 깊은 웅덩이가 있어도 그냥 뛰어넘었고, 막다른 길에 다다르면 멈추지 않은 채 마광각과 극광추로 돌벽을 허물어 버렸다.

천연 동굴과 이어진 폐광은 참으로 특이한 곳이었다.

돌벽이라고는 해도, 취약하기로는 흙벽과도 같았다. 개미굴처럼 아무렇게나 뚫어댈 수 있었던 것도 그래서였던 것 같았다. 무너지지 않고 버티고 있는 천장이 신기하게 느껴질 정도였다.

"감이라… 당신은 분명 지금까지의 사람들과는 다른 것 같소. 살기도 없고, 탐욕도 느껴지질 않으니. 이곳에 들끓는 자들과 같은 부류가 아닐 것이오. 고로, 묻겠소. 대체 날 쫓아온 이유는 무엇이오?"

"그것 역시도 내가 먼저 묻고 싶은 부분이야. 단도직입적으로 말하겠어. 쫓아온 이유? 당신은 쫓기고 있는 것이 아니야. 쫓기는 시늉을 하고 있을 뿐이지. 대체 무슨 일을 꾸미고 있는 건지 솔직하게 말해주었으면 좋겠어."

단운룡의 목소리에는 한자한자 강한 힘이 깃들어 있었다.

그 말을 들은 양무의와 백가화.

두 사람 모두 표정 변화는 없다. 하지만 그것은 어디까지나 평상심을 유지하는 능력이 뛰어났기 때문이었을 따름이다. 두 눈 깊은 곳에 흔들린 마음, 단운룡은 그 심동의 흐름을 놓치지 않았다.

"…당신은 진정 예사롭지 않소. 당신을 보면 그 사람이 생각나오. 측량할 수 없었던 남자. 그 사람과 결코 똑같다고는 말할 수 없으나, 또한 틀림없이 비슷한 데가 있소."

"누굴 말하는 거지?"

"알고 있잖소."

양무의가 눈을 빛내며 웃었다. 그가 철운거 안에서 제대로 가눠지지도 않는 허리를 곧게 펴고는 천천히 나직한 목소리로 물었다.

"당신. 소연신 공과 어떤 관계요?"

단운룡의 눈이 크게 뜨여졌다.

꽝! 하고 일격을 허용한 느낌이랄까.

운거모사 양무의. 이자의 안목은 그저 모사의 수준이 아니다. 불편한 몸으로 예민한 감각만 늘었다더니, 늘어난 감각에는 안력(眼力)과 지력(知力)까지도 함께 있었던 모양이다.

"진짜 놀랐어. 대단해. 어떻게 알았냐고는 묻지 않겠어. 실없는 대답만 나올 것이 뻔하니까."

단운룡은 느낀 바 놀라움과 감탄을 솔직하게 인정했다. 양무의가 소연신의 얼굴을 떠올리는 듯 서쪽 하늘을 바라보며 말했다.

"용케 이 볼품없는 사람을 기억해 주셨군. 온 천하에 귀를 열어두고 계신 분이니 내 처지도 알고 계시리라고는 생각했지만, 직접 누군가를 보내주실 것이라고는 생각하지 못했소."

"당신을 도와주라 했어. 곤란에 처해 있다고."

"도와주라 하셨다? 그뿐이오?"

"그뿐이라니, 무슨 말이지?"

"아니오. 뭔가 다른 말씀이 있으실 줄 알았소. 그분이 행하는 일에는 항상 그 이상의 의미가 있었음이니……."

"영역 바깥의 일이다. 간파할 수 없는 것에는 매달리고 싶지 않아. 그저 당신들이 불산에서 빠져나갈 수 있도록 도와주라 했을 따름이야."

"불산에서 빠져나간다… 쉽지는 않을 것으로 생각되오만."

"그렇겠지. 무엇보다 큰 문제는 그거야. 당사자가 별로 나가고 싶어하질 않는 것."

"……."

양무의는 가타부타 대답하지 않았다.

그저 입을 다문 채 단운룡을 한참 동안 쳐다볼 뿐이다.

이어지는 침묵.

그 끝에 양무의가 기나긴 한숨을 내쉬었다. 그가 고개를 설레설레 내저으며 입을 열었다.

"좋소. 그렇다면 그분이 내게 원하시는 것이 대체 무엇이오?"

"몰라."

단운룡의 대답은 짧았으나, 또한 그보다 어울리는 말도 없다고 할 수 있었다.

소연신의 진의?

그런 것은 알고자 하여 알 수 있는 것이 아니다. 보통 사람들과 똑같은 것을 원하는 자가 아니라는 것만은 확실했다. 아니, 모든 것을 초월한 자로서 진정으로 원하는 것이 남아 있기나 한지 모를 일이었다.

"도움을 받는 것은 빚을 지는 일. 내가 그분께 은혜를 입었다면 나는 은혜를 갚아야만 하오. 설마하니, 창왕비전을 원하는 것은 아닐 것이라 생각되오만."

"창왕비전?"

"그렇소. 구주창왕의 창왕비전 말이오."

"그게 어떤 물건인지는 알아. 그런데 그건 진짜로 있는 물건인가? 난 그것부터가 궁금해."

단운룡의 말에 양무의의 미간이 가볍게 좁혀졌다.

양무의가 다소 굳어진 얼굴로 되물었다.

"진짜로 있는 물건이냐니? 그것은 무슨 뜻이오?"

"말 그대로다. 창왕비전. 그게 세상에 실제로 존재하는 물건이냐는 말이야."

"없는 물건 같소? 대체 어찌 그런 생각을 하게 된 것이오?"

"당신과 이 여인이 협곡을 넘는 걸 봤어. 순식간에 사라지더군. 그 남위 위원홍까지 따돌리면서 말이야."

"위원홍은 따돌렸지만 당신은 따돌리지 못했잖소."

"그건 중요한 게 아니지. 그만한 능력이 있으면서도 어째서 창왕비전이란 물건이 이만큼이나 드러나 버렸는가, 그것이 문제겠지."

"무족지언(無足之言) 비우천리(飛于千里)라지 않았소? 말에는 발이 없으나, 한 번 뱉어지면 한도 끝도 없이 퍼져 나가는 법이오. 소문이라 함은 그처럼 무섭더이다."

"변명답지 않은 변명이로군. 그런 소문이 퍼지도록 놔둘 사람이 아니겠지. 진정으로 감추고자 했다면 하늘이라도 속일 수 있었을 텐데 말야."

단운룡의 눈은 모든 것을 꿰뚫어 보는 용안(龍眼)과도 같았다.

그 눈빛을 담담히 받아낸 양무의다. 양무의가 천천히 입을 열었다.

"어찌 되었든 소문은 퍼져 버렸고, 사람들은 몰려들었소. 그것은 이미 돌이킬 수 없는 일이오."

"있지도 않은 창왕비전에 말인가?"

"창왕비전… 내 이것만은 확실히 말해두리다. 창왕비전은 틀림없이 있소. 구주창왕의 오대절기가 빠짐없이 담겨 있는 진품이오."

단운룡의 용안이 다시 한 번 양무의의 가슴을 관통했다.

마음에서 올라오는 목소리.

거짓은 없다. 적어도, 없는 것을 있다고 지어내지는 않았다는 뜻이었다.

"좋아. 당신의 진짜 의도가 무엇이든 말해주지 않겠다면 어쩔 수가 없지. 강제로 털어놓게 만드려고 해도 자네 옆에 있는 이 여인이 가만있지 않을 테니까."

단운룡의 시선이 백가화에 이르렀다.

말없이 백룡창만을 겨누고 있는 백가화. 그녀의 백룡창은 두 사람의 대화가 길어지고 있음에도 전혀 흔들림이 없었다.

"물론 그녀는 가만히 있지 않을 것이오. 백룡창은 매섭기 그지없으니 모쪼록 건들지 않는 것이 좋을 거요."

"하고자 한다면 못할 것은 없어. 하지만 그래서는 안 되는 일이겠지. 난 당신들을 도와주러 온 사람이다. 당신들을 문초하려고 온 것이 아니라."

"이해해 준다니 다행이오. 그러나 그렇다고 하여 당신의 도움을 무턱대고 받을 수는 없겠소. 또 하나의 위험을 감수하기엔 상황이 너무나 안 좋기 때문이오."

"또 하나의 위험이라고?"

"난 신중한 사람이오. 비록 당신이 그분께서 보내주신 사람이라고 해도 무작정 믿을 수는 없는 일이오. 나 역시 진의를 밝혀 드리지 못한 고로 다른 말을 할 입장은 못 되나, 그분 역시 진의를 알 수 없긴 마찬가지요. 무엇을 원하는지 확실치도 않은 상황에서 당신 말을 따를 수는 없다는 말이오."

"요는, 이쪽을 믿지 못하겠다는 말이군."

"틀린 말은 아니오. 내 비록 이와 같은 처지에 있으나 사람 보는 안목만큼은 누구 못지않다 자부하고 있소. 난 내 눈을 믿고, 내 눈에 비치는 당신은 분명 믿을 만한 사람이오. 그

러나… 난 그분만큼은 믿을 수가 없소. 아무것도 보이지 않는
분, 나는 볼 수 없는 것을 믿는 사람이 아니라오."

"처음 본 나는 믿는다. 하지만 날 보낸 사람은 못 믿겠다?"

"그렇소."

"그것참 이상하군."

"하나도 이상하지 않소. 그러는 당신은 믿고 있소? 그분
을?"

"믿냐고? 누굴?"

"그분 말이오."

"물론이다. 당연히 믿고 있지."

"그러지 않는 것이 좋을 것이오. 그분은 드러내는 것보다
감추길 좋아하시는 분. 결코 자신의 심중을 드러내는 법이 없
는 분이오. 즉흥적이고 충동적으로 보이지만, 행하는 일에는
언제나 이중 삼중의 숨겨진 의미가 담겨 있소. 그분이 그분의
대행자로서 당신을 택하셨다면 거기엔 그럴 만한 이유가 있을
것이니, 바라건대 그 측량키 힘든 그늘에 미혹되는 일이 없길
빌겠소."

"어째 제자인 나보다 더 잘 아는 것처럼 말하는데 그래."

"제자… 그럴 줄 알았소. 그렇지 않고서야 이토록 비슷할
수는 없겠지. 그분의 제자라면 더 더욱 조심해야 될 것이오.
알고 계시겠지만, 그분은 이미 인간사를 초월한 자. 사제 간의
정리(情理)조차도 그분께는 큰 의미가 없소. 이 세상에 무엇을

바라고 있는지 알 수 없는 분, 그분이 당신을 제자로 삼아 무엇을 하려는지는 저 광대한 하늘의 의지조차도 짐작하지 못할 테니 말이오."

"그냥 듣고 넘길 수가 없군. 사부와 제자 사이에는 함부로 끼어드는 것이 아냐."

"물론 그렇소. 결국은 선택의 문제. 그 거대한 존재에 먹혀버리지 않으려면 당신은 그 뜻을 최대한 빨리 세우는 것이 좋을 것이오."

"충고는 그것으로 충분해. 당신이 사부를 믿지 못하겠다면 그것도 좋아. 난 당신을 도와주라는 이야기를 들었고, 그러기로 결정했어. 그렇다면 그렇게 하는 거야. 무엇을 해야 하는지 그거나 말해."

"진의를 알 수 없는 도움의 손길에 큰 것을 바랄 수는 없소. 일단은 한 가지 물건만 가져다주시오."

"믿음에 대한 증표라는 건가?"

"어떻게 받아들이셔도 좋소. 이 산에는 까다로운 자들이 너무 많이 들어와 있소. 운신하는 폭도 그만큼 줄어든 상태, 하나만 잡아도 어느 정도 숨통이 트일 것이오."

"가져올 것은 그냥 물건이 아니로군."

"군이 죽일 필요는 없소. 기실, 나는 살인을 그다지 좋아하지 않는 사람이오. 활동 불능, 그 정도만으로도 충분하오. 빚이라 함은 많으면 많을수록 안 좋은 것처럼, 혈채(血債)라는 것도 적을수록 좋은 법이니 말이오."

"가져올 물건은?"

"사성검(四星劍)."

"사성검?"

"칠성암의 일곱 검수 중 넷째가 지닌 검이오. 무공은 일성
검을 지닌 첫째 일성검호가 가장 강하지만, 지모에 있어서는
넷째가 가장 뛰어나오. 이 넷째 사성검호는 이미 불산에 있는
열세 개 폐광 내부의 이동 경로까지도 상당 부분 파고들어 온
상태요."

"열세 개? 아까 같은 폐광이 열세 개나 된다고?"

"그렇소. 아마 열세 개뿐이 아닐 거요. 중원 불교가 무자
비하게 탄압을 당했던 원제국 중기, 불산은 본보기라도 된 양
무지막지한 광산 채굴에 시달리고 있었소. 명 건국 이래, 광
굴 대부분은 결국 폐쇄되어 오늘날에 이르렀지만, 아직도 그
흔적은 곳곳에 남아 있소. 우리에겐 활로(活路)가 되어주고 있
으나 그 기원을 생각하자면 씁쓸하기 그지없는 일이라오."

"폐광 통로들까지 간파당할 경우, 어려움은 확실히 심해지
겠군."

"지금까지는 어떻게 잘 숨겨왔다지만 군웅들은 바보가 아
니오. 폐광을 이용한다는 것쯤이야 알고 있는 자들이 하나둘
이 아닐 터, 공략할 방도가 마땅치 않으니 손을 놓고 있을 뿐
이오. 당신처럼 '감'이 좋은 자들이 아직까진 없어서 다행인

것이오."

"알겠어. 그럼 그 사성검을 먼저 가져오도록 하지."

"만만치 않을 거요. 조심하시오."

"그건 걱정하지 마."

단운룡은 곧바로 돌아섰다. 주머니 속의 물건을 꺼내온다고 하는 듯 당장 가져오겠다는 모양새였다. 그 등을 보는 양무의가 소리쳐 물었다.

"어디서 만날지는 정하지도 않고 가는 거요?"

"믿지 못하겠다며?"

"산중턱 동쪽에 염주암이란 곳이 있소. 이틀 뒤 정오, 그곳으로 오시오."

"알겠어. 제시간에 찾아가 주지."

단운룡은 그대로 멀어졌다.

잠자코 서서 그쪽을 바라보던 두 사람.

한마디 말도 없던 백가화가 백룡창을 거둬들이며 조용한 목소리로 입을 열었다.

"그러고 보니 이름도 못 물어봤네요."

"그랬군."

"염주암이란 장소까지 가르쳐 줘도 될까요?"

"괜찮을 거야."

"사성검호는 고수예요. 게다가 사성검호 옆에는 언제나 두 명의 검수가 더 붙어 있죠. 저자로 되겠어요?"

"되겠지. 난 그렇게 생각해."

"그렇게 강해 보이지 않았어요. 사성검호는커녕, 칠성검호나 육성검호도 이길 수 없을 것 같았는데요."

"맞는 말이야. 느껴지는 무력이 어중간하거든. 하지만 겉보기와는 같을 수 없을 거다. 다른 누구도 아닌 그 소연신 공의 제자라니까."

"대체 소연신이란 사람이 누구길래 그래요?"

"가화는 소연신을 모르는군. 분명 이 시대엔 잊혀진 이름이긴 하지."

"들어본 적이 없어요. 어떤 사람인지 궁금하네요."

"아까 말한 그대로야. 천변만화하는 얼굴을 지닌 자. 무공은 한 시대, 무적을 논하기에 부족함이 없으며, 그 심중에는 아무도 알 수 없는 혼돈이 담겨 있지. 그 나이까지도 허무와 열정을 동시에 지니고 있으니, 지닌바 모습은 인간이 맞되 껍질 안에 숨겨져 있는 것은 인간 이상의 무엇일 거야."

"말만 들어도 엄청나네요. 의랑이 그런 식으로 이야기하는 사람은 처음 봤어요."

"그래 보았자 그럴듯한 단어의 나열일 뿐이야. 이런 말로는 그분을 다 표현할 수 없어. 사실, 내 주제에 그분을 잘 안다는 듯 평가하는 것 자체가 우스운 일이겠지. 그만큼 무섭고도 위험한 분이야."

"본 느낌 그대로를 말하는 것이야 누구든 할 수 있는 일이죠. 의랑이 본 것 그대로를 말했을 따름이니 우스울 것도 없어요."

"너무 내 편만 들면 곤란해. 나라고 항상 옳은 것만은 아냐."

"저도 항상 옳은 것은 아니잖아요. 그러니까 괜찮아요."

백가화는 밝게 웃었다.

철혈신녀. 창을 휘두르며 적들을 분쇄하던 그때와는 전혀 다른 얼굴이었다. 마주 웃는 양무의, 그가 백가화의 밝은 얼굴을 바라보며 짐짓 긍정적인 어투로 말했다.

"그가 실패해도… 문제될 것은 없겠지. 시간만 끌어줘도 반쯤은 성공이니까."

"그래요. 어차피 예상치 못했던 일이었잖아요."

"맞아. 위원홍도 그렇고, 이것도 그래. 예상치 못했던 일. 고착된 상태에 뭔가가 달라지고 있어. 그만큼 결정의 때가 가까워 왔다는 뜻이야."

"그렇네요. 이제 모여들 자들은 다 모여든 것 같으니까요."

"가장 마음에 걸리는 건 그놈들이야. 보름 전에 부딪쳤던 놈들."

"가면 쓴 자들이요?"

"그래. 그 가면… 어디서 읽은 적이 있는 것 같긴 한데 뭐였는지 기억이 안 나. 아니, 그때 읽었던 것에도 제대로 설명이 안 되어 있었던 듯싶어. 정체불명의 집단이라고."

"기분 나쁜 자들이었죠. 여기 와서 싸운 자들 중에 가장 느낌이 안 좋은 상대였어요."

"살기가 충만해 있었지. 창왕비전이든 뭐든, 일단 죽여놓고 찾겠다는 의지가 절로 느껴져 왔어. 못 찾아도 그만이라는 투였으니까."

"다른 자들은 몰라도 그자들과는 다시 싸우고 싶지 않아요. 우두머리가 지켜보는 느낌이 분명히 있었는데, 끝내 나서지 않은 것도 마음에 걸리고요."

"동감이야. 그놈들은 위험해. 실전 감각을 몸에 붙이고 말고는 둘째 문제야. 앞으로 그놈들을 보면 무조건 피해야겠어."

"그럼 그쪽은 결론났네요. 그러면 그들… 참룡방은 어떻게 할 거예요?"

"참룡방이라……."

"거기도 의외라면 의외였죠. 여기까지 올 줄은 몰랐잖아요."

"그랬지. 거기와 부딪치는 건 잘 생각해야 해. 거기는 아무리 생각해도 한 사람 한 사람이 만만치 않거든. 게다가 방주라는 자, 불패신룡 오기륭에겐 설명하기 힘든 묘한 매력이 있어."

"그럼 아예 그쪽은 어때요?"

"나쁘지 않아. 다만 문제가 있다면 그 참룡방이라는 이름이겠지. 구룡방을 표적으로 했다는 소문이 있어."

"들은 적 있어요. 사천의 구룡방. 상당히 강력한 문파인데요."

"그래. 더군다나 작금에 이르러서는 그 성세가 실로 대단하지. 참룡방 정도로 그런 문파에 덤빈다는 건 무모하기 짝이없는 짓이야. 잘못 얽혔다가는 골치를 썩겠지."

"그래도 운장대도 관승이나 흑산군사 선찬이라면 더불어함께하기 좋은 호인들이라 할 수 있어요. 지금 이 산에 몰려든 무리들 중에서는 무척이나 돋보이는 협객들이잖아요."

"맞아. 위험은 클지라도 그런 장점은 무시할 수 없어. 그런만큼 가능성을 열어두고 검토할 생각이야. 불패신룡, 오기룡이란 남자를 한번 만나봐야겠어."

"셋 중 하나로 결론이 나겠네요."

"셋? 둘이 아니라?"

"예, 셋이요. 오늘 마지막 하나가 더 생겼잖아요."

"누구? 소연신의 제자 말이야?"

"사성검을 가져올 수 있을지는 의문이지만 그 뒤에 의랑이말한 것같이 대단한 자가 있다면 그쪽도 나쁘지는 않으리란생각이에요."

"그쪽은 안 돼. 늑대 아가리를 피하려다 호랑이 굴로 뛰어드는 격이 될 수 있어."

"늑대 소굴보다는 호랑이 굴이 훨씬 당당하고 좋죠."

"절대로 안 될 말이야. 가화, 그대에게 더 큰 짐을 지울 수는 없으니까."

"애초부터 전 짐이란 것을 진 적이 없어요. 늑대 굴이든 호랑이 굴이든 어디면 어때요? 저에겐 다 똑같아요."

"그러지 마. 가화가 그럴수록 난 내 부족함만을 느껴."

"의랑이야말로 그러지 마세요."

서로를 생각하는 마음이 바다처럼 깊다.

연정을 품고, 그것을 말과 행동으로 표현한다.

그야말로 연인(戀人)이다. 많은 어려움을 딛고서 마음을 나누는 진정한 연인이었다.

깜깜한 어둠 속, 가깝게 얽힌 억겁의 한 쌍 두 별이 빛을 나눌 별무리를 찾고 있다.

비룡처럼 흘러가는 은하수(銀河水) 저편에는 거성(巨星)의 곁에서 화려하게 빛을 내는 젊은 별 한 개가 있었으니.

함께할 빛줄기가 모여드는 약속의 하늘에. 한 쌍 별은 그토록 아름다운 빛을 뿌리며 새로운 인연의 끈을 엮어갈 따름이었다.

*   *   *

늦은 밤길.

단운룡은 몸을 날리며 내력을 중단전에 집중했다.

마음을 가라앉히기 위해서다.

양무의가 했던 말들.

생각하지 않으려 해도 어쩔 수가 없다.

사부에 대한 이야기가 자꾸만 가슴속을 울리고 있다.

그중에서도 가장 기억에 남는 것은 그와 같은 초월자에겐 사제 관계조차도 의미가 크지 않을 것이라는 말이다.

많은 것을 배우고 많은 것을 얻었지만, 그것은 단운룡의 입장에서였을 뿐 사부 입장에서는 그다지 큰일이 아니었을 수도 있는 것이다.

'사부님이다. 엉뚱한 의심을 품어서는 안 될 일이야.'

단운룡은 마음을 다잡고 눈앞의 일에 정신을 집중했다.

사부는 사부다.

사부가 사부가 아닌 다른 것이 된다면.

그건 정말 최악이다.

사부 같은 괴물을 적으로 돌린다는 것. 그것은 상상조차 하고 싶지 않았다.

'저놈들이로군.'

칠성암 무인들을 구분하긴 어렵지 않았다.

가슴 한편에 일곱 개의 별을 박아놓았으니 누구라도 한눈에 알아볼 만하다. 이인 일조, 단운룡은 불산 어디에서나 흔하게 돌아다니는 칠성검문 무인 두 명을 때려눕혔고, 그 둘 중 하나를 깨워 사성검호의 행방을 물었다.

"네, 네 이놈! 이런 짓을 하고도 무사할 성싶으냐?"

"묻는 말에나 대답해."

"가르쳐 줄 수 없다!"

"그래?"

단운룡은 그대로 손을 뻗어 무인의 발목을 잡았다. 벌떡 일어나 질질 끌고 가니, 마혈을 제압당한 무인은 아무런 반항도 못한 채 그저 두려운 표정으로 소리칠 뿐이었다.

"어, 어디까지 가는 거냐?"

단운룡은 무인의 목소리를 아랑곳하지 않았다. 바위산, 가파른 절벽까지 끌고 가서는 발목째로 무인을 들어올렸다.

"무, 무슨 짓을!!"

괴력이었다.

발목을 들고 절벽 바깥으로 내미는 손. 대단한 협박이다. 꼬리를 잡힌 생선마냥 몸 전체가 깎아지른 허공 위에 대롱대롱 매달린 것이다.

"이제 좀 말할 기분이 들까?"

단운룡이 물었다.

파격적이고도 과격한 질문이다. 당장이라도 떨어져 죽을까 공포로 얼룩진 무인의 눈빛이 그 과격함을 잘 보여주고 있었다.

"어쩌, 어쩔 셈이냐!!"

"어쩌긴, 떨어뜨려야지."

"악독한!!"

"사성검호가 어디에 있는지만 말해. 곱게 살려줄 테니까."

"그, 그런……!"

"어디라고?"

"어딘지만 말하면, 정말로 살려줄 테냐?"

"그래. 약속하지."

"좌, 좌수곡(左手谷)이다. 검호께선 좌수곡에 계신다!"

거침없는 성정.

악당 역할에 익숙해지는 기분이다.

단운룡이 무인의 몸을 절벽 안쪽으로 끌어당겼다. 아무렇게나 땅에 내려놓는 서슬에 꿍, 하고 육중한 소리가 울려 나왔지만 고통의 신음 소리조차 내뱉질 않았다. 절벽 끝에서 목숨을 건진 마당에 그 정도 아픔 따위는 느끼지조차 못하는 것 같았다.

'좌수곡이라……!'

단운룡은 곧바로 몸을 날렸다.

내친김에 해결을 볼 생각이다. 불산의 지명 정도는 이미 예전에 알아둔 바, 단운룡의 움직임엔 거침이 없었다.

'이쪽이었지.'

바람처럼 달려 바위를 넘고 능선을 올라갔다. 멈추지 않고 땅을 박찬다. 불산의 왼손 근처, 좁은 골짜기 하나가 눈앞에 나타났다.

'다 왔군.'

단운룡은 잠시 동안의 운기로 힘을 보충하고는 재빨리 움직임을 재개했다. 인기척을 따라 숲 그늘을 헤쳐 가니, 곧이어 삼엄한 고수들의 존재를 느낄 수가 있었다.

'한 명이 아니었나……!'

사성검호, 한 명만 때려눕히면 될 줄 알았더니 일이란 게 그렇게 쉽게 돌아가진 않을 모양이다. 앞서 제압했던 무인들과는 격이 다른 자들. 강해 보이는 검수들이 세 명이나 진을 치고 앉아 있었던 것이다.

'셋이라. 쉽지 않겠군.'

칠성암 칠성검문의 일곱 고수들.

광동 남부에서는 그 무공으로 무시 못할 명성을 구축한 자들이다.

하나 쉽지 않다고 돌아갈까?

셋이 하나가 될 때까지 기다리는 것도 우습다. 셋에서 하나로, 숫자가 줄어든다는 보장도 없다. 도리어 숫자가 늘어날 수도 있는 일. 내일이면 그 셋도 다섯이나 여섯이 될 수 있는 법이었다.

'그냥 할 수밖에.'

단운룡은 오래 생각하지 않았다.

불을 피워놓은 채 대화를 나누고 있는 세 명 앞으로 무작정 뛰어든다. 단운룡의 입에서 짧막한 질문이 터져 나왔다.

"사성검호가 누구냐?"

그만큼 난데없는 일도 드물리라.

세 명의 검수가 자리에 앉은 자세 그대로 일제히 단운룡을 돌아보았다.

셋 모두 삼십대 중, 후반으로 보인다. 수염을 기른 자 두 명, 수염 없이 깨끗한 얼굴이 한 명이다. 놀랐다기보다는 어이가 없다는 표정들. 세 명 중, 수염 없는 남자가 피식 웃으며 나직한 목소리로 말했다.

"내가 사성검호다. 넌 뭐냐."

굳이 확인하지 않아도 될 것을 그랬다. 가까이서 보니 갈색 검집에 새겨진 네 개의 별 문양이 뚜렷했다.

"간덩이가 부었군."

얼굴에 비웃음을 떠올린 것은 자신을 사성검호라 밝힌 그 남자만이 아니었다.

나머지 두 사람까지도 단운룡을 올려다보며 히죽히죽 웃고 있었다. 마치 철부지 어린아이를 바라보는 듯한 눈빛이었다.

"부탁을 받았다. 사성검을 가져다 달라고."

"뭐라고?"

"원망하지 말아라."

버언쩍!

대화는 그것으로 끝이다. 말이 끝나기 무섭게 땅을 박찬다.

신풍. 신풍은 없다.

곧바로 순속 발동이다.

단운룡의 신형이 공간을 압축하며 뻗어나갔다.

시간마저 멈춰 버린 듯 오직 홀로 짓쳐 가는 쇄도 속에서 단운룡의 손이 극광추의 힘을 품었다.

퍼어엉!

"카학!!"

사성검호가 뒤쪽으로 튕겨 나갔다. 땅을 굴러 몸을 일으키는데, 입가로 흘러나오는 핏물이 실로 만만치 않았다.

'얕았군……'

어렵사리 몸을 세우며 허리춤에서 검을 뽑아내고 있다.

일격으로 끝낼 생각이었는데 뜻대로 되지 않은 것이다. 칠성검문의 이름값을 해주려는 생각인지 두 눈에는 살벌한 살기마저 띄워 올리고 있었다.

스릉. 스르룽.

"이놈!"

"무슨 짓이냐!"

더욱이.

검을 뽑은 것은 사성검호만이 아니었다.

검에 새겨진 별 문양은 세 개와 일곱 개다. 비웃음은 씻은 듯 사라지고, 서릿발 같은 표정만 남았다. 삼성검호와 칠성검호 두 명도 검날을 빛내며 단운룡을 겨눠온 것이다.

"합공인가?"

단운룡이 물었다.

정면으로는 사성검호의 사성검이.

양 측면으로는 삼성검과 칠성검이 모닥불 붉은 빛을 비춰 내고 있다. 조금 더 투박하게 수염을 기른 자, 삼성검호가 진 득하니 살기 어린 목소리로 대답했다.

"무례한 놈에겐 우리도 예의를 차릴 필요가 없겠지."

삼 대 일.

불리한 싸움이다?

단운룡의 입가에 떠오른 것은 희미한 미소다. 단운룡이 고 개를 끄덕이며 말했다.

"시간을 덜게 해줘서 고맙군."

가감없이 솔직한 말이었다.

저번 백송파에서 충분히 경험했던 일 아니었던가.

순속을 쓰면서 싸우는 데 차륜전으로 하나하나 싸우는 것 은 다음 싸움에 부담만 된다. 차라리 한꺼번에 싸우는 편이 좋다는 뜻이다.

있는 그대로 했던 말.

하지만 달리 들으면 또한 모욕적인 언사다.

시간이 아깝다. 셋이 한꺼번에 덤벼라. 그 말이다. 칠성검문, 세 검호의 눈에서 불꽃이 튀었다.

"건방진 놈!"

"팔다리가 잘리고도 그런 말을 할 수 있는지 어디 한번 보겠다!"

양쪽에서 검날이 짓쳐 온다. 그 언사처럼 직설적인 공격이
었다.

요혈을 노려오는 검초가 살벌하다.

광동성 남부, 칠성암의 칠성검문. 검문이라는 이름대로 검
을 주 병기로 하며 신랄하고 살기 짙은 검법을 구사한다 하였
다. 문파의 성향을 굳이 구분하자면 정사 중간, 그러나 실제
행사를 엄밀히 들여다보면 정도보다는 사도에 가깝다고 하였
다.

급소부터 찔러오는 공격을 피하고 보니 과연 읽었던 것 그
대로임을 알 수가 있다. 검호라는 명칭은 칠성검문을 대표하
는 무인에게 붙여지는 것이라 알고 있는 바, 그런 신분으로 거
리낌없이 합공을 시도하는 것도 마찬가지다. 정사 중간은커
녕, 분명한 사도(邪道)라 불러도 될 것 같았다.

쐐액! 쐐애액!

삼성검과 칠성검, 두 개의 검날이 빠르게 교차되고, 사성검
한 개의 검날이 더해진다. 칠성검이 찔러오면, 삼성검이 반격
을 막고, 사성검이 허점을 벤다. 합격술을 따로 연마하기라도
하는 듯 완벽하게 맞물려 돌아가는 공격이었다.

'좀처럼 틈이 없군!'

틈이 없다고 하면서도 단운룡의 신형은 그 실낱같은 틈새
를 자유자재로 드나들고 있었다. 휘둘러지는 검은 세 개였지

만 체감으로는 두 개 반 정도다. 극광추 일격, 사성검호의 움직임이 다른 둘에 비해 확연히 둔해져 있는 까닭이다.

합격으로 몰아치며 점점 호흡을 고르고 있는 듯 예리함과 세기가 더해지고는 있었지만, 극광추의 충격이라는 것이 그렇게 간단히 해소될 리가 없다. 더욱더 강하게 연마한 극광추. 그 극광추는 협제 소연신의 공격을 막고 반격을 가하던 그 극광추였던 것이다.

'칠성검법. 나쁘지는 않은 무공이나 살기가 지나치게 짙다. 사문(死門)을 노려오는 의도가 너무나도 명백해.'

공격 경로가 훤히 보인다.

칠성검이 뱀처럼 휘어 들어와 무릎 요혈을 노려오면 삼성검이 강력한 내력으로 유일한 생문(生門)을 봉쇄한다. 무릎을 뒤로 빼고, 생문으로 나아가지 않으면 그만이다. 반격할 길은 막혔지만, 그렇다고 다른 길이 다 막힌 것은 아니다. 칠성검문, 일곱 검수가 다 모여서 합격진을 편다면 모를까, 무공을 간파하는 용안을 지니고, 순속을 발동한 단운룡에게 있어서는 사방 천지가 빠져나갈 구멍에 다름이 아니었다.

"이놈!!"

오히려 위협적인 것은 힘이 반밖에 없는 사성검수였다.

가장 변칙적인 투로를 보여주고 있다. 힘은 부족해도 찔러오는 방위가 절묘하여 까다롭다는 느낌이 든다.

선공으로 타격을 입혀두지 않았더라면 더 어려운 싸움을

할 뻔했다. 첫째와 둘째, 순서대로 무공이 강한 것은 아닌 모양으로, 이 사성검호는 본래부터 셋 중에 가장 뛰어난 검수였을 것이 틀림없었다.

'왼쪽부터.'

어느 누가 허술하고 어느 누가 까다롭든, 털끝 하나 스치지 못하고 있음은 명백했다.

이제는 끝낼 때다.

단운룡의 머리 속에 왼쪽이라는 한마디가 떠오른 순간, 이미 그 몸은 칠성검호의 정면에 이르러 있었다.

순간적인 가속이다. 순속의 진가, 속신(速神) 강림 그 자체였다.

"헙!"

칠성검호의 입에서 헛바람이 터져 나왔다.

단운룡의 발이 땅을 박차고 그 손에 광검결의 힘이 깃들었다.

그 곧게 펴진 손날에 선명한 붉은 빛이 머무른다. 칠성검의 검격과 단운룡의 손이 정면으로 부딪쳤다.

쩌엉!

칠성검 장검이 중간부터 동강나 하늘로 날아간다.

엄청나다.

경악으로 치뜬 칠성검호의 두 눈 안에 몸을 날려 들어오는 마광각의 잔영이 비쳐들었다.

빠악!

머리부터 튕겨 나간다. 칠성검호의 몸이 일 장을 날아가 어두운 숲 그늘로 나뒹굴었다.

무서운 속도다.

휘감기는 유삼 자락이 폭풍과도 같다. 단운룡의 몸이 그대로 하늘을 날아 삼성검호에게 짓쳐든다. 발끝은 하늘 위에 걸리고 그대로 내리찍는 뒤축에 삼성검호의 어깨가 걸려들었다.

뻐어억!

믿을 수 없는 위력이다. 삼성검호는 그 어떤 방어 동작조차 취하질 못했다. 부서진 어깨, 별 세 개 문양, 삼성검이 힘 잃은 손아귀에서 빠져나와 모닥불 옆에 떨어진다. 어깨를 부여잡은 채 꼬꾸라지는 그의 입에서 고통에 겨운 신음 소리가 흘러나왔다.

"끄으으으으......!"

'더 빨라졌군.'

몸을 돌리는 단운룡은 스스로 자신의 무공이 이룬 진보를 실감할 수 있었다.

송평, 백송파 무인들과 싸울 때와 또 다르다.

속도의 한계란 것이 없어진 느낌이었다. 이 정도라면 다음 영역까지도 넘어갈 수 있을 것 같은 기분이 들었다.

"대… 대체 네놈은 누구냐? 그 무력, 해남, 해남파인가?"

젊은 나이.

상상 초월의 기량이라면 역시나 가장 먼저 언급되는 것이 구파의 이름이다. 사성검호의 목소리엔 당황과 경악의 기색이 가득했다. 뛰어나다는 지략이 무색하게도. 그 어떤 지모조차도 통하지 않을 찬연한 무력이 그의 눈앞에 있었던 것이다.

"어디에서 왔는지, 당신이 알 바 아냐."

단운룡이 사성검호 쪽으로 성큼 발길을 옮겼다. 일렁이는 모닥불, 압도적인 그림자가 있다. 숲에 비치는 그림자 하나가 뒷걸음친다. 두려움을 드러내는 사성검호다. 그가 한순간 몸을 돌리며 땅을 박찼다. 도주, 있는 힘을 다한 도주의 발길이었다.

'결국 등을 보이는군…….'

숲에서 등을 보이고 도망치는 자.

오원에서의 기억이 머리 속을 스친다. 세가 불리함을 알고 도망치는 것, 누구도 그것을 탓할 수 없다. 무인으로서는 수치스러운 행동이라 하겠으나, 그것을 추하다고 욕할 수는 없는 일이다. 적어도 단운룡만큼은 그것을 충분히 이해할 수 있었던 것이다.

사사사삭!

하나.

이해하는 것과 붙잡는 것은 별개의 문제다.

그 시절에는 쫓기는 때가 더 많았지만, 이제는 입장이 달라졌다. 상대를 쫓아가는 역이다.

한번 도주를 마음먹으면 절대로 잡히지 않았던 것처럼.

추격을 생각한 이상, 놓칠 수는 없다. 단운룡의 몸이 빛살처럼 쏘아져 나갔다.

"으헉!"

뒤를 한 번 돌아본 사성검호.

그것으로 끝이다.

단운룡이 사성검호를 따라잡는 데에는 촌각의 시간도 걸리지 않았다. 순식간에 사성검호의 등 뒤로 따라붙어 마광각을 전개한다. 등줄기에 틀어박히는 일격, 사성검호의 몸이 앞쪽으로 튕겨 나가 땅바닥을 굴렀다.

"카악! 크으으윽!"

사성검호가 땅을 기며 단운룡을 올려다보았다.

무력의 격차가 너무나도 크다. 아니, 목숨을 걸고 끝까지 덤벼들었으면 모르되, 도주를 시도한 순간부터 사성검호에게는 이미 무력이란 단어가 성립될 수가 없었다.

"대, 대체 왜……?"

"말했잖나. 사성검이 필요하다고."

"이러고도… 네놈이… 무사할 성싶으냐?"

"칠성검문에서는 모두에게 똑같은 말을 가르치는 모양이로군. 원한을 품을 생각이라면 그만두는 것이 좋을 거다. 스스로의 탐욕을 원망해."

단운룡이 몸을 숙여 사성검호의 명문혈에 손을 올렸다. 사성검호의 얼굴이 사색이 되었다. 그가 다급한 어투로 소리쳤다.

"무, 무슨 짓을?!"

퍼어엉!

극광추 직격이다. 손바닥에 머물렀던 적광(赤光)이 사성검호의 몸속으로 스며들었다. 사성검호의 입에서 고통에 겨운 신음 소리가 흘러나왔다.

"끄으으으으으윽!"

"최소한 보름은 움직이지 말고 운기조식을 해야 할 거다. 함부로 몸을 썼다가는 연마했던 내공을 통째로 날려먹게 되겠지."

단운룡은 그렇게 말하고 땅에 떨어진 사성검을 주워 들었다. 상당한 명검이다. 손에 감기는 느낌이 나쁘지 않았다.

"검집도 함께 가져가야겠군. 다시 보면 죽일 테니 더 이상 얼굴을 비치지 말아라."

사성검호를 버려둔 채 단운룡은 몸을 돌렸다.

늦은 밤. 사성검호로서는 밤새도록 산짐승의 출현을 걱정해야 할 것이다.

운이 좋다면, 목숨은 건질 수 있을 터.

단운룡은 내친김에 칠성검호와 삼성검호가 쓰러진 곳으로 돌아가 그들의 검까지 챙겼다. 어깨 한쪽이 작살난 삼성검호가 다시 한 번 이를 악물고 달려들었으나, 제압하는 데는 극광추 일 합만으로 충분한 일이었다.

'약속까지 이틀. 너무 빨리 끝냈나⋯⋯?'

기절한 삼성검의 허리에서 검대(劍帶)까지 빼앗아 사성검과 삼성검, 칠성검 세 개의 검을 묶어놓고 보니 생각보다 그 무게가 묵직했다.

좌수곡에서 빠져나와 어둑한 산길로 접어든다.

아까 양무의를 만났던 곳으로 다시 찾아가 볼까 생각해 보았지만, 그들이 거기에 그대로 머물러 있을 리 만무했다.

'그래도 이 느낌. 전장의 공기가 짙어지고 있다. 이틀은 길어. 그사이에 또 무슨 일이 생길 거다.'

피부로 느껴지는 전운(戰雲)이다. 단운룡의 눈이 밤하늘을 훑는다. 움직임을 시작한 신룡(神龍). 불산의 어둠이 그 앞에 있었다.

*　　　　*　　　　*

"드디어 왔군! 물건은 찾았나?"

흑산군사 선찬이 뛰어나와 진달의 양어깨를 부여잡았다. 선찬의 두 눈, 군사의 얼굴에는 기다림에서 비롯된 반가움이 가득했다.

하나.

추군마 진달의 대답은 그가 기대했던 대답과는 전혀 다른 것이었다.

"아니요. 물건은 없었습니다."

"뭐라고?"

선찬의 눈이 크게 치떠졌다. 반가움이 실망감으로 변한 것은 순간이다. 진달의 양어깨를 잡았던 손가락이 풀리고, 힘이 들어갔던 어깨가 축 늘어졌다. 그의 입에서 침음성이 흘러나왔다.

"물건이 없었다니… 계획이… 이래서야……."

생각했던 바가 무너지는 소리.

쌓아 올렸던 탑이 우르르 무너지는 소리가 절로 들리는 것 같다.

그러나 진달은 조금도 책임감을 느끼는 것 같지 않았다. 도리어 여유로운 미소를 짓고 있을 뿐이었다.

"잠깐……! 그 표정… 자네, 설마……?"

"이야기를 끝까지 들으셨어야죠. 탄광 광굴도(鑛堀圖)는 없었습니다. 있기는 있는데 못 찾은 건지도 몰라요. 말하자면 애초부터 저에게 그런 물건을 찾아오라는 것 자체가 잘못된 거였죠."

"광굴도는 못 찾았다? 하면?"

"제가 누굽니까. 전 추군마입니다. 물건을 찾는 것은 제 특기가 아니죠."

"뭔가 찾긴 찾았군!!"

"예. 광 노인이라고, 기력이 달려 수레로 모셔오고 있습니다. 일단 저 먼저 올라왔지요."

"광 노인? 뭐 하는 사람이지?"

"보통의 촌로죠. 지금은요."

"한데?"

"광 노인. 세수 칠십오 세. 원 말에는 광굴 부역에 직접 동원되었었고, 명 초에는 광굴 폐쇄 총책임자를 맡았습니다. 육십 년이 넘는 세월을 불산에서 살았지요."

"육십 년? 칠십오 세……?"

"십대 때부터 명심공(明心功)을 익혔답니다. 정신이라면 스무 살 청년보다 멀쩡하시더군요."

명심공. 원 말 명 초부터 세간에 유행하여 중원 남부 전체에 널리 퍼져 있던 양생법이다.

도가 계열의 명상법으로 짐작되는데, 비록 그 구결이 간결하여 담고 있는 이치가 얕다고는 하나, 그 효과만큼은 제법 놀라운 데가 있어 오래 연마한 자에게 장수와 건강을 가져다주고 맑은 정신과 뚜렷한 기억력을 유지하게 해준다 알려져 있었다.

"폐광에 대해서도 잘 아는가?"

"현재 진입이 가능한 열세 개 폐광, 진입 자체가 불가능한 다섯 개 폐광까지 그 내부 통로와 연결로를 손금 보듯 알고 있다 합니다."

그제야 밝아지는 선찬의 얼굴이다.

진달의 이야기대로라면 광굴도 따위 아쉬워할 이유가 없다. 믿을 수도 없는 오래된 도면보다 훨씬 더 좋은 것을 찾아온 것이다.

"처음 뵙겠습니다, 어르신. 불초 선찬이라 합니다."
"성은 광(廣)이야. 부르고 싶은 대로 불러. 흠흠."
"이야기는 들으셨지요? 이쪽으로 오시지요, 어르신."
"흠흠. 알겠어. 알겠어."
짧은 통성명, 그 다음은 일사천리였다.
광 노인의 앞에 불산의 지도가 펼쳐진다. 흑산군사 선찬이 이곳에 왔을 때부터 줄곧 매달려 있었던 상세 지도였다.
"이 표시가 그들이 나타났던 곳입니다. 동그라미요. 이 십자(十字) 표식은 그들이 사라졌던 부근이지요."
"흠흠. 표시들이 굉장히 많구만."
"예. 그렇습니다, 어르신. 이곳저곳에서 신출귀몰하게 나타나고 있죠."
"그렇군. 흠흠."
"어떻게 움직였는지 알아보실 수 있겠습니까?"
"나타난 순서를 알아여지. 그냥이야 알 수 있겠나. 흠흠."
"초반부엔 순서가 조금 정확하지 않습니다. 사람들 이야기가 많이 엇갈리고 있죠."
"흠흠. 그럼 확실한 때부텀 말해벼."

"그럼 그렇게 하겠습니다. 일단 이쯤부터 하죠. 철운거와 철혈신녀, 두 사람이 먼저 이곳에서 나타났고, 이렇게 움직인 다음에 여기서 사라졌습니다. 그 다음에는 이쯤에서 나타나고, 이 봉우리 근처에서 사라졌지요. 동선을 정확히 재기가 힘이 듭니다."

"거기서 거기면, 흠흠, 갑(甲) 칠번 광도(鑛道)여. 여기서 사라졌다면 정(丁) 오번 광도고. 이 근처에 정 오번 입구가 있으니께."

선찬의 눈이 번쩍 뜨였다.

갑 칠번. 정 오번이라 함은 광도를 부르는 일련의 호칭이다. 광도 입구와 출구까지 꿰고 있다면, 이것은 실로 대단한 일이다. 풀리지 않던 동선의 수수께끼가 단숨에 풀릴 가능성이 있었다.

"다음은 여기에서 나타났고, 여기서 사라졌지요. 여기에도 광도가 있습니까?"

"그건 광도가 아녀. 버려진 지하 불당(佛堂)이 그 밑에 있지. 통로는 막혔지만. 흠흠. 뭐, 자네들 같은 무인들에겐 그런 것은 아무것도 아닐 거여. 그렇지?"

"예. 그렇겠지요."

"그 다음으로 나타난 건 이 표식인감?"

"맞습니다."

"그건 병(丙) 육번 출구여. 병 일번부터 십이번까지는 이런 방향으로 얽혀 있지. 그 다음으로 나올 거면 여기나, 여길 거여."

광 노인이 산세를 그린 지도 위에 몇 줄기 선을 그어내고는 두 개의 동그라미 표식을 번갈아 가리켰다.

"예. 거기가 맞습니다. 여기 두 번째에서 나타났지요."

"병 육번에서 팔번 광도를 탔구먼. 거긴 엉망으로 뚫어놓아서 나도 헷갈리는 곳인데 용케 잘도 찾아댕기는군."

"그렇죠. 보통 놈이 아닙니다. 그 다음엔 여기서 나타났지요. 여기서 나타나서 이쪽으로 움직인 후, 여기서 사라졌습니다."

"무(戊) 일번 광도로 들어갔어. 그건 여기서 이렇게 뻗지. 나온다면 이쯤일 거여."

"그 다음에 나타난 것이 이 근처니까, 대충 비슷하군요. 숲 한가운데에서 나와서 이쪽으로 움직인 다음에, 이렇게 갔다……. 이제야 좀 알겠습니다."

"그쪽에는 불자들이 수행하는 천연 동굴들이 많이 있지. 그중 몇 개는 광도랑도 연결이 되어 있다네. 주로 갑 칠번에서 십오번 광도까지가 뚫려 있으니께, 그걸 타고 움직였을 수도 있을 거여."

"그렇게도 이어져 있었군요. 몰랐습니다."

"흠흠흠. 그야 모르는 게 당연했겠지. 한데… 이거 안 적어놓아도 되나?"

"괜찮습니다. 기억해 두고 있습니다. 어르신께서 워낙 설명을 잘해주시는지라."

"흠흠. 뭐 그렇다면야……."

"그러면 여기서는 이렇게 움직였는데……."

"거긴……."

두 사람의 대화는 끊임없이 이어졌다. 광도를 설명하는 광노인과 그것을 듣는 선찬이다. 철운거가 어떻게 움직이고 있었는지 속속들이 드러나는 순간이다.

몇 군데, 두 사람의 지식과 머리로도 풀리지 않는 부분들이 있었지만, 그런 곳은 많지 않았다. 어떤 광도를 타서 움직였는지, 어떤 숨겨진 동굴과 통로들이 있었는지. 한참 동안 말이 오간다. 결국 선찬으로서도 머리 속에 담아두는 데 한계를 느꼈는지 중요한 동선 몇 개는 직접 세필을 들어 적어놓기 시작했다.

'이 움직임. 완벽해. 손자(孫子)를 제대로 알고 있어. 여기서 이쪽 흐름, 손자는 예전에 완성했고, 삼국에서 당송까지 병법이란 병법은 두루 섭렵한 놈이다. 이래서야 동선을 알았다고 전부가 아니야. 폐광을 이용하는 중에도 방향 전환이 많다. 어떤 상황에라도 대응할 수 있다는 이야기다.'

알아갈수록 놀랍다.

그 자신이 군사이기 때문에 더 더욱 감탄을 금치 못한다. 불산 지도 위아래로, 운거모사 양무의의 지략이 춤을 추고 있다. 종횡으로 연결되어 집결한 무인들을 농락하는 충천의 군략무(軍略舞)였다.

"흠흠흠. 이 노쇠한 촌로가 주제넘게도 궁금한 것이 생겼다네. 혹, 물어봐도 되겠는가?"

"예. 말씀하십시오."

"이 폐광을 돌아다니는 남녀들 말이네. 사람들이 말하는 것처럼 못된 녀석들은 아니겠지? 워낙 못된 짓을 많이 저지른 녀석들이라 그것들을 잡아 죽인다고 이처럼 많은 사람들이 모여든 것이라던데…… 흠흠, 내 눈엔 도통 그렇게 보이지가 않단 말이여."

"어르신 말씀이 맞습니다. 그 두 남녀는 못된 사람들이 아니지요."

"흠흠… 그럼 왜 그러는겨? 자네들도 그들을 잡으려 덤비는 거 아녀?"

"잡으려는 것이 아닙니다. 다른 자들에게 잡혀 죽지 않도록 도와주려는 것이지요."

"그게 참말인겨?"

"그렇습니다. 사실 그 이상으로 바라는 것도 있지만, 그쪽에서 거절하면 할 수 없는 일이겠지요."

"흠흠. 그렇구먼. 여하튼, 이 산이 시끄러운 것은 질색이여. 누가 되었든 이 소란을 좀 끝내주었으면 싶으니께. 내가 이 광도를 가르쳐 준 건 그래서여."

"어려운 걸음 하셨습니다. 이 은혜를 어찌 갚아야 할

지······."

"이 나이에 뭐 바랄 게 있다고. 내, 이 나이까지 자네처럼 똑똑한 사람은 몇 명 못 봤어. 그 재주, 좋은 일에 쓰고 살 여."

"명심하겠습니다."

아침나절 올라와 밤이 다 되어서 돌아간다.

극진한 예로 포권을 취하는 선찬이다. 추군마 진달이 광 노인을 수레에 싣고 산길 아래로 모습을 감추었다.

"저대로 보내도 괜찮겠습니까?"

"당연히 안 괜찮지. 도강, 자네가 따라가."

"감시··· 입니까?"

"감시가 아니라 보호야. 그 누구든 우리와 같은 결론에 이르는 자가 나올 수 있어. 그런 면에서 광 노인은 위험해. 저렇게 좋은 분이 우리 같은 자들에게 얽혀서 고초를 겪어서야 안 될 일이지. 깔깔대는 증손자, 고손자들 사이에서 백수는 누리고 가야 할 분이다. 불산의 일이 마무리될 때까지 무림인이라면 누구도 접근하지 못하도록 지켜 드려."

"그렇게 이야기하시니, 꼭 말하는 투가 주군 같습니다."

"객쩍은 소릴랑 하질 말고 어서 따라가. 진달의 재주는 세상천지에 비할 사람이 없다만, 그 무공은 안심을 못할 수준이란 말이다."

"알겠습니다. 다녀오지요."

"서둘러."

도강이 땅을 박차고 산 아래로 사라졌다. 운장대도 관승까지 오기룡을 마중 나가고 없는 지금.

조용한 산중에 홀로 남은 흑산군사는 같은 하늘 아래 철운거의 존재를 그 어느 때보다 강하게 느낄 수 있었다.

땅 밑을 자유자재로 움직이며 지모를 뽐내는 운거모사 양무의.

동질감과 호승심을 동시에 느끼는 흑산군사였으니.

뜨거워진 가슴은 필생의 경쟁자를 만나는 기대감이라.

비로소 본격적인 추격을 계획하는 밤. 뜨거운 밤이 차가운 달빛을 맞아 시시각각 깊어지고 있을 뿐이었다.

*   *   *

불산 산기슭에 있는 합장촌.

추군마 진달이 광 노인의 집에 도착한 것은 떠올랐던 달이 중천에 이르렀을 때였다.

수레 안에서 꾸벅꾸벅 졸던 광 노인이 퍼뜩 깨어나 몸을 일으킨다. 진달이 노인의 늙은 손을 부여잡고 토담집 싸리문으로 이끄니 노인이 부드러운 눈빛으로 화답했다.

"흠흠. 좋은 얼굴들이여. 새로운 얼굴, 즐겁게 이야길 했어. 불러줘서 고마웠단 말이여."

광 노인이 웃었다. 추군마 진달도 마주 웃는다.

광 노인이 싸리문을 잡고, 진달이 돌아섰다.

그리고… 굳어진다.

아무도 없던 산촌의 한적한 길.

두 사람이 나타나 있다.

멀지 않은 곳, 그림자 두 개.

호리호리하고 작은 그림자 하나와 커다란 그림자 하나다.

순간 느꼈다.

진달, 자신으로서는 상대할 수가 없는 자들이다.

몸을 날리고 싶어도, 발이 떨어지질 않는다.

특히나 앞쪽에 있는 그림자.

달빛 받아 드러나는 윤곽은 놀랍게도 여인의 그것이다.

묘령의 여인, 그러나 전해지는 중압감은 숨통이 막힐 지경이다. 여인의 몸으로 이런 압력이라니 믿을 수가 없다. 단연코 없었다.

"광씨 성을 쓰시는 분, 맞지요?"

맑은 목소리다.

생전 처음 들어본다 싶을 정도로 맑다.

"광씨라면 맞긴 맞구먼."

"제대로 찾아왔군요."

여인이 다가온다.

화려한 비단옷. 무복 형태의 경장이나, 고급스러움이 왕후

장상의 의복과 같다.

한발한발, 내딛는 걸음에 더 큰 압력을 느낀다.

터져 버릴 듯, 도저히 견디기 어려워졌을 때다.

나직한 목소리 하나가 들려온 것은 바로 그때였다.

"거기까지다. 멈춰라."

창백하게 굳어졌던 진달의 얼굴에 일말의 화색이 돌아온다.

의분중도 도강이었다.

선찬의 명령을 듣고 따라오긴 했으나 설마하니 산을 내려오자마자 이런 자들을 만나게 될 줄은 꿈에도 몰랐다.

허리춤의 한 자루 중도, 도갑을 끌러 잡고 칼자루를 쥐었다.

다가오던 여인이 걸음을 멈추고는 천천히 입술을 열었다.

"선수를 친 사람들이 있을 것이라고는 예상치 못했어요. 덕분에 한참을 기다렸네요. 어디 분들이죠?"

"대답해 줄 의무는 없다."

진달은 그녀 앞에서 미동도 하질 못했다.

호기롭게 나섰던 도강 역시도 압력을 느끼기는 마찬가지인 모양이었다. 굳어진 표정이 온 얼굴에 역력하다. 관가와 영덕부 황실의 추격을 받던 와중에서도 여유를 잃지 않았던 도강일진대, 지금 이 묘령의 여인 앞에서는 긴장된 기색을 감추지 못하고 있는 것이다.

"함부로 손을 쓰고 싶지 않아요. 길을 막지 않았으면 좋겠군요."

"다가오지 마라! 어르신께선 더 이상 무림인들과 얽혀선 안 될 분이다!"

도강이 검자루를 잡은 손에 힘을 더했다.

당장이라도 뽑고 싶다. 뽑아서 쳐들어가지 않았다가는 순식간에 피를 뿜고 쓰러질 것만 같았다.

"칼을 뽑았다가는 후회할 거예요."

다시 한 발 다가온다.

안 된다.

도저히 버틸 수가 없다.

도강의 눈빛이 절박하게 변했다.

압력을 견디지 못한 그의 손이 기어코 칼자루를 비틀어 뽑아내고 만다. 너비 반 자의 중도(重刀)가 두꺼운 도갑에서 뛰쳐나왔다.

위이이잉!

어째서 휘두르게 되었는지.

왜 휘둘러야 했는지.

몸을 날리는 도강으로서도 스스로를 이해할 수가 없었다.

그리고 다음 순간 깨닫는다.

화려한 비단옷, 섬섬옥수가 뻗어오고.

육중한 중도가 그 손에 가로막혔을 때.

가로막힌 그 손을 중심으로 중도의 넓은 칼날에 거미줄 같은 균열이 생기고 있음을 확인했을 때.

도강은 어째서 그래야만 했는지 알 수가 있었다.

쩌어어엉!

강철 중도가 깨져 나간다.

조각조각, 부서져 땅바닥을 수놓는다.

그렇다.

휘두를 수밖에 없었다.

무섭다. 무서웠기 때문이다.

칼을 휘두르지 않고는 죽을 것만 같았다. 일격에 중도를 부수는 무공, 그 압도적인 무력을 본능적으로 알아보았던 까닭이었다.

"더 할까요?"

"칫!!"

도강의 손아귀엔 핏물이 가득했다. 칼을 부순 경력의 여파에 칼자루를 쥐고 있던 호구가 찢겨 버린 것이다. 도강이 이를 악물며 부서진 칼자루를 내던지고 주먹을 쥐었다. 맨손으로라도 싸울 태세였다.

하지만 도강은 그녀에게 뛰어들지 못했다.

허리를 부여잡고 매달린 진달 때문이다. 진달이 도강의 허리를 껴안고는 있는 힘을 다해 뒤로 잡아당겼다. 도강의 입에서 진달을 향한 고함 소리가 터져 나왔다.

"무, 무슨 짓입니까!"

"안 돼! 싸우면 죽는다!"

"하지만!"

"내 말 들어라! 난 너보다 강한 무공을 지니진 못했지만, 이럴 때 어떻게 해야 하는지는 잘 알고 있다! 저 여자는 싸워서 이길 수 있는 상대가 아냐! 막으려고 해서 막을 수 있는 상대도 아니다!"

"이것 놓으십시오! 그렇다고 이대로 물러날 수는 없습니다!"

"그렇게 오기를 부려서 죽으면 주군께서 좋아할 것 같나? 그렇게 죽어버리면 주군은 평생토록 널 용서치 않을 거다!"

진달의 호통 소리는 강렬했다.

목숨 걸고 말리겠다는 기세로 잡아끄니, 기운 센 도강으로서도 어쩔 도리가 없다. 씩씩대는 도강의 옆구리에서 상기된 얼굴의 진달이 금의여인을 향해 물었다.

"팡 노인께 무슨 짓을 하려는 게요?"

"아실 텐데요. 당신들이 물었던 것과 같은 것을 묻기 위함이지요."

"팡 노인의 안전은 장담하실 수 있소?"

"물론이죠. 당신들이 옆에 있는 것보다는 열 배 안전할 거예요."

그녀의 대답에 도강이 다시 한 번 분통을 터뜨렸지만, 진달

은 땀을 뻘뻘 흘리면서도 깍지 낀 손가락을 풀지 않았다. 진
달이 지친 얼굴로 그녀에게 말했다.

"광 노인께 아무런 해코지를 하지 않는다 약속해 주시오.
그대가 그렇게 해줄 이유가 조금도 없다는 것을 잘 알고 있지
만, 그런 약속이라도 받아놓질 않는다면 우리로서도 주군 얼
굴을 볼 낯이 없소."

"알겠어요. 약속드리죠."

그녀는 짧게 대답하고 그대로 진달과 도강을 스쳐 지나갔
다.

사라락, 비단 자락 사이로 그윽한 향내가 스친다.

달빛 아래 드러나는 얼굴.

십육칠 세나 되었을까.

여인이라기보다는 소녀다.

얼음처럼 투명한 피부에 커다란 봉목을 지녔다.

별빛 같은 눈동자, 아직은 어린 얼굴에 다 피지 못한 미모
가 이럴진대, 오륙 년 후의 얼굴은 또 어떤 미모를 보여줄지
상상조차 하기 힘들다.

금의소녀.

그녀가 광 노인의 앞에 서서 도톰한 입술을 열었다.

"좋아요, 어르신. 단도직입적으로 부탁드리지요."

광 노인.

늙은 눈을 직시하는 봉목.

아름다움 봉목에서 한줄기 강렬한 빛이 뿜어져 나왔다.

"저를 철운거 양무의에게 데려다 주세요."

"양무의에게… 직접?"

"예. 직접이요. 어디에 있는지 아시잖아요?"

광 노인의 얼굴에 놀라움이 떠오른다.

도강을 말리던 진달도, 씩씩대고 있던 도강까지도 한순간에 조용해진다.

놀라움이 불러온 침묵이다.

한참이나 눈을 크게 뜨고 있던 광 노인. 노인이 고개를 설레설레 저으며 경탄 어린 목소리를 내뱉었다.

"과연……! 봉효 녀석이 이야기한 그대로군……!"

쭈글쭈글 오그라든 것처럼 보였던 광 노인의 몸이 곧게 펴지고 있었다.

기력이 달려 수레를 타고 움직여야 한다던 칠십오 세 촌로. 칠십오 세는 칠십오 세이나, 기력이 모자란 육신은 더 이상 없다.

진달, 도강은 물론이요.

흑산군사 선찬까지도 감쪽같이 속았다.

곧은 등, 좁지만 꽉 짜인 어깨다. 진면목을 드러내는 노인, 이십여 년 전 죽었다 알려진 불산노사(佛山老師) 광염공이 거기에 있었다.

"어때요? 만나게 해주시겠어요?"

"그 녀석을 처음 본 건 십 년 전 무평에서였지. 그 정도 나이에 그보다 대단한 녀석은 없을 줄 알았건만, 오늘 여기에서 한 명 보는군."

불산노사가 된 광 노인.

말투마저 바뀌어 있다.

불산노사의 혜안이 그녀의 비단옷에 머물렀으니, 세월이 깃든 목소리가 그녀 앞에 펼쳐졌다.

"광동강씨금상 소상주, 선성천녀(仙城天女) 강설영. 그게 바로 소저의 이름이었지. 이 혼돈의 천하에 또 한 명 대단한 여협이 나타난 게야."

강설영.

그녀의 출현이었다.

『천잠비룡포』 4권 끝.

한백무림서 여담(餘談) 편

— 한백무림서와 옛 설화들

천잠비룡포를 읽다 보면, 옛 설화 고전들의 등장인물과 관련된 친숙한 이름들을 만나보실 수 있을 것이다. 그것은 무당마검이나 화산질풍검 때에도 간간이 비쳐지고 있었던 부분들이다.

많은 분들께서 느끼시는 것 중 하나가 바로 삼국지의 인물들과 관련된 이름들이다. 이 천잠비룡포 내의 운장대도 관승이나, 화산질풍검에서의 수로육손, 장강주유만 해도 연의의 이름들이 그대로 쓰인 예라 할 수 있겠다(운남에서의 맹획이나 허유는 조금 다르다. 이들은 연의의 이름을 따온 것이 아니라, 쓰다 보니 일치한 경우에 불과하다. 실제로 중국풍의 이름을 만들다 보면 연의의 등장인물들이 쓰는 이름을 피하기가 어렵다. 워낙에 방대한 숫자의 이름자가 쓰였기 때문이다).

연의의 이름들이 나온다 하여 글 쓰는 본인이 연의에 대한 특별한 애정이나 애착을 갖고 있는 것은 아니다. 물론 나관중의 삼국지연의는 어릴 때부터 굉장히 재미있게 읽었던 책이고, 우리나라 출판된 삼국지 역시도 더할 나위 없이 흥미롭게 읽었던 것은 사실이다. 그러나 사실 본인은 개인적으로 삼국지보다는 서유기를 더 좋아한다.

한백무림서에 연의의 이름들이 나오는 것. 사실, 엄밀히 말해 이때는 연의의 이름들이 나온다고 표현하는 것이 불가능한 일이라 할 것이다. 나관중이 삼국지연의를 집필한 시점 자체가 한백무림서 시대 이후의 일이기 때문이다.

모두가 알고 계시다시피, 나관중의 삼국지연의는 역사상의 정사 그대로가 아니다. 연의 내에는 실제 역사와 다른, 상당 부분의 비약과 여러 가지 측면에서의 과장이 존재한다. 즉, 어찌 보면 삼국지연의야말로 현재의 무협 소설에 가장 가까운 장르였다 말할 수 있을 것이다(물론 그 깊이와 방대함을 보자면 현대의 무협 소설과는 현격한 차이가 있다고 인정할 수밖에 없다). 과장과 비약, 캐릭터성의 극대화를 통한 재미 추구로 보자면. 나관중의 연의는 분명 무협적인 색채를 가지고 있다는 말이다. 그리고 그 것은 근본적으로, 연의라는 이야기 자체가 중국 민간에 내려오는 전설적인 이야기들을 기반으로 해서 그렇다고 할 수 있다.

삼국지에서 가장 유명한 일전을 꼽는다면, 여포와 유비 삼 형제의 싸움을 언급할 수 있을 것이다. 그러나 실제 역사상에는 그런 기록이 없을뿐더러, 당시 유비 삼 형제의 신분이나, 전쟁 상황들을 되짚어보아도 그 일전은 실현 자체가 불가능한 싸움이라 되어 있다.

실제로는 불가능했던 일이라지만, 당시 중국 민담 전설에는 그와 같은 싸움이 무척이나 흥미롭게 전해져 왔음이 틀림없다. 나관중은 그것을 예의 주시하고 있었고, 결국 그 붓을 통해 굉장히 재미있고 스펙터클한 장면으로 재창조했던 것이다.

과거 어느 시점에 어떤 일이 있었던가, 그것은 그때로 돌아가 보지 않고서는 분명하게 이렇다 확신하기 힘들다. 삼국지의 인물들은 이미 그들이 실제로 살았던 삶을 초월하나, 전설이나 허구와 절묘하게 결합된 새로운 인물들이다. 그러면서도 그 인물들 자체가 무한대의 매력을 가지고 있었으니, 명나라시대 이전부터 중국인들에게는 그 장군들 하나하나가 신적인 존재로 받아들여지고 있었던 것이다.

관우를 모신 관제묘가 동네마다 있었던 시대, 그 시절 민간과 강호 유협 사이에서는 삼국 영웅들의 이야기란 하나의 문화적인 흐름이라 볼 수 있었다. 충의와 음모, 배신과 의리에 대한 전설들은 사람들의 마음속에 깊이 뿌리내리고 있었고, 그런 만큼 그 시대를 그리는 글쓴이로서 그러한 문화를 간과하기가 어려웠다.

얼굴이 붉고, 수염이 긴 무사가 나타난 경우. 당시 사람들은 자연스럽게 관우를 떠올릴 수밖에 없었을 것이며, 장강 줄기를 따라 뛰어난 지략을 펼치는 모사를 보게 된 경우 당시 사람들은 자연스럽게 주유나 육손을 떠올릴 수밖에 없었을 것이라는 말이다. 삼국지의 이름들이 등장하는 가장 큰 이유가 거기에 있다.

한편, 운장대도 관승이나 추군마, 선찬 등의 이름을 보면서 수호지, 양산박을 떠올리는 분들도 계셨다. 좀처럼 간파하기 쉽지 않은 부분이라 생각했었는데 알아보시는 분들이 계셔서 놀랐던 경험이 있다. 아무래도 우리나라에서 수호지의 인기는 삼국지연의보다 떨어지는 것이 사실이기 때문이다.

관승은 대도 관승에서 가져온 이름이 틀림없다. 선찬도 그렇다. 단, 추군마는 우연한 일치에 불과했다.

여기서 짚고 넘어갈 것은 수호지의 근원이다.

수호지는 원말 명초 시내암이 썼으며, 이후 연의의 나관중이 손질한 것으로 되어 있으나, 진의 여부는 불분명하다. 민간 전승을 시내암이 묶어서 나관중이 완성했다는 설도 있고, 71회까지 시내암이 쓴 후, 나관중이 마저 썼다는 설도 있다. 대체로는 민간 설화를 시내암이 수집 각색하여 완성까지 보았다는 의견이 지배적이다.

이 수호지는 흥미로운 작품이다. 삼국지연의와 달리, 실제 역사에 뿌리를 두지 않은(일치하는 부분이 있지만), 허구와 공상의 산물로서. 삼국지연의의 등장인물들이 비록 그들 실제 역사상의 활약상과 완전히 일치하지는 않았다고 하나 일단은 역사서의 형식을 띤 것에 비하여, 수호지는 거의 완벽한 소설(小說), 그 자체였다.

삼국지도 그런 면이 있었지만, 민간 전승을 수집하여 만든 것이라고 했듯이 이 수호지야말로 짜깁기의 극치라고 할 수 있는데, 이 수호지는 당시에 민간에서 이름이 높았던 전설적인 인물들을 총망라한 종합선물세트 격의 소설이었다고 할 수 있을 것이다. 현대로 예를 들자면, 슈퍼맨이 나오는 영화에 스파이더맨과 배트맨을 출현시킨 격이라고 볼 수 있다. 홍길동과 이순신이 함께 거북선을 타고, 사명대사의 불법을 빌려 왜적을 무찌르는 방식이라 봐도 무방하다는 이야기다.

수호지에서의 대도 관승이란 결국 당시 관운장을 모델로 한 인물이며, 설화에서 이야기되는 관우의 특성을 그대로 따온 캐릭터라 할 수 있었다. 마찬가지로 노지심의 캐릭터는 연의에서 장비의 그것과 완벽히 일치하는 데가 있으며, 송강은 유비와 흡사하다 이야기된다.

결국 수호지의 캐릭터 자체가 허구상의 인물들로서 어떤 다른 설화의 주인공들이나 인물들을 모델로 한 것이었다면, 거기에 글쓴이로서의 상상력을 덧붙여서 한 걸음 더 나아가도 되지 않나 생각한 적이 있었다.

그래서 나온 것이 운장대도 관승이다.

운장대도 관승이 활약하는 이 시점, 즉 원말 명초의 이 시점은 시내암이 수호지를 편찬했다 알려진 시점과도 대략적으로 일치하는 구석이 있다. 즉, 그렇게 된다면 시내암이라는 실제 인물이 운장대도 관승을 직접 보고 수호지에 집어넣었다는 이야기도 가능한 일이 된다. 이는 어찌 보면 내 입장에서 상당히 발칙한 상상력일 수 있으나, 영락제라는 일국의 황제

까지도 내 멋대로 마음껏 그려내고 있는 마당에, 그 정도라고
하여 못할 법도 없으리란 생각이다. 어차피 민간 전승을 짜깁
기한 것이라면, 그 민간 전승이란 것을 통째로 써먹어줄 수도
있다는 이야기다. 따라서 흑선풍 이규나 노지심에 준하는 등
장인물이 한백무림서상에서 더 등장할 가능성이 있다.

다음은 서유기에 관한 것을 가볍게 짚고 넘어가겠다.
서유기 역시도 그 편찬 시기를 생각하자면 한백무림서 시대
이후의 일이다. 따라서 한백무림서 때에는 우마왕이나 제천대
성의 대한 이야기는 완전히 정립되지 않은 채 민간 설화로 남아
있던 시점이라 할 수 있는 것이다. 앞으로 나오게 될 신마맹의
이야기, 신화회와 요마련의 등장인물들은 그런 만큼, 상당히 러
프한 상태로 나오게 될 공산이 크다. 일례를 들자면, 서유기에서
의 옥황상제는 상당히 우매하고 무능한 인물로 그려지고 있는
데, 신마맹의 옥황은 전혀 그런 인물이 아닐 것이라는 말이다.
제천대성이라 하여, 우리가 알고 있는 일반적인 손오공의 이미
지와 완전히 일치하지는 않을 것이라는 이야기이기도 하다.

— 한백무림서의 세계관
'한백무림서의 사건들이 실제로 가능한 일이라고 생각하십
니까?' 라는 질문을 받은 적이 있다. 질문자의 입장에서는 다

분히 흥미 위주의 질문이었다고 할 것이나, 사실 이것은 글 쓰는 사람의 마음가짐에 있어 굉장히 근원적인 부분을 지적한 것이라 할 수 있겠다.

언제나 생각하기로, 글쓴이가 글을 쓰면서 내가 쓰는 것은 '있을 수 없는 거짓말'이라 말한다면, 그것은 그야말로 '있을 수 없는 거짓말'이 된다 느끼고 있었다. 반대로, 내가 쓰는 것은 어쩌면 '실제로 가능한 일'일 것이라 생각한다면, 그것은 정말로 '실제로 가능한 일'이 될 것이라 보았다.

무협 소설이라는 장르. 무협은 본질적으로 독자와 글쓴이가 그 내용이 '거짓말'임을 약속하고 보는 것이라 할 것이다. 하지만 아무리 그것이 '거짓말'일지라도 '참말'에 가까운 이야기를 써 내려가는 것이 독자에게나, 글쓴이로서나 훨씬 더 첨예한 상상력을 불러올 것이라고 생각하고 있었다.

바로 이 부분에서 수면 위로 떠오르는 것이 '무협 소설에서의 개연성'이라는 과제다.

서로 일단 '거짓말'이라 약속한 세계 속에서 개연성을 추구한다는 것은 글 쓰는 이로서 심각한 고민거리가 될 수밖에 없다. 결국, 될 수 있는 한 가능한 일로 보이도록 만드는 것이야말로 글 쓰는 입장에서는 좀처럼 포기하기 힘든 중대한 문제가 될 것이다.

한백무림서라는 글을 구상하면서 가장 먼저 확립해야 한다고 생각했던 것도 개연성이요, 실제로 써 내려가면서도 가장 많이 신경 쓰려고 했던 것이 또한 개연성이다. 그것이 얼마

만큼의 성과를 거두고 있는지는 알 수 없으나, 다만 스스로의 마음에 부끄럽지 않은 글을 쓰고 싶은 마음뿐이다.

그렇기에 내 자신은 적어도, 마음속에서만큼은, 한백무림서의 세계가 실제로 존재했는가 대하여 어느 정도 이상의 가능성을 열어두고 있는 것이 사실이다.

이 이야기는 무조건 '절대로 있을 수 없는 거짓말'이다라고 글 쓰는 이가 스스로 결론을 내려 버리면, 그 이야기는 정말 말 그대로 '절대로 있을 수 없는 거짓말'이 되어버린다.

이것은 곧, 상당한 위험 요소와도 연결될 소지가 충분한 발상이다. "어차피 거짓말인데, 무리하면 좀 어때?"라고 느끼는 순간, 그 글은 걷잡을 수 없는 수렁에 빠져들 위험을 동반하게 되는 것이다.

한백무림서는 틀림없는 공상의 산물이다. 하지만 글을 쓰면서 그것이 그럴듯한 이야기로 들리길 바라는 것이 솔직한 심정이니만큼, 내 마음속에서는 이 세계가 실제로 존재하는 세계일 것이며, 그런 낭만적인 일들이 정말 실제로 벌어졌기를 (비슷한 일이라도) 꿈으로 그리는 그런 세계다. 적어도 나만큼은 그들을 믿어줘야, 단운룡과 소연신이, 명경과 청풍이 정말 살아 있는 것처럼 숨을 쉴 수가 있을 것이다.